BIBLIOTHÈQUE

CLASSIQUE

DES

CÉLÉBRITÉS CONTEMPORAINES

PARIS. — IMP. SIMON RAÇON ET COMP., RUE D'ERFURTH, 1.

P. AM. JAUBERT

VOYAGE
EN ARMÉNIE
ET
EN PERSE

PRÉCÉDÉ D'UNE NOTICE SUR L'AUTEUR

PAR

M. SÉDILLOT
MEMBRE DE LA SOCIÉTÉ ASIATIQUE, ETC.

PARIS

E. DUCROCQ, LIBRAIRE-ÉDITEUR

55, RUE DE SEINE, 55

1860

NOTICE

SUR P. AM. JAUBERT

PAR M. SÉDILLOT.

JAUBERT (Pierre-Amédée Émilien-Probe), né à Aix en Provence, le 3 juin 1779, mort à Paris le 27 janvier 1847, appartient à cette pléiade de savants distingués qui, sous l'heureuse influence de Silvestre de Sacy, contribuèrent, au commencement de ce siècle, à placer la France au premier rang, dans le domaine de l'érudition orientale. La carrière qu'il parcourut si honorablement, se divise en deux périodes bien tranchées : dans la première, voué à la vie la plus active, il prend part à l'expédition d'Égypte; nommé, à son retour à Paris, professeur de turc à l'école des lan-

1

gues orientales vivantes, il quitte sa chaire à plusieurs reprises, pour remplir d'importantes missions diplomatiques. — Dans la seconde, il emploie les loisirs d'une retraite que lui imposent deux changements de gouvernement successifs à publier d'utiles travaux et à se rendre digne, par des études sérieuses, de recueillir une partie de l'héritage du plus habile des orientalistes de l'Europe.

Pierre-Amédée Jaubert était d'une bonne famille de Provence; son père, avocat au parlement, avait été chargé par Mirabeau de défendre ses intérêts dans le procès en séparation que la comtesse sa femme lui avait intenté, et s'il n'avait pu faire triompher la cause de son client, après de longs débats où il avait eu pour adversaire le célèbre Portalis, ministre des cultes sous Napoléon Ier, du moins devait-il conserver l'amitié du grand orateur qui le fit nommer plus tard procureur général syndic du département des Bouches-du-Rhône, fonctions équivalentes, sous quelques rapports, à celles de préfet.

Le jeune Amédée reçut sa première instruction au collége des doctrinaires. En 1793, lorsque les exécutions révolutionnaires répandirent partout la terreur, il fut témoin des scènes les plus horribles; son père, qui s'était efforcé de maintenir le bon ordre dans son département, et de faire respecter les lois, fut dé-

noncé, poursuivi par une troupe de factieux venus de
Marseille, et obligé de se réfugier à Paris, où il devait
heureusement trouver des amis. Bientôt après, il fut
résolu que sa femme et ses six enfants viendraient l'y
rejoindre; Amédée Jaubert était l'aîné; il avait à peine
treize ans, et il se trouva chargé de tous les soins du
voyage qui se fit par voiturin en vingt-huit jours.
C'était déjà un garçon actif et plein de résolution; il
avait, quelque temps auparavant, fait preuve de cet
esprit aventureux qu'il déploya en maintes circonstances dans le cours de sa vie; Lyon s'était soulevé
et le Midi était en armes; un corps de fédérés, destiné
à secourir la ville assiégée, étant passé à Pellisanne,
près de Salon, où se trouvait Amédée Jaubert dans
une propriété de famille, celui-ci se joignit aux vo-
lontaires, le fusil sur l'épaule; mais on rencontra à
quelque distance le général Cartaux avec quatre mille
hommes qui marchaient sur Toulon, et qui n'eurent
qu'à se montrer pour mettre en fuite les acteurs de
cette expédition improvisée.

Sur la route de Paris, le jeune Jaubert fut obligé de
payer plusieurs fois de sa personne : à Lyon, qui venait
de tomber au pouvoir des républicains et où la guillo-
tine était en permanence sur la place des Terreaux ; à
Auxerre dont les autorités s'émurent du mot *de-
moiselles* désignant sur le passe-port les filles de ma-

dame Jaubert qui obtint à grand'peine la permission
de continuer son chemin. Une fois dans la capitale,
d'autres tribulations attendaient la pauvre famille
exilée ; il fallait se tirer d'affaires, et Amédée Jaubert
entra comme compositeur, avec son frère Maxime,
dans l'imprimerie des Didot. Dès l'an III, il faisait
partie de la garde nationale, et en l'an IV il fut employé aux archives du ministère de la guerre. Le goût
qu'il avait manifesté de bonne heure pour les constructions navales, le porta à se préparer en même
temps aux examens de l'École polytechnique, sous
la direction du mathématicien Deparcieux qui réu-
nissait *à minuit* quelques élèves d'élite ; mais il se
troubla aux épreuves du concours et ne fut point
admis.

Le hasard voulut que, passant un jour avec son
frère rue Richelieu, il s'arrêtât au coin de la rue
d'Amboise, devant une grande affiche annonçant la
prochaine ouverture des cours de turc, d'arabe et de
persan, à l'école des langues orientales, dont la création était tout récente ; Venture, Langlès et Silvestre de
Sacy étaient titulaires de ces diverses chaires. Amédée
Jaubert, qui étudiait déjà l'italien et l'anglais, prit
soudain la résolution de suivre les leçons de ces savants maîtres, et ses progrès furent si rapides, qu'on
le jugea bientôt en état de remplir la place de *jeune*

de langue à Constantinople. L'expédition d'Égypte se préparait alors, et Venture, ancien consul de France au Caire, mis dans le secret de l'entreprise, désigna Jaubert comme un des quatre interprètes qui devaient être attachés, sous sa direction, à l'armée de Bonaparte.

La flotte française appareilla le 30 floréal an VI (19 mai 1798). Amédée Jaubert, parti de Paris le 3 floréal, sur un ordre du ministre Talleyrand et avec une lettre de recommandation pour le célèbre Monge, arrivé à Toulon le 17, s'était embarqué le 24 sur la frégate la *Justice*, qui devait s'arrêter plusieurs fois en route pour accomplir quelques missions particulières ; aussi n'arriva-t-il à Malte, qu'après la prise de possession de cette île, et en Égypte que peu de temps avant la bataille navale d'Aboukir. A Malte, il avait trouvé parmi les commandeurs de l'ordre un parent qui lui fit l'accueil le plus gracieux, et le combla de prévenances. Dès qu'il eut rejoint Venture, interprète en chef de l'armée, dont la santé dépérissait chaque jour, il resta au quartier général et se trouva chargé des travaux les plus importants. Lorsque l'expédition de Syrie fut résolue, il accompagna seul le général Bonaparte, et rendit d'éminents services en traduisant les pièces officielles, rédigeant les capitulations, et surtout en traitant avec les Druzes et les tribus du

Liban ennemies de la Porte, qui nourrirent l'armée française pendant toute la durée de la campagne. On ne lui laissait pas un instant de relâche, et c'est là qu'il apprit à vaincre les difficultés que présente la lecture des pièces officielles émanées des chancelleries de l'Orient, science dans laquelle il n'eut jamais d'égal, et qui offre souvent un dédale inextricable par la multiplicité des ligatures et des ornements dont chaque caractère est entouré.

Il ne faut pas oublier qu'après la bataille des Pyramides il avait été envoyé auprès de Desaix, qu'il rejoignit entre Siout et le canal de Bahr-Iousef, dans la haute Égypte; il se plaisait à raconter des traits de caractère de ce général nommé par les musulmans eux-mêmes le *sultan juste*, et qui savait allier à une énergie peu commune une douceur et une simplicité dignes des temps antiques.

Pendant que l'armée française faisait d'inutiles tentatives pour s'emparer de Saint-Jean-d'Acre défendue par Djezzar-Pacha, Venture succombait à la maladie de langueur dont il était atteint, et Jaubert, à son retour au Caire, le remplaçait comme premier interprète. Jaubert traduisit aussi à Bonaparte les journaux anglais que l'amiral Sidney Smith s'était fait un malin plaisir de lui envoyer, et qui contenaient le récit des désastres du Directoire. C'était quelques semaines

après la bataille d'Aboukir, où Jaubert avait failli
perdre la vie : au moment de l'action, son cheval
s'emporte, et, dans sa course effrénée, a les deux
oreilles emportées par un boulet de canon.

A peine Bonaparte eut-il appris les événements qui
venaient de se passer en Europe, que sa résolution fut
arrêtée, et, le 22 août 1799, il s'embarquait avec
Lannes, Berthier, Murat, Berthollet, Monge et Jaubert
pour retourner en France à travers mille dangers ; le
9 octobre, il abordait à Fréjus. — La traversée n'avait
offert aucun incident remarquable ; tandis que l'anxiété
était dans tous les cœurs, Bonaparte jouait tranquillement aux échecs, et tel était l'ascendant de cet homme
extraordinaire sur ses compagnons, qu'il pouvait d'un
mot relever les courages abattus, communiquer de l'é-
nergie aux plus timides. Un soir, le pacifique Monge,
électrisé par ses paroles et persuadé qu'on était tombé
au milieu de la flotte anglaise, se tint pendant la plus
grande partie de la nuit prêt à mettre le feu aux pou-
dres pour faire sauter la frégate et échapper ainsi à l'ennemi. — A peine débarqué, Bonaparte voulait partir le
jour même pour Paris ; mais on manquait de voitures.
Jaubert écrivit aussitôt au maire d'Aix, qui, redoutant
une mystification, soumit la lettre du jeune interprète
à sa grand'mère maternelle ; celle-ci reconnut l'écriture de son petit-fils, et trois voitures attelées de

quatre chevaux vinrent prendre Bonaparte et sa suite.
Le général, en passant à Aix, rendit visite à la vieille
dame, et l'embrassa en lui adressant ses remercî-
ments

Le 18 brumaire, c'est-à-dire trente jours après, Bonaparte était à la tête du gouvernement. A partir de ce
moment, Amédée Jaubert obtint du chef de l'État des
marques d'une bienveillance qui ne se démentit jamais. Il fut appelé, dès l'année 1800, aux fonctions
de secrétaire interprète au ministère des affaires étrangères, et remplaça Venture à l'École des langues orientales vivantes.

En 1801, Amédée Jaubert était envoyé à Marseille
avec le général Berthier, pour recevoir les débris de
l'armée d'Égypte, que la capitulation d'Alexandrie rendait à la France. Au mois de septembre de la même
année, il accompagnait le colonel Sébastiani, chargé
de visiter Tripoli, l'Égypte et la Syrie, et d'établir des
relations de commerce avec les habitants de ces contrées. L'expédition s'embarqua sur la frégate la *Cornélie*, commandée par le capitaine Gourdon, depuis amiral, et, après avoir touché à l'île Saint-Pierre, en
Sardaigne, se dirigea vers Tripoli, pour ménager la
paix entre le dey de cette ville et la Suède. L'amiral Ce-
destrom, qui bloquait la place depuis deux ans, ne
demandait pas mieux que de traiter, et Amédée Jau-

bert fut l'intermédiaire des négociations, qui se terminèrent heureusement.

Il avait décidé son frère Maxime Jaubert, actuellement conseiller honoraire à la cour de cassation, à faire avec lui cet intéressant voyage.

Les membres de l'expédition arrivés en Égypte prirent terre à Alexandrie, visitèrent le champ de bataille d'Aboukir, couvert encore d'ossements humains, se rendirent à Rosette, et remontèrent le Nil jusqu'au Caire. Accueillis favorablement par le pacha, ils allèrent contempler les pyramides, et descendirent par une branche du fleuve à Damiette, où la frégate la *Cornélie* vint les prendre. La peste avait causé quelques ravages dans cette ville, et, après avoir parcouru le champ de bataille de Mansourah ou de la Massoure, théâtre de la défaite de saint Louis, nos voyageurs se rembarquèrent avec empressement. Arrivés au pied du mont Carmel, à quelque distance de Saint-Jean-d'Acre, on jeta l'ancre et l'on songea au moyen de faire parvenir un message au farouche Djezzar qui, depuis le siége de la ville par Bonaparte, n'avait signalé son administration que par des actes d'une atroce cruauté; un Syrien à bord du bâtiment refusa péremptoirement une mission qui l'exposerait, disait-il, aux plus affreuses tortures. Mais Amédée Jaubert eut le courage de la remplir avec un jeune officier, M. Charles

de Lagrange, aujourd'hui lieutenant général en retraite. Ils traversèrent la ville à travers mille obstacles,
apercevant à chaque pas des victimes de la férocité de
Djezzar : la plupart des satellites du tyran eux-mêmes
avaient le nez ou les oreilles coupés. Introduits dans
les jardins du pacha, ils le trouvèrent assis au pied
d'un arbre, et il leur fit subir un long interroga-
toire où il déploya autant de ruse que d'esprit; cependant tout se passa mieux qu'on ne l'espérait, et on
peut lire plus loin dans ce volume les détails de cette
entrevue. De Saint-Jean-d'Acre, l'expédition se rendit
aux îles Ioniennes, à Céphalonie, et de là à Messine
qui se relevait à peine d'un récent tremblement de
terre; repoussée de Naples par un coup de vent, elle
atteignit enfin le port de Gênes, et Amédée Jaubert
se mit immédiatement en route pour Paris.

En 1804, ce fut lui que Napoléon choisit pour
transmettre la nouvelle de son élévation à l'empire au
sultan Sélim III; le général Brune était alors ambassadeur à Constantinople.

Deux ans plus tard Amédée Jaubert partait pour
la Perse avec des instructions secrètes, afin d'enga-
ger le souverain de cet empire, Feth-Ali-Schah, dans
une politique favorable aux intérêts français. Il devait surtout éviter que le gouvernement anglais ne
soupçonnât le but de sa mission; il traversa donc ra-

pidement l'Allemagne et les provinces danubiennes,
et, le 10 avril, il était à Constantinople où il recevait
de Sélim III un accueil favorable; le 7 juin, il abordait à Trébizonde, se dirigeait ensuite vers Erzeroum, et, après avoir passé l'Araxe, n'échappait aux
attaques des Kurdes que pour tomber entre les mains
de Mahmoud, pacha de Bayazid. Nous ne rappellerons
pas en détail les incidents dramatiques de ce voyage,
dont nous reproduisons la relation. On sait que, jeté
au fond d'une citerne infecte, où il resta près de huit
mois, Amédée Jaubert ne dut sa liberté qu'à un hasard
providentiel; la peste frappa le pacha et son fils
aîné; une femme, parente du gouverneur du château,
émue de compassion, avait fait parvenir en Perse un
billet du pauvre prisonnier qui fut enfin réclamé par
la cour de Téhéran. Il ne sortit de cet affreux souterrain, où sa santé avait reçu de rudes atteintes, qu'avec
les plus grandes difficultés. — Ce fut au milieu de ces
épreuves que se développèrent chez lui ces sentiments
de piété éclairée qu'il conserva jusqu'à sa mort.

Tout n'était pas terminé. Il fallut l'intervention de
la diplomatie pour qu'il lui fût permis de poursuivre sa
mission. Il se rendit d'abord près d'Endrès, au camp
d'Yousouf-Pacha, ancien grand vizir du sultan, dont
il était particulièrement connu, et, muni d'un nouveau firman de la Porte Ottomane, il partit pour Van

bien escorté. Le 4 mai, il entrait à Khoï, première
ville de la Perse; traversant ensuite Marand, Tauris,
Ardebil, Khalkhal, Zenghian, Sultanieh, Baber et
Caswin, il arriva le 5 juin à Téhéran. Feth-Ali-Schah
lui fit de grands honneurs, l'emmena à Sultanieh où
il devait passer la revue de ses troupes, l'assura de ses
bonnes dispositions pour la France, et lui fit de magnifiques présents ; parmi ses dons, se trouvaient plusieurs manuscrits conservés aujourd'hui à la bibliothèque de Paris et qui comprennent l'histoire de Nadir-
Schah, de Mohammed, de Feth-Ali-Schah, etc. Le
14 juillet, Amédée Jaubert prit congé du souverain de
la Perse et revint par le chemin qu'il avait déjà suivi
à Trébizonde; de là il se rendit à Coumdjughaz d'où
il espérait gagner par terre la ville de Sinope; mais,
arrêté dans sa marche par une population en révolte,
il fut assez heureux pour trouver un bâtiment prêt
à partir; reprenant donc la voie de mer, il atteignit
Constantinople le 31 octobre 1806, et il y fut rejoint
par l'ambassadeur persan, Mirza-Mahmoud-Riza-Khan.
—La bataille d'Iéna avait mis un nouveau royaume aux
pieds de Napoléon ; on apprit bientôt que le vainqueur
était à Varsovie ; Amédée Jaubert et l'envoyé de Feth-
Ali-Schah firent route vers cette ville par Widdin et
Vienne. Le ministre des affaires étrangères leur donna
audience les 2 et 3 mars 1807, et l'Empereur les reçut

à Finkenstein le 26 avril. La prise de Stralsund venait d'ajouter un nouveau lustre à la gloire de ses armes. Il accueillit Jaubert avec le plus vif intérêt, le complimenta sur le succès de sa mission, et, remarquant l'altération profonde que les souffrances du voyage et les mauvais traitements subis à Bayazid avaient imprimée sur ses traits, l'engagea à se rendre à Paris et à s'y reposer de ses fatigues. Dès le 9 janvier 1807, il l'avait nommé membre de la Légion d'honneur ; le 11 mai, par un décret daté du camp de Finkenstein, il lui accorda une pension de 4,000 francs que, par une honorable exception, les chambres législatives maintinrent dans la loi du 25 mars 1818. Là ne se bornèrent pas les faveurs de l'Empereur : Jaubert était nommé auditeur au conseil d'État le 5 juin 1807, maître des requêtes le 7 novembre 1809, et plus tard président, en l'absence du directeur général, du conseil du contentieux des douanes, institué par décret impérial du 31 août 1810, et composé de sept membres, dont quatre auditeurs ; vers le même temps il recevait le titre de *chevalier*, avec constitution d'un majorat de 4,000 francs de rente en Illyrie ; ce majorat devait être respecté par les traités avec l'Autriche, mais réduit des trois quarts.

Arrivé à Paris au mois de mai 1807, Jaubert fut le héros du jour ; le public avait appris en même temps,

par le *Moniteur*, et le but de sa mission et sa dure
captivité; la société parisienne lui fit une véritable
ovation. L'impératrice Joséphine le reçut à la Mal-
maison, et les cachemires qu'il avait rapportés de
Perse excitèrent l'admiration de toute la cour. Deux
ans plus tard (9 décembre 1809) il épousait la fille
aînée de M. Bouchet, un des plus honorables banquiers
de cette époque. Dès lors le bonheur du courageux
voyageur fut assuré pour le reste de sa vie, et les
événements politiques vinrent seuls le troubler en 1813
et 1814. Depuis son mariage, Amédée Jaubert avait
poursuivi son honorable carrière sans incident remarquable. C'était à lui que le gouvernement avait recours
lorsqu'il arrivait à Paris quelque envoyé des souverains
de l'Orient; déjà en 1808 il avait été chargé de faire
les honneurs de la capitale à l'ambassadeur persan
Asker-Khan. Ses rapports avec l'ambassade ottomane étaient journaliers; tous les documents que recevait le ministère des affaires étrangères lui étaient
aussitôt transmis, et il en faisait la traduction. Au
milieu de ses nombreuses occupations, il déployait une
activité rare et suffisait à tout. En 1814, il assistait à
la bataille de Paris comme chef de bataillon de la
2e légion de la garde nationale, et montrait ce sang-
froid, ce courage dont il avait donné tant de preuves
dans son voyage en Perse; sous ses ordres se trou-

vaient M. de Cazes, M. Roy, Horace Vernet qui l'a placé
près de Dupaty dans l'immortel tableau consacré à
rappeler le souvenir de ces journées mémorables. —
La première Restauration laissa Jaubert maître des
requêtes en service ordinaire (6 juillet 1814). Pendant les Cent Jours, un ordre de Napoléon l'envoya
à Constantinople comme chargé d'affaires; nommé
le 18 avril, il part le 19, et, retenu à Toulon jusqu'au
commencement de mai, faute d'un bâtiment de transport, il n'arrive à sa destination que le 9 juin. Le sultan
refuse de le recevoir; mais il arbore la cocarde tricolore, fait rétablir l'aigle impériale sur la façade de
l'hôtel de l'ambassade française, et résiste à toutes les
injonctions de la Porte qui ne partageait pas sa confiance dans les destinées de l'Empereur. — La nouvelle de la bataille de Waterloo décida son retour
en France. Le Midi était en feu; Jaubert était désigné
comme bonapartiste et pouvait partager le sort du
maréchal Brune. Débarqué à Toulon, il reçut de M. le
comte Redon, commissaire général de la marine, et
de M. de Rosily, commissaire extraordinaire, qui fail-
lirent payer de leur destitution cet acte d'humanité,
un passe-port sous le nom de *Leblanc*, négociant, et
se rendit à Paris. M. de Cazes était alors préfet de
police; il lui recommanda de ne point se montrer, et
l'assura qu'il ne serait pas inquiété. La position d'A-

médée Jaubert était bien changée; il supporta la mauvaise fortune avec résignation, mais les souvenirs du
passé l'oppressaient; il manquait un aliment à son
activité naturelle. Aussi, en 1818, saisit-il avec empressement une occasion qui se présentait de retourner
dans les contrées orientales. Il s'agissait d'aller à la
recherche de cette race de chèvres dont la laine sert
à fabriquer les tissus de cachemire. Il conclut avec le
célèbre manufacturier Ternaux et le duc de Richelieu,
ministre des affaires étrangères, un traité qui mettait
à sa disposition les sommes nécessaires pour atteindre
le but proposé. Il se rendit d'abord à Odessa par la
Russie méridionale, à Tiflis et Astracan, et reçut partout
les meilleurs encouragements. Ses notes nombreuses
sur les divers pays qu'il traversait pourraient être
l'objet d'une publication très-intéressante. Le général
Yermoloff, qui se préoccupait beaucoup du succès de
son entreprise, lui conseilla de passer la mer Caspienne sur un bâtiment russe, de prendre par Khiva,
Taschkend et Kaschgar, de franchir la frontière chi-
noise, et d'aller acheter à Kaschkend ou à Khoten des
chèvres du Tibet. C'était une nouvelle voie de communication ouverte avec les Indes où l'on aurait pu
transporter par terre les produits de l'industrie européenne. Mais on ne connaissait pas encore les résultats de la mission de Mourawieff à Khiva, et l'on devait

craindre, d'après les récits de Meyendorff et la fin
déplorable du voyageur Moorcraft, que le gouvernement barbare et inhospitalier de la Bokharie n'op-
posât des obstacles insurmontables à une expédition
de ce genre. Amédée Jaubert, d'un autre côté, avait
appris qu'il existait dans l'Oural des troupeaux de
chèvres de même race que celle de Cachemire; il
voulut s'assurer du fait avant de prendre une résolution définitive, et le succès le plus complet répondit
à ses espérances : il put acheter près de treize cents
chèvres de l'espèce la plus rare, les ramener par la
Crimée sur les bords de la mer Noire, les embarquer
sur les bâtiments russes le *Saint-Nicolas* et la *Cathe-
rine*, et atteindre Marseille et Toulon au mois de
mai 1819, sans avoir éprouvé d'accident grave. Une
relation de ce voyage fut publiée quelque temps après
dans la *Revue encyclopédique*, et l'on peut consulter
aussi à ce sujet un recueil de pièces imprimé à Paris
en 1822, au nom des sociétés d'encouragement et
d'agriculture. Si l'on ne réussit pas à acclimater ces
chèvres en France, du moins le commerce sut-il procurer à Ternaux les laines dont il avait besoin, et les
cachemires français rivalisent aujourd'hui avec les
châles de l'Inde.

Cette mission, entreprise sous les auspices du gouvernement, amena quelques changements dans la po-

sition d'Amédée Jaubert. Dès le 25 mars 1819, il avait
été rétabli sur le cadre des maîtres des requêtes en
service extraordinaire ; le 16 novembre on lui rendit
sa place de secrétaire interprète pour les langues orientales. A partir de ce moment, il se livra tout entier à
ses études de prédilection et ne les interrompit plus
qu'une seule fois pour revoir Constantinople. C'était
en 1829 ; la guerre s'était rallumée entre les Russes
et les Turcs ; Amédée Jaubert, envoyé auprès du
sultan, contribua puissamment à la conclusion du
traité d'Andrinople ; il devait en même temps régler
les affaires grecques, faire cesser la persécution des
catholiques arméniens, et ses efforts furent couronnés
de succès. La révolution de juillet le surprit au milieu
de ces négociations, et il arbora de nouveau à l'ambassade française le drapeau tricolore.

Nommé à son retour conseiller d'État en service
extraordinaire, il était élevé, le 25 décembre 1841,
à la dignité de pair de France, et jusqu'à ses derniers
jours il ne cessa de servir son pays avec le zèle le
plus ardent. Telle fut la carrière politique d'Amédée
Jaubert, carrière des plus honorables et des mieux
remplies.

Nous allons le suivre maintenant comme professeur
et comme savant dans un autre ordre de travaux. Par-
tageant les loisirs que lui laissait la *Restauration* entre

sa chaire de turc à l'École des langues orientales vivantes et la rédaction d'ouvrages utiles ou intéressants,
il publia, dès l'année 1821, la relation de son *Voyage
en Arménie et en Perse;* en 1823, ses *Éléments de
grammaire turque;* en 1825, la notice d'un *Manuscrit
turc en caractères ouigours,* envoyé par M. de Hammer
à M. de Rémusat; en 1826, le récit d'un *Voyage d'Orenbourg à Bokhara;* en 1827, un extrait de la version
turque du *Bakhtiar-Nameh,* d'après un manuscrit en
caractères ouigours que possède la bibliothèque d'Ox-
ford. Il était membre de l'Institut royal de Hollande
depuis le 21 juillet 1809, et de l'Institut royal de Bel-
gique, du 9 avril 1822 ; il fut nommé correspondant
de la Société asiatique de Londres le 7 juin 1823, de la
Société des sciences de la ville d'Aix le 9 juillet 1823,
de la Société des antiquaires le 10 janvier 1825, et,
par une exception bien flatteuse pour un absent,
élu en 1830, pendant son séjour à Constantinople,
membre de l'Académie des inscriptions et belles-lettres.
La noblesse de ses sentiments, la variété de ses connaissances, son éloignement de toute coterie, et cette
incomparable modestie qui le portait toujours à s'ef-
facer devant ses confrères, lui assignèrent une place à
part dans cette compagnie, dont il fut un des plus
précieux ornements. En même temps qu'il remplissait
scrupuleusement ses devoirs d'académicien, il ne né-

gligeait rien pour mettre en relief deux sociétés savantes
à la fondation desquelles il avait contribué : nous voulons parler de la *Société de géographie* et de la *Société
asiatique* de Paris. Dans la première, il se faisait remarquer, dès 1821, par la multiplicité de ses communications, tantôt sur le millomètre arabe, sur des
manuscrits en langues orientales, ou sur des missions
entreprises au loin, tantôt sur l'utilité d'une *polyglotte*
géographique relative aux idiomes de l'Asie, ou d'un
recueil de questions à adresser aux voyageurs. En
d'autres circonstances, il s'attachait à éclaircir l'histoire
des divers peuples de l'Afrique. Déjà, à l'époque de
l'expédition d'Égypte, il avait recueilli les matériaux
d'un intéressant travail *sur les tribus arabes de l'isthme
de Suez*, qui a été imprimé dans le grand ouvrage de
la commission d'Égypte; en 1825, il donnait des renseignements curieux *sur le Sennaar*, et publiait dans
le tome II des *Mémoires de la Société de géographie* la
Relation de Ghana, par un Arabe de Tunis. — En 1824,
il avait fait un rapport sur un *Traité de Géographie*
écrit en latin et en caractères gothiques par le frère
Jordanus; en 1828, il annonçait à la Société qu'il
avait découvert un manuscrit arabe d'Edrisi beaucoup
plus complet que toutes les copies connues de cet ouvrage. Se rendant aux instances de ses collègues, il
consacra huit années de sa vie à la traduction de ce

monument inestimable de la science arabe. L'Edrisi
d'Amédée Jaubert forme les tomes V et VI des *Mémoires
de la Société de géographie*, et restera un des titres de
gloire de l'illustre orientaliste.

La Société asiatique ne lui fut pas moins redevable :
en 1827, elle obtenait communication de sa notice sur
le *Bakhtiar-Nameh*, dont il a été question ci-dessus ; de
sa *Lettre à M. Abel Rémusat* au sujet de l'édition du
texte en turc oriental de l'*Histoire généalogique des Ta-
tars* ; du récit de l'*Expédition de Djengiz-Khan*, etc. ;
d'une note sur le *Traitement de la peste chez les Arabes
d'Afrique*. — En 1833, il donnait au *Journal asiatique* des extraits de la *Gazette turque de Constantinople* et son mémoire sur l'*Ancien cours de l'Oxus*,
lu à l'Institut ; en 1834, il analysait l'*Histoire persane de la dynastie des Cadjars*, où il est parlé dans
les termes les plus flatteurs de sa mission en Perse, et
où l'on traite fort sévèrement un autre représentant
du nom français ; enfin il insérait au même journal
(1835) un nouveau mémoire intitulé : *Constantinople
en 1830*.

A la mort de Silvestre de Sacy, Amédée Jaubert se
trouvait naturellement désigné pour une partie de son
héritage ; il fut nommé, le 23 mars 1838, membre
du comité des impressions gratuites et inspecteur de la
typographie orientale ; le 25 avril, président de l'École

spéciale des langues orientales vivantes ; le 13 mai,
professeur de langue et de littérature persane au Collége de France ; il devenait en même temps président
de la Société asiatique. Cette même année, il était élu
membre honoraire de la Société asiatique du Bengale
(7 février), et il recevait du sultan (25 août) la décoration du *Nichani-Iftikhar*. En 1835 (12 janvier),
le schah de Perse lui avait envoyé l'ordre du Lion et
du Soleil, et le roi de Prusse, longtemps auparavant
(23 mars 1830), l'ordre de l'Aigle rouge. Il ne fut
nommé officier de la Légion d'honneur qu'en 1845.
— Au milieu des nombreuses fonctions dont il était revêtu, Amédée Jaubert déployait un zèle et une activité très-remarquables : il faisait exactement ses deux
cours de turc et de persan, et, pendant sa longue carrière, s'il se fit quelquefois suppléer par MM. J. J. Sédillot, Bianchi, Garcin de Tassy, ce ne fut que pour
raison d'État ou à l'époque de ses missions en Asie. Ses
anciens élèves ont conservé un pieux souvenir de l'intérêt qu'il leur témoignait et de ses constants efforts
pour les mettre à même de vaincre les difficultés d'é-
tudes très-ardues et très-ingrates. Placé comme admi-
nistrateur à la tête de l'École des langues orientales, il
s'efforça de rendre à cet établissement son ancien
éclat, et il commença, avec les plus faibles ressources,
une série de publications importantes : sous sa direc-

tion ou par ses soins, dix-huit ouvrages ont été successivement imprimés et constituent la base d'un excellent
recueil de textes ou de chrestomathies dans les différents dialectes de l'Asie et de l'Afrique; c'est, pour le
persan, le *Traité astronomique d'Oloug-Beg*, l'*Histoire
des Sassanides, des sultans du Kharezm, de Djenghiz-
Khan et des Mongols*, etc. ; pour l'arabe, le roman
d'*Antar;* pour le turc, la *Relation des ambassades de
Mohammed-Effendi et de Saïd-Wahid-Effendi;* pour le
turc oriental, des *Fragments d'Ali-Schir;* pour le ma-
lay, des *Chroniques*, des *Lettres* et des *Pièces diplomatiques;* pour les idiomes de l'Inde, des *Extraits
d'auteurs hindoustanis et hindouis.* Ajoutons à cette nomenclature déjà bien longue une *Chrestomathie chi-
noise* et un *Spécimen de la langue berbère.* On sait
combien il serait utile, par suite de nos rapports avec
les Kabiles, de connaître à fond le berbère. Amédée
Jaubert, qui présida la commission chargée en 1842,
par le ministre de la guerre, de la publication d'un
dictionnaire français-berbère, et qui devait contribuer
dans une large part à la rédaction de cet ouvrage, imprimé en 1844, avait demandé qu'une chaire spéciale fût créée pour cet intéressant dialecte à l'École
des langues orientales; M. Villemain, alors ministre
de l'instruction publique, préféra au berbère le chinois moderne, et il ne fut plus question d'un ensei-

gnement qui cependant avait sa raison d'être et qui aurait produit, sans aucun doute, d'excellents résultats.

Partout où il y avait quelque bien à faire, on était sûr de trouver Amédée Jaubert; aimant l'étude pour elle-même, passionné pour les sciences, attachant le plus grand prix à la pureté du langage, et constamment occupé de recherches grammaticales, il allait au-devant des travailleurs, les encourageait, leur marquait la sympathie la plus vive. Toujours prêt à obliger, il offrait à ses élèves les secours dont ils avaient besoin et mettait à leur disposition sa vieille expérience. Les jeunes enfants que le gouvernement turc faisait élever en France étaient placés sous sa surveillance spéciale, et les ambassadeurs de la Porte Ottomane, notamment le fameux Reschid-Pacha, prenaient ses conseils, et lui témoignaient la plus haute considération. Lié avec tous les hommes d'un mérite éminent, et particulièrement avec le savant Maurice de Genève, Cordier, Lepelletier d'Aulnay, Haxo, etc., fidèle à l'amitié, il commandait à la fois le respect et l'affection de ceux qu'il admettait dans son intimité. Il admirait beaucoup l'érudition d'Étienne Quatremère; la notice qu'il consacra en 1838 à la traduction de l'*Histoire des Mongols*, qui fait partie de la *Collection orientale* imprimée sous les auspices du garde des sceaux, montre

assez quelle était la nature de ses sentiments à l'égard
de cet habile professeur. Au reste, les deux honorables
académiciens avaient également à gagner dans leurs
relations réciproques, et les vastes connaissances de
l'un n'effaçaient en aucune façon le rare mérite et le
savoir de l'autre. On a cité une description de la ville
de Samarcande, extraite des Mémoires du sultan Baber,
qu'Étienne Quatremère a donnée dans le *Journal des
Savants* comme lui appartenant en propre, tandis que
nous la devons en réalité à Amédée Jaubert. Cet illustre maître avait le premier rédigé une version en français de ce curieux document, inséré dans les *Prolégo-
mènes d'Oloug-Beg*, par l'auteur de cette notice.
Étienne Quatremère, en rendant compte du livre, n'a
fait que proposer des corrections ou plutôt des va-
riantes qui, nous pouvons le dire, ne sont pas toutes
acceptables.

Pour terminer la notice des travaux d'Amédée Jaubert, nous n'avons plus qu'à mentionner les discours
qu'il prononça, en 1835, comme vice-président de la
Société de géographie; en 1838, sur la tombe de Silvestre de Sacy, comme président de la Société asiatique; et à l'ouverture de son cours de persan. Plus
tard, à la chambre des pairs, il lisait un rapport favorable sur le voyage de Flandrin et Botta aux ruines de
Ninive (1846); il n'avait plus alors que quelques mois

à vivre, et il se livrait encore avec une sorte d'enthousiasme à ses chères études. Il avait fait depuis longtemps d'intéressantes recherches sur les grandes voies
de communication de l'Asie supérieure. Son mémoire
sur l'ancien *Oxus* et son *Itinéraire d'Orenbourg à
Bokhara* avaient attiré son attention sur ce sujet, et en
1836 il exposait dans une des séances de la Société de
géographie l'utilité scientifique et les moyens d'exécution d'un voyage aux sources de l'Indus, en engageant
le général Allard à concourir à cette importante explo-
ration. Depuis lors, il n'avait pas un instant cessé de se
préoccuper de cette question, et il y revenait toutes les
fois qu'il lui était permis de se reposer à la campagne
de ses graves fonctions. Il avait acheté en 1824, dans
les environs d'Étampes, le château de Gillevoisin, ancienne résidence de Jacques Amyot, le traducteur de
Plutarque. C'est là qu'il se délassait de ses fatigues et
qu'il visitait un rejeton du saule de Sainte-Hélène,
présent de M. de Menneval et seul témoin de ses amers
regrets. Il avait voué en effet à Napoléon un culte bien
naturel, et l'émotion qu'il ne put maîtriser au retour
des cendres de l'Empereur attesta la profondeur de
son attachement pour le protecteur de sa jeunesse.

Mais le moment approchait où cette vie si laborieuse
allait s'éteindre. Au commencement de 1847, Amédée Jaubert, qui venait d'épuiser les derniers efforts

de son intelligence sur un manuscrit mandchou appartenant à l'Académie des sciences de Saint-Pétersbourg, expirait après une courte maladie au milieu de
sa famille, à laquelle il léguait une renommée sans
tache, de nobles exemples et la mémoire d'un homme
de bien ; il était à peine âgé de soixante-sept ans. Il a
laissé deux enfants : un fils, chef de bataillon du génie, officier distingué de notre armée, mort prématu-
rément en Afrique (1859), et une fille digne de sa
mère, mariée à M. Dufaure, ancien ministre, une des
gloires les plus pures du barreau français.

VOYAGE

EN

ARMÉNIE ET EN PERSE

CHAPITRE PREMIER

Motifs du voyage. Arrivée à Constantinople. Audience obtenue du sultan
Sélim. Embarquement pour Trébizonde.

Un traité dont l'objet était de réunir contre la France
plusieurs des puissances de l'Europe était sur le point
d'être conclu à Saint-Pétersbourg entre la Russie et la
Grande-Bretagne, lorsqu'on reçut à Paris une lettre par
laquelle le roi de Perse demandait au chef du gouvernement alors existant son amitié, et réclamait son assistance. On ignorait toutefois si cette lettre, qui avait
été apportée à Constantinople par un Arménien se
disant négociant, était authentique; on ne savait pas
même si le prince qui s'y qualifiait de souverain l'était
en effet. Ses forces et ses ressources, vu l'éloignement

de la Perse et les troubles qui, depuis la mort de Nadir-Schah, avaient bouleversé cet empire, n'étaient pas plus connues. Dans une telle incertitude, il fut jugé convenable de faire partir pour cette région lointaine un agent qui pût y prendre toutes les informations nécessaires. Napoléon, que j'avais accompagné dans ses campagnes d'Égypte et de Syrie, en qualité de secrétaire-interprète pour les langues orientales, et par qui depuis j'avais été envoyé au Caire, en Syrie, aux îles Ioniennes, et plus récemment encore vers le Grand Seigneur, jeta les yeux sur moi pour cette nouvelle mission, et je reçus l'ordre de partir sur-le-champ pour Constantinople, afin de passer de là en Perse.

Il importait infiniment, pour assurer le succès du voyage, que le motif n'en fût point divulgué. Le Schah de Perse le désirait, et l'on savait que la Sublime Porte ne voulait pas que des voyageurs européens traversassent ses provinces d'Asie; de plus, on devait raisonnablement penser que les agents de l'Angleterre et de la Russie, employés dans l'empire ottoman, ne négligeraient rien pour faire échouer une semblable mission, s'ils en connaissaient l'objet. En conséquence, la plus grande circonspection me fut recommandée, et je quittai Paris en secret le 7 mars 1805. Ayant traversé en toute diligence l'Allemagne, la Hongrie et la Transylvanie, j'arrivai à Bucharest le 2 avril, et j'y trouvai le prince Ipsylanti, disposé à me faciliter les moyens de passer à Constantinople. Parvenu à Missivri (l'ancienne Mesembria), je pris la route du littoral de la mer Noire, par Sizeboli, Aïnada et Midia, qui m'exposait à moins de dangers que celles des Quarante-Églises ou d'Andrinople. Je la suivis jusqu'à peu de distance de Constantinople, où j'arrivai le 10 avril, c'est-à-dire le trente-cinquième jour après mon départ de Paris.

Il m'avait été remis, par ordre du gouvernement, une lettre que je devais présenter au sultan Sélim. En conséquence mon premier soin, à mon arrivée à Constantinople, fut de demander une audience ; mais l'influence des Russes sur le Divan s'était singulièrement accrue depuis le départ du maréchal Brune. Je ne parvins donc qu'après une négociation aussi longue que pénible à obtenir que le jeudi, jour où le sultan a coutume d'aller à la campagne pour s'y livrer à divers exercices, je lui serais présenté par le grand vizir. Je fus, en effet, au lieu nommé Kiaat-Khaneh, ou les Eaux-Douces. Sélim me reconnut, me reçut avec bonté, prit la lettre dont j'étais porteur, la plaça dans les plis de sa fourrure, et me fit dire qu'il me transmettrait bientôt sa réponse. Une profonde mélancolie, causée par les troubles qui agitaient son empire et par l'ascendant que les janissaires révoltés avaient pris sur ses ministres, était empreinte sur tous les traits de cet infortuné monarque, comme s'il eût dès lors prévu la catastrophe qui devait terminer bientôt son règne et sa vie.

Ce fut seulement après avoir rempli cette première

partie de ma mission, qu'il me fut possible de m'occuper de mon voyage de Perse. M. Ruffin, conseiller
d'ambassade, m'aida de ses avis. Je me concertai avec
l'Arménien qui avait apporté la lettre du Schah, et qui
avait attendu à Constantinople la réponse qu'on pourrait y faire. Il y avait à choisir entre trois routes pour
se rendre en Perse : celle de Bagdad, que suivent les
caravanes, celle de l'Asie Mineure qui passe par Tokat
et par Erzeroum, et enfin celle de Trébizonde à
Erivan par Erzeroum. La première présentait de
graves inconvénients. Il fallait faire un circuit considérable, et traverser, au commencement de l'été, les
déserts brûlants de la Mésopotamie. De plus j'avais à
redouter l'influence de l'agent anglais qui résidait à
Bagdad. L'Arménien me conseillait de passer par Tokat,
mais il fallait traverser des pays en état de révolte, et
j'y risquais aussi d'être reconnu à chaque pas. Je me
décidai à tenter la voie de mer, bien qu'il fût assez
difficile à cette époque de trouver parmi les Grecs un
patron qui connût bien la navigation de Constantinople à Trébizonde, et que les montagnes de la Colchide dussent m'opposer des difficultés de tout genre.
Je parvins néanmoins, avec le secours de M. Franchini,
alors premier drogman en France, à fréter un navire
à voile latine, ponté, de l'espèce de ceux qu'on désigne
assez improprement sous le nom de *bechtchifteh*, c'est-
à-dire à cinq paires de rames.

Il était indispensable, pour prévenir tout soupçon

de la part des Turcs, qu'avant de m'embarquer je reçusse la réponse que le grand-seigneur devait faire
à la lettre que je lui avais présentée. Cette réponse me
fut remise à l'audience du grand-vizir, Ismaël-Pacha,
qui venait de succéder à Youssuf-Pacha dont la déposition avait été prononcée. Le vizir me dit que la Sublime
Porte ne négligerait rien pour maintenir les relations amicales qui subsistaient entre elle et la France,
et l'on me fit les présents d'usage.

Je déposai entre les mains d'une personne de confiance la lettre de Sa Hautesse, puis je me préparai à
remplir ma mission. M. Franchini parvint à me procurer un firman de la chancellerie turque, pièce qui,
jusqu'à un certain point, pouvait me tenir lieu de
passe-port ; et, à mon départ, il m'accompagna jusqu'à
Fanaraki, fort situé à l'entrée de la mer Noire et près
duquel mon navire était à l'ancre.

Comme il était à craindre qu'un premier envoyé ne
pût parvenir à sa destination, on crut devoir en faire
partir un second. J'étais à Constantinople depuis un
mois, lorsque j'y vis arriver M. l'adjudant général Romieux, chargé d'une mission semblable à la mienne.
Cet officier prit la route de Bagdad. On sait que ce ne
fut pas sans beaucoup de peine qu'il parvint à se soustraire aux dangers qu'elle offrait, et que, parvenu à
Téhéran, il périt par des causes qui sont encore inconnues.

CHAPITRE II

L'auteur part de Constantinople et passe la mer Noire. Il débarque à Trébizonde. Embarras où il se trouve. Continuation de son voyage. Son arrivée à Erzeroum. Rencontre imprévue qu'il fait dans cette ville.

Le 30 mai je partis de Constantinople, accompagné du guide arménien, d'un Tartare et d'un domestique français. Le bâtiment dont j'ai parlé m'attendait aux roches Cyanées, c'est-à-dire à l'embouchure du détroit. Je m'y embarquai aussitôt que la brise du matin se fut élevée. Nous ne tardâmes pas à prendre le large; mais à peine commencions-nous à perdre de vue le fanal du Bosphore, que le vent tourna subitement au sud-est. Le capitaine, qui ne connaissait pas bien la navigation de l'Euxin, craignit une bourrasque, et vira de bord pour retourner à Constantinople. Cette résolution pouvant compromettre le succès de la mission qui m'était confiée, j'exigeai qu'on gouvernât vers la Crimée, sauf à regagner ensuite les côtes méridionales de la mer sur laquelle nous naviguions.

Le vent devint favorable le 1er juin. Il se soutint et nous porta en sept jours à la côte du Phase, et de là à Trébizonde. A mon débarquement je remis au consul de France, M. Dupré, les lettres de recommandation

dont j'étais porteur, lettres où toutefois je n'étais qua-
lifié que de négociant qui voyageait pour ses affaires.
M. Dupré dont les soins n'ont pas contribué médiocrement, dans la suite, au succès de mon entreprise,
me soutint de tout le crédit que lui donnait sa qualité,
et me présenta à l'aga ou gouverneur de la ville.

Le pays qui environne Trébizonde était agité par un
de ces soulèvements qui étaient alors très-communs en
Turquie. L'aga était en guerre avec les habitants du
pays des anciens Lazes, peuple d'un caractère moins
souple et moins astucieux que celui des Arabes et des
Kurdes, mais indomptable et féroce à l'excès. Je fus
reçu avec l'indifférence que les Ottomans, surtout dans
l'Asie Mineure, témoignent ordinairement aux étrangers; et l'aga parut peu disposé à me faciliter les
moyens de me rendre à Erzeroum. Cependant la
crainte d'être découvert, le voisinage des Russes qui
étaient maîtres du Phase, celui des Lazes, et l'état
avancé de la saison, tout enfin me portait à presser
mon départ. Mon impatience faillit me faire reconnaître. L'aga, parlant de moi, dit à M. Dupré : « Que
veut cet infidèle? Ignore-t-il que les chemins sont
impraticables, et pense-t-il me faire accroire que le
seul appât d'un gain médiocre le détermine à risquer
sa vie pour arriver quelques heures plus tôt en Arménie? Si la déclaration qu'il a faite est vraie, qu'il
prenne patience; si elle ne l'est pas, qu'il parte; je
saurai bien découvrir l'objet de son voyage. » Lorsque

le consul me rendit cette réponse inquiétante, je me crus réduit à l'alternative de sortir la nuit de la ville pour me jeter dans les gorges du Caucase, ou de m'embarquer comme pour retourner à Constantinople, mais en réalité pour prendre terre sur la côte méridionale de la mer Noire, et continuer ma route en me dirigeant ensuite vers le sud. Ces deux moyens que, d'après l'inspection des cartes, on pourrait croire praticables, étaient aussi mauvais l'un que l'autre. Par bonheur, l'aga remporta, le 10 juin, sur les Lazes un avantage assez marqué pour n'avoir plus de quelque temps à craindre de les voir aux environs de sa résidence. Jugeant l'occasion favorable, je demandai de nouveau et j'obtins enfin la permission que je désirais si ardemment. Je louai des chevaux, pris des habits persans, et me mis en route le lendemain, 11, à la pointe du jour, de peur qu'un revers ou quelque circonstance imprévue ne vînt changer les bonnes dispositions de l'aga.

Ce ne fut pas sans beaucoup de peine que mes compagnons et moi nous traversâmes la partie du Caucase qui sépare du pachalic d'Erzeroum le territoire de Trébizonde. Nous trouvâmes sur notre chemin presque tous les ponts rompus et les villages pillés et incendiés par les rebelles. Le 18 juin, nous arrivâmes à Codjah-Pounhar, petit village situé à environ huit lieues d'Erzeroum. Redoublant de précautions, je mis mes bagages dans deux arabas (espèce de chariots)

traînés par des bœufs. Le 19 nous nous acheminâmes
vers la ville, au coucher du soleil, afin de n'y arriver
que de nuit. Mon guide assurait que les habitants
d'Erzeroum étaient les plus fanatiques et les plus
intolérants des hommes, et me recommandait de me
défier des Arméniens, ses propres compatriotes, dont
il parlait d'une manière assez défavorable.

La visite des agents de la première douane, placés à
trois lieues d'Erzeroum, ne fut pas très-rigoureuse;
j'en fus quitte pour une légère rétribution, et je passai
le pont de l'Euphrate sans éprouver de contrariété ni
d'opposition. A mon entrée dans la ville, je fus plus
heureux encore. Enveloppé dans une fourrure épaisse,
et le visage à demi caché par un énorme turban, j'é-
tais couché sur un des chariots au milieu des feutres
qui recouvraient les bagages. Le gardien de la porte,
qui me prit pour un musulman malade, craignit de
me déranger. « Mon frère, me dit-il, tu parais souffrir? Peut-être es-tu blessé. Va, poursuis ton chemin,
et que les bénédictions du ciel t'accompagnent! » Arrivé au karavanséraï appelé Dervich-aga-khany, j'eus
des nouvelles de la Perse. J'appris que la cour était à
Tauris, ville où je pouvais arriver en quinze ou seize
jours de marche. Je désirai donc quitter Erzeroum,
le plus promptement possible; mais les agents du
gouvernement turc sont très-soupçonneux sur la frontière de Perse. L'intendant de la douane, que mon
Arménien m'avait représenté comme extrêmement ri-

gide, ordonna, selon l'usage établi à l'égard des marchands persans, que je fusse gardé à vue jusqu'au lendemain. Peu de temps après la prière du matin, il me
fit appeler. Je le trouvai occupé à écrire. C'était un
jeune homme d'une physionomie riante ; il se nommait Ahmed-beg, et passait pour être fort riche. Je lui
donnai le selam (le salut) en arabe ; il me regarda
fixement et m'adressa ces mots : « Ta figure ne m'est
pas inconnue ; je crois t'avoir vu quelque part. Est-ce
à Bagdad, à Jérusalem, ou dans la caravane de la ville
sainte ? Mais non ! Je ne saurais en douter, c'est en
Égypte, dans le temps où les Français occupaient
cette province. » Ahmed fit signe de sortir à tous ceux
qui étaient présents, et, quand nous fûmes seuls, il
porta de nouveau ses regards sur moi, et me dit, en
me considérant avec surprise : « Tu es Français ; ne
cherche point à me le nier ! Que viens-tu faire dans
ce pays ? Ne sais-tu pas que d'autres que moi peuvent
te reconnaître ? As-tu oublié cette haine implacable
que nous portons aux chrétiens ? et ignores-tu que
depuis près de cent années aucun Européen n'a pénétré dans ce pays ? Cependant ne crains rien de moi ;
jamais je ne rendrai le mal pour le bien. Ahmed n'est
point ingrat ; les bienfaits qu'il a reçus sont toujours
présents à sa pensée. » Tout accoutumé que j'étais à
conserver un flegme en quelque sorte oriental dans
les conjonctures embarrassantes, il me fut impossible
de ne pas témoigner de l'étonnement ; l'intendant de

la douane, s'en étant aperçu, poursuivit en ces termes :
« Sache par quel hasard je t'ai connu. Je m'acquit-
tais du pèlerinage de la Mecque, lorsque l'Égypte fut
conquise par les Français. Voulant retourner dans
mon pays sans passer par Suez dont ils étaient maîtres
alors, je m'embarquai à Djedda pour me rendre sur la
côte opposée. Je débarquai à Cosséir, et de là je me
rendis à Keneh, en traversant de vastes déserts. On
m'avait assuré, et je l'avais cru trop facilement, que
les Français faisaient une guerre cruelle à tous les
musulmans, et en particulier aux Osmanlis[1], mes
compatriotes. Je jugeai donc convenable, comme tu
l'as fait toi-même, de me déguiser. Quel fut mon
étonnement lorsqu'en revoyant la belle vallée du
Saïd[2] j'appris qu'elle était gouvernée par un homme
bienfaisant[3] comme les eaux du Nil qui l'arrosent.
On lui donnait le titre de sultan el-a'del (le juste).
Pleinement rassuré, je me déterminai à descendre le
fleuve sur une djerme. Le vent ayant contrarié notre
navigation, mes compagnons et moi fûmes jetés près
de Manfalouth, sur une rive déserte. Bientôt nous
fûmes attaqués et dépouillés par les Arabes Ababdés.
Dépourvus de tout, nous nous acheminâmes vers le
Caire, espérant nous y procurer des secours. Mais des

---

[1] Ce nom signifie Ottoman, et dérive d'Osman ou Othman, premier
empereur des Turks.
[2] Nom que l'on donne à la haute Égypte dans le pays.
[3] Le général Desaix.

hommes malheureux qui arrivent presque nus dans
une ville opulente y trouvent rarement des amis.
Nous en fîmes la triste expérience; et nous nous vîmes,
au Caire, plus étrangers que les Français eux-mêmes.
Un des généraux qui commandaient en Égypte, ayant
appris le malheur qui nous était arrivé, nous fit paraître devant lui : *Pèlerins*, nous dit-il, *ce n'est point à
vous que nous faisons la guerre. D'où êtes-vous? où
allez-vous? quels sont vos besoins?* Ce fut toi, continua Ahmed en souriant, qui nous transmit ces paroles consolantes. Nous demeurâmes muets de surprise; tu dois t'en souvenir. Ayant demandé vainement un asile et du pain à ceux qui professaient notre
croyance, nous étions loin de nous attendre à tant de
bienveillance de la part d'un infidèle, d'un chrétien.
L'un de nous répondit que notre dessein était d'aller à
Constantinople en passant par l'île de Candie. On nous
donna une barque, de l'argent, des vivres et des lettres
de recommandation pour Damiette où nous fûmes accueillis favorablement, et où nous nous embarquâmes
pour Acre. Nous y vîmes Djezzar-Pacha qui nous demanda ce que nous pensions de l'armée française. Nous
ne craignîmes pas de lui en faire connaître toute la
force. Après trois ans d'absence, j'ai revu les murs
de Constantinople, et j'ai retrouvé mon harem et mes
amis. J'ai fait depuis une fortune considérable; les
bienfaits que j'ai reçus m'ont porté bonheur. Pars
donc quand tu voudras. Si tu crois à propos de me

confier le sujet de ton voyage, je tâcherai de t'être utile. Si tu juges devoir te taire, je respecterai ton secret et me bornerai à former des vœux pour que le ciel t'accorde un prompt retour dans ta patrie. » Je répondis simplement que je me rendais à Érivan pour y accomplir un pèlerinage important et pour des affaires de commerce.

Ahmed, après le discours que je viens de rapporter, me demanda des nouvelles de divers généraux français dont il avait entendu parler en Égypte. Il témoigna la plus vive douleur lorsque je lui eus appris la mort de Desaix, fit monter ses gens pour leur donner quelques ordres à mon égard, et me conseilla de ne pas m'arrêter longtemps à Erzeroum.

A mon retour de chez l'intendant de la douane, je trouvai le karavanséraï rempli de marchands de toute espèce, Arabes, Arméniens, Turks et Persans ; il y avait aussi quelques Wahabis, sectaires qui ne considèrent point Mahomet comme un prophète, mais seulement comme un sage, et qui réprouvent tout hommage rendu soit à Moïse, soit à Jésus-Christ, soit à Aly. La compagnie de tous ces étrangers me tenait en des alarmes continuelles ; mais, comme je me défiais de leur pénétration et de leur finesse, je feignis de les voir avec plaisir. J'employai quelques jours à me procurer des montures, je pris à mon service un second domestique arménien, et, lorsque mes préparatifs furent achevés, je retournai chez Ahmed qui me força d'accepter, en

signe d'amitié, un beau cheval tartare. « Hâte-toi de
partir, me dit-il ; profite de l'obscurité de la nuit.
Fais-toi ouvrir ce soir, pour quelque argent, la porte du
karavanséraï ; la chose ne sera pas difficile ; de mon
côté je te faciliterai les moyens de sortir de la ville [1] ;
rends-toi sur le minuit à la porte de Tauris ; tu y trou-
veras un de mes gens qui te l'ouvrira, et tu passeras
sans obstacle. Puissent les bénédictions du ciel t'accompagner en tous lieux ! »

[1] Le pacha était absent.

CHAPITRE III

Le nom d'Erzeroum se compose du mot Erze ou Arz, qui paraît être commun à plusieurs villes de l'Arménie[1], et de la qualification de Roum, qui signifie Romain[2]. Cette ville, dont la population est de soixante-dix mille âmes, n'offre aucun édifice remarquable; quiconque a vu une ville turque peut avoir une idée de toutes les autres, Constantinople seule exceptée. Tripoli d'Afrique et Ismaïlow, sur le Danube, offrent à peu près le même aspect.

Le moyen d'évasion que me fournit Ahmed-beg réussit au gré de mes vœux. Le 29 juin, au point du jour, nous étions déjà loin d'Erzeroum. Parvenus au

[1] Telles que Arz-Ab, Arz-En, Arz-Entzi, Erz-Inghian, etc.

[2] Ce nom est encore usité en Perse pour désigner l'Empire Ottoman, qu'on y appelle Memleket-Roum (l'Empire Romain). On voit aussi par la relation du voyage récent de lord Valentia (tom. III, page 503,) que sur les deux côtés de la mer Rouge on donne au Grand-Seigneur le titre de sultan de Roum.

sommet des montagnes qui dominent cette ville, nous
poursuivîmes notre route, croyant presque n'avoir
plus rien à redouter; mais notre sécurité ne fut pas de
longue durée. Nous ne tardâmes pas à rencontrer des
Arméniens qui venaient d'être dévalisés, et qui nous
apprirent la mort de deux voyageurs récemment assassinés par les Kurdes. Enfin, de distance en distance,
il y avait des pierres qui indiquaient non la mesure du
chemin, mais les lieux où des meurtres avaient été
commis [1].

En passant l'Aras ou l'Araxes, près de Hassan-Caléh, nous aperçûmes un gros de cavaliers qui venaient
à nous. Cette troupe s'avança pour nous reconnaître,
puis elle se retira, intimidée peut-être à la vue du Tartare de la Porte (reconnaissable à son turban noir et
jaune) qui m'accompagnait. Nous continuions à marcher en grande hâte, autant du moins que pouvait le
permettre la lassitude de nos chevaux, lorsqu'au détour
d'une vallée nous rencontrâmes une troupe de Kurdes
à peu près égale en nombre à notre petite caravane.
Ils passèrent près de nous en nous regardant d'un air
sombre, mais sans proférer un seul mot. Nous fîmes
bonne contenance, et ils poussèrent plus loin. Nous
reconnûmes, au bonnet de ceux qui la composaient,
que c'étaient des Yezidis, peuple qui, dit-on, adore Sa-

---

[1] Il n'est pas rare de trouver de ces sortes de pierres tumulaires dans
les pays de montagnes, les bois, et en général dans les passages dangereux.

tan, et dont la doctrine inspire de l'horreur aux Arabes, aux Turks, et surtout aux Persans.

Les Kurdes n'attaquent guère les voyageurs que le matin ou vers le coucher du soleil. Le soir nous en vîmes paraître un grand nombre sur le sommet des collines. Nos conducteurs effrayés quittèrent le chemin avec leurs montures et gagnèrent précipitamment une vallée écartée et profonde. Le guide arménien, qui connaissait tous les détours des montagnes, nous conduisit par des sentiers difficiles jusqu'au bord d'une petite rivière qui serpentait dans des prairies émaillées de fleurs et y formait une presqu'île. Des rochers escarpés, et une grotte dont l'entrée était peu apparente, nous firent espérer que cette retraite pourrait nous soustraire à la poursuite des brigands.

La fatigue, le calme de la nuit, la fraîcheur de l'air qu'embaumait le parfum des plantes aromatiques, tout invitait au repos; mais, entourés d'ennemis avides, il nous était impossible de nous livrer au sommeil. Cependant nous détachâmes la charge de nos chevaux, et nous les laissâmes paître à volonté. Vers le milieu de la nuit, un de nos gens s'écarta sans bruit pour les réunir et les ramener. Dans l'obscurité nous le prîmes pour un Kurde, et nous tirâmes sur lui plusieurs coups de carabine, qui par bonheur ne le blessèrent point. Craignant d'avoir fait découvrir notre retraite, nous nous remîmes en route à l'instant même; nous arrivâmes, vers la pointe du jour, à la cime la plus es-

carpée du Kusséh-Dagh[1], montagne d'où l'on découvre
les diverses ramifications du Taurus, qui de ce point
paraissent se diriger du nord-ouest au sud-est.

On considère généralement la chaîne des montagnes
désignée d'une manière assez vague par les anciens
sous le nom de Taurus[2], comme prenant naissance sur
les confins de l'ancienne Cilicie. Elle traverse ensuite
les contrées qui composaient autrefois la Cappadoce,
la petite et la grande Arménie[5], et celles qui s'appellent aujourd'hui l'Aderbaïdjan, l'Irâc Persique et le
Khoraçan, d'où elle va se joindre aux montagnes du
Candahar, et du petit Thibet, c'est-à-dire à l'ancien
Imaüs. En se prolongeant sur cette immense étendue
de pays, la chaîne, ou plutôt les sommets du plateau
dont nous parlons reçoivent les noms d'A'la et d'Ildiz-
Dagh, d'Elvend, d'Elbours, de Firouz-Kouh, et forment entre les contrées méridionales et celles du nord
de l'Asie Mineure et de la Perse une ligne de démarcation très-sensible. Nous en parlerons ci-après.

Ayant cru devoir éviter la ville de Toprac-Caléh (le
château de terre) et nous rapprocher de la grande

---

[1] Littér. la montagne sans barbe.

[2] Le nom de Thaur signifie montagne en chaldéen [*] et dans plusieurs
langues orientales anciennes. Les Arabes donnent encore ce nom aux
monts Sinaï et Thabor, qu'ils appellent Gibel-Thaur, montagne par excel-
lence, de même que les habitants de la Sicile désignent le mont Etna
sous la dénomination impropre de *monte Gibello*.

[5] La Caramanie, l'Arménie et la partie septentrionale du Kurdistan.

[*] Castelli, *Lexic.*, tom. I, p. 1488.

branche de l'Euphrate, nous passâmes la nuit à Cara-Kilissiah (l'église noire), village arménien, où nous fûmes bien accueillis. J'y eus avec les habitants quelques entretiens où je découvris, malgré les éloges que la crainte arrachait à mes interlocuteurs, que le pacha de Bayazid, dont nous devions traverser le pachalic, était un homme injuste et cruel.

Jamais en Égypte ni ailleurs je n'ai vu de terroir plus fertile que celui des environs de Toprac-Caléh et des deux rives de l'Euphrate, depuis Cara-Kilissiah jusqu'à Diadin; cependant on n'y trouve point d'arbres[1]. Les Arméniens prétendent qu'il faut l'attribuer à l'abondance des neiges et à la grande élévation du sol[2] au-dessus du niveau de la mer. Les habitants sont réduits à user, pour tout combustible, de fiente de vache mise en briques et séchée au soleil. Heureux si cet inconvénient était le plus fâcheux de tous ceux qu'ils ont à éprouver dans leur misère! L'air du pays est très-salubre.

---

[1] Les environs d'Erzeroum sont en général dépourvus d'arbres; et, quoique verdoyantes et fertiles, les plaines où coulent l'Euphrate et l'Araxes dans cette partie de leur cours, offrent un aspect assez nu. Cette observation n'avait point échappé aux anciens. On lit en effet dans Plutarque[*] : « Pour autant que les haultes provinces de l'Asie ne portent point d'arbres si haults ni si longs, » etc.

Voyez aussi Hadji Khalfah, cité dans le *Précis de la Géographie universelle* de M. Malte-Brun, tom. III, pag. 103.

[2] Plus de 1,500 toises.

[*] *Hommes illustres.* Vie d'Antoine, p. 332 de l'édition Janet et Cottel.

La journée du 3 juillet se passa sans que nous eussions occasion de faire aucune observation remarquable. Nous rencontrâmes quelques Kurdes et un homme qui avait une espèce de grelot attaché à la jambe, et qu'à cette marque mon guide reconnut pour être un messager du pacha.

Le 4 au matin, je vis le mont Ararat[1], dont la cime couverte de neige se dessinait au-dessus des autres montagnes. Le soir nous parvînmes à la source principale de l'Euphrate qui, à peine sorti du sein de la terre, roule majestueusement ses eaux dans une vallée spacieuse et profonde. Par malheur cette vallée est exposée aux dévastations des Kurdes. En vain le laboureur y sème-t-il quelques grains; ses moissons lui sont souvent enlevées avant que le soleil ait achevé de les mûrir; il est obligé d'abandonner ses champs, de fuir avec sa femme, ses enfants et ses troupeaux, pour se soustraire à la fureur des brigands, et aux vexations des pachas qui gouvernent la province. Ainsi, dans cette malheureuse contrée, il n'existe ni patrie, ni sécurité, ni repos.

Un monastère chrétien s'élève sur la rive gauche du fleuve. A voir de loin les tours antiques et les hautes murailles de ce couvent, qui est sous l'invocation de saint Jean, on le prendrait pour une forteresse. Là résident quelques pieux anachorètes que leur pauvreté

---

[1] En turk Agri-Dagh.

ne met pas toujours à l'abri des attaques. Renfermés jour et nuit dans cette enceinte, ils passent leur vie en prières. Si quelque voyageur se présente, ils lui jettent du haut des murs une échelle de corde au moyen de laquelle il peut entrer dans leur demeure, et lui offrent un peu de pain et de lait, seuls aliments que leur procure la charité des fidèles.

Nos chevaux, épuisés par une longue traite, n'avançaient que lentement. Craignant que dans le cas d'une attaque il ne nous fût impossible de nous défendre avec avantage, ou de fuir avec rapidité, nous nous arrêtâmes près du monastère. Le silence qui régnait aux environs, et l'aspect de plusieurs villages incendiés et déserts, m'inspirèrent les réflexions les plus tristes. Si j'avais cru aux pressentiments, j'aurais pu prévoir le sort affreux auquel j'étais réservé. Je me trouvais presque seul, à onze cents lieues de ma patrie, au milieu d'un pays infesté de brigands. Mais, quelle que fût leur fureur, j'avais résolu de tout braver pour m'acquitter d'une mission dont les résultats pouvaient être de quelque utilité pour la France.

Comme l'ardeur des rayons du soleil et la longueur d'une route pénible avaient épuisé nos forces, nous nous baignâmes dans l'Euphrate; puis nous passâmes la nuit dans un hameau situé sur la rive du fleuve. Ayant reconnu là que le costume persan ne me déguisait pas assez bien, je pris des habits arméniens. Le lendemain, avant l'aurore, nous nous remîmes en route

dans l'espoir de dépasser le jour même les frontières
de la Turquie. Voulant éviter Bayazid, nous suivîmes
des sentiers détournés ; et, laissant cette ville à deux
lieues sur la droite, nous dirigeâmes notre marche vers
le mont Ararat. Arrivés à Arz-Ab, gros village arménien, nous en trouvâmes toutes les portes barricadées.
Les femmes étaient sur les terrasses des maisons ; ef-
frayées de notre approche, elles poussaient de grands
cris et nous conjuraient de passer outre. Nous allions
céder à leurs instances, lorsqu'un vieillard, qui était
le kiahia[1], ou le chef du village, accourut au bruit,
s'emporta contre ces femmes, et leur ordonna de se retirer. Il nous fit entrer chez lui, et nous dit : « Soyez les
bienvenus, et reposez-vous ici jusqu'au coucher du soleil ; ce soir, car dans ce pays il vaut mieux marcher de
nuit que de jour, nous vous donnerons, pour passer la
montagne, des guides sûrs et une escorte fidèle. Abdallah, le chef des Sibkis, dont l'audace et la force sont
renommées dans toute l'Arménie, est à trois parasanges[2] d'ici. Il est maître du passage de la montagne ;
et, comme en ce moment il est en querelle avec le pacha

---

[1] Le kiahia d'un village est une espèce d'officier municipal élu par les
habitants ; c'est ordinairement le plus riche ou le plus instruit qui remplit gratuitement cette fonction. On reproche, peut-être avec quelque
fondement, aux kiahias de s'entendre avec les pachas, de faciliter les
extorsions, et de s'enrichir presque toujours aux dépens de ceux qu'ils
devraient défendre et protéger. M. Olivier, *Voyage dans l'Empire Ottoman*, tom. I, chap. XXVII, pag. 175-176.

[2] Quatre lieues et demie. Le parasange (en persan moderne *farsang*
ou *farsakh*) contient environ 6,000 mètres.

notre effendy[1], il arrête toutes les caravanes qui se rendent de Bayazid à Érivan. Ce rebelle passe la journée à rô-
der dans les environs; ce matin même il est venu à portée
de fusil du village. Le soir on conduit dans son camp les
troupeaux et les autres dépouilles qu'il a enlevées, et
l'on introduit dans sa tente les esclaves, les danseuses,
les musiciennes qui le suivent partout. Il passe ainsi
une partie de la nuit dans la débauche. Il vous importe
d'éviter sa rencontre et de ne marcher dans le voisinage de son camp que lorsqu'il sera, ainsi que ses gens,
enseveli dans un profond sommeil. » Le vieux kiahia,
après avoir ainsi parlé, fit apporter dans une cour om-
bragée de peupliers[2], des nattes, des tapis, de l'eau, du
lait et du riz. Le temps que nous perdions était précieux, et l'avis de cet Arménien ne me faisait pas renoncer au dessein où j'étais de partir au plus tôt d'Arz-
Ab. A l'approche de la nuit je réveillai mes gens qui
s'étaient endormis. Je leur fis charger le bagage, et
ayant pris mes armes, je me disposai à partir. Arrivé
sur le seuil de la porte, je vis venir à moi le kiahia,
suivi d'une troupe de paysans armés. Il voulut encore
essayer de me retenir sous de vains prétextes; mais,
voyant que ses représentations étaient sans effet : « Eh
bien, puisqu'il faut vous le déclarer, poursuivit-il,
vous ne sortirez pas d'ici. Mahmoud-Pacha est instruit

---

[1] Voyez, sur la signification de ce mot, la note 2 du chap. vii,
page 47.

[2] Auprès de Bayazid, on commence à voir quelques arbres.

de votre passage ; attendez ses ordres, et surtout évitez
une résistance inutile. » Loin de paraître troublé par
ces paroles, je feignis d'approuver la démarche du
traître, et lui dis qu'il n'avait fait que me prévenir, que
mon intention était d'aller saluer le pacha. Je parlais
encore lorsque nous vîmes arriver sept cavaliers armés
de pistolets et de poignards, et couverts d'habits en
lambeaux. Ils avaient l'air sinistre, et l'avidité se pei-
gnait dans leurs regards. Ils s'assirent autour de moi,
et, sans m'adresser une seule parole, ils firent allumer
leurs pipes. Au bout d'un quart d'heure, leur aga, qui,
jusque-là, n'avait cessé de me considérer attentivement
et d'un air de mépris, ouvrit enfin la bouche pour me
demander qui j'étais et pour quel objet j'avais entre-
pris mon voyage. « On a dû t'en instruire, lui répondis-je ; je suis Arménien. Je viens de Constantinople, et
me rends à Érivan dans le double dessein d'accomplir
un pèlerinage et de réclamer une somme qui m'est
due par le patriarche des Trois-Églises. » L'aga, cherchant alors à m'inspirer de la confiance, se radoucit
et m'invita à prendre du repos. « Ce léger retard, dit-il,
vous sera favorable. A la pointe du jour nous nous rendrons à Bayazid ; notre maître vous recevra bien et
vous épargnera les dangers d'une route infestée de brigands qui ne craignent que lui. » Après avoir ainsi
parlé, l'aga se leva et sortit. Ses compagnons le suivi-
rent, et fermèrent les portes qu'ils firent garder soigneusement pendant la nuit. Je profitai de ce moment

pour ouvrir mes malles et en retirer mes papiers et divers bijoux destinés à être offerts en présents à la cour de Perse, et dont malheureusement j'étais porteur. Je les cachai dans les amples vêtements qui me déguisaient ; je traçai à la hâte un billet par lequel j'instruisais de ce qui venait de m'arriver le patriarche des Trois-Églises. A peine finissais-je d'écrire, que la lampe qui nous éclairait s'éteignit, accident que mon Tartare et les Arméniens considérèrent comme du plus funeste présage, et qui par conséquent ne fit qu'accroître leur frayeur.

Une heure avant le jour nous partîmes d'Arz-Ab avec l'escorte qui nous était si suspecte, et nous arrivâmes de grand matin à Bayazid [1], ville bâtie au fond d'une vallée étroite que forment des montagnes arides. Les maisons sont éparses entre les rochers qui, des deux côtés, bordent le défilé. On voit à gauche, sur un pic presque inaccessible, une vieille citadelle. A droite et sur une autre hauteur s'élève un bel édifice où résidait le pacha qui, à notre arrivée, était encore dans son harem, et ne nous admit qu'à midi à son audience.

---

[1] S'il faut s'en rapporter à une tradition généralement reçue en Arménie, ce fut le sultan Bayazid ou Bajazet Ier, surnommé *Ilderim* (la foudre), qui fit construire la citadelle de cette ville, et lui donna son nom.

CHAPITRE IV

Portrait de Mahmoud, pacha de Bayazid. Première entrevue. Discours perfide qu'il adresse à l'auteur. Il feint de lui donner une escorte pour le conduire à Érivan.

Mahmoud, pacha de Bayazid, était un homme âgé de trente à trente-deux ans ; ses traits étaient nobles et réguliers, son regard sévère, sa physionomie froide, et il cachait sous un extérieur imposant un cœur bas et pervers. Il était connu dans toute la province par des actes d'une perfidie et d'une cruauté inouïes. On l'avait vu plus d'une fois, après avoir accordé la paix à une tribu ennemie, en attirer, sous la foi des serments, les chefs près de lui, les rassurer par des caresses, les combler de présents, et les faire massacrer ensuite impitoyablement. A l'époque où j'arrivai à Bayazid, il venait, au milieu d'une fête, d'ôter la vie à un de ses cousins, jeune guerrier, dont le seul crime était de s'être fait aimer du peuple. Enfin il était en guerre avec son propre frère, Ibrahim-Pacha, dont il sera question ci-après.

Assis en plein air sur une terrasse, Mahmoud nous reçut de l'air sec et froid qui lui était habituel ; il parcourut le firman dont j'étais porteur, puis, se tournant vers le chef de ses Tartares : « Tout cela me paraît suspect, lui dit-il. Vois si tu reconnais le prétendu janissaire qui accompagne ce voyageur. Fais retenir ici l'Arménien qui lui sert de guide; quant à lui, qu'il aille, si cela lui convient, dans un karavanséraï de la ville. » Je m'y rendis non sans une inquiétude extrême. Quoique privé de mon Tartare et de l'Arménien qui me servait de guide, je résolus de me mettre en route sur-le-champ. Vain projet ! Mes chevaux avaient été retenus par ordre du pacha. Chacun s'éloignait de moi, et les chrétiens surtout, qui craignaient qu'on ne les accusât de m'avoir prêté leur aide, tremblaient de m'approcher. Je fus tellement délaissé dans le karavanséraï, qu'il ne me fut pas possible de m'y procurer un peu de pain et une natte pour me coucher. Cependant le pacha avait fait interroger en secret le Tartare et mon guide. Le premier, qui était musulman, fut traité avec quelque douceur ; on le pressa même de me quitter, ce qu'il refusa de faire. Quant à l'Arménien qu'on n'avait aucune raison de traiter avec ménagement, et qu'on croyait instruit du motif réel de mon voyage, il fut jeté dans une étroite prison, mis à la torture, où on lui arracha quelques aveux, et enfin étranglé par ordre de l'odieux Mahmoud ; crime dont je ne fus instruit que dans la suite.

Le lendemain je me rendis chez le pacha que je trouvai environné de mollas et d'agas kurdes. Il me

reçut dans une salle fort longue, et m'accueillit avec
beaucoup d'égards et même avec une apparente cor-
dialité. « Jeune homme, me dit-il, je veux savoir toute
la vérité ; ne crains rien : dis-moi ce qui t'amène ici,
et dans quel pays tu as appris notre langue ; songe que
je puis obtenir par la force ce que je demande avec
douceur. » Comme je persistais à ne lui rien avouer :
« J'en jure par l'Éternel et par le prophète, s'écria
Mahmoud d'un ton irrité, je saurai tout, et de ta bouche
même ! Tu es chrétien, tu es né en Europe ; tu ne vas
pas seulement à Érivan, tu vas à la cour de Perse ; tu
portes sur toi de riches présents et peut-être quelque
lettre importante ! Oseras-tu me nier ce que ton Arménien vient de me révéler ? » Chaque mot du pacha
augmentait mon inquiétude et mon trouble. Voyant
donc que j'étais trahi, je quittai brusquement le coin
de la salle où j'étais debout, et, jetant le manteau noir
qui couvrait mes habits arméniens, j'allai droit à
Mahmoud qui parut effrayé de ce mouvement. « Non,
lui dis-je, en m'asseyant à côté de lui ; non, je ne
nierai plus rien, puisqu'on a eu la lâcheté de te tout
dire ! Je suis prêt à retourner à Constantinople ; mais,
si tu crois devoir m'empêcher de passer en Perse,
songe que tu seras responsable de l'événement. —
Retourner à Constantinople ? répliqua le pacha avec
un sourire faux. Dieu te préserve d'y songer. Ne sais-tu
pas que, sujet en apparence de la Sublime Porte, je
suis réellement vassal du padischah de Perse ? Voudrais-

je, par une démarche inconsidérée, m'attirer la disgrâce d'un tel voisin? Un Européen se rend à sa cour;
il lui porte des lettres, des présents, et j'oserais, moi,
mettre obstacle à sa marche? Non, certes; je rendrai
grâce au ciel si dans cette occasion je puis donner une
preuve de zèle au grand roi. Rassure-toi : loin de
chercher à te nuire, je te serai utile et te porterai dans
mes mains comme une fleur qu'on veut garantir du
souffle des vents. Je serai heureux de te déposer sur
la terre des Persans. Pars donc pour Érivan. Traverse,
si tu veux, la Perse et les Indes; mais à ton retour
ne manque pas de repasser par ma province; je serai
bien aise de te revoir, et même de te charger de quelques intérêts que j'ai à régler à Constantinople, et
avec Youssouf-Pacha. Je te donne pour escorte mes
plus fidèles serviteurs; ils me répondront de toi.
J'espère que tu seras content d'eux; et si, pour prix de
mes soins, il m'est permis de te demander une grâce,
ce sera qu'étant *parvenu à ta dernière destination,* tu
ne maudisses pas le nom de Mahmoud. Cette nuit
même tu seras *réuni* à ton guide. »

Je ne compris point le double sens des paroles de
Mahmoud, et je ne savais pas encore que, pour légi-
timer le parjure le plus odieux, les Kurdes font un
usage fréquent d'expressions ambiguës. Je m'engageai donc par serment à faire tout ce que désirait le
pacha. Quittant alors sa gravité et prenant même un
air affable : « Mon ami, poursuivit-il, n'oublie pas un

avis salutaire : quoique disciples de notre prophète,
les Persans sont moins musulmans que nous. Ils n'ont
ni la bonne foi, ni la franchise, ni la libéralité qui
nous caractérisent. Ils sont doux, flatteurs, caressants,
il est vrai ; mais, sous ces formes séduisantes, ils
cachent presque toujours de sinistres desseins. Défie-
toi des premières impressions. En pays étranger le
plus clairvoyant est aveugle [1], et garde-toi de croire un
Persan, lors même qu'il te dira la vérité. Au surplus,
j'exige que tu me remettes la note exacte de tous les
objets que tu portes, j'en suis responsable. Malgré la
coutume, ne fais ici aucun présent ; ce serait à moi de
t'en offrir, et je ne manquerai pas à ton retour de
te donner quelque marque de souvenir. » Après ces
mots, le pacha fit venir un de ses agas nommé Khalil.
Il lui donna en ma présence des lettres pour le gouverneur d'Érivan, ainsi que l'ordre de me conduire à
cette ville. Il lui recommanda en outre de veiller à ce
que je fusse bien traité. Khalil-Aga reçut à genoux
l'ordre de Mahmoud, baisa le bas de sa robe et prit
congé de lui. Je le suivis, et sans réfléchir aux suites
que pouvait entraîner un changement de résolution si
soudain, je me déterminai à partir sur-le-champ.

[1] Proverbe arabe.

CHAPITRE V

Il était plus de midi lorsque nous sortîmes de Bayazid. En m'éloignant de cette ville, j'éprouvais un sentiment confus de tristesse et de joie. Les Kurdes qui composaient mon escorte, devinant sans doute, et voyant percer malgré moi sur mon visage l'inquiétude dans laquelle j'étais de ne point voir reparaître mon guide, et de me trouver presque seul au milieu d'eux, semblaient s'efforcer de me distraire par les jeux militaires auxquels ils ont coutume de se livrer en voyage. Ils faisaient voltiger leurs chevaux tartares autour du mien, et lançaient au loin et en courant leurs javelots garnis de plumes. Plusieurs fois ils m'invitèrent à prendre part à leurs exercices ; et même l'un d'eux, après s'être approché de moi bride abattue, et tenant d'une main sa lance, m'offrit un bouquet de roses, et me dit : « Prends ces fleurs ; leur éclat passager est une image de la vie, l'instant approche où elles vont se fa-

ner. Il ne tardera pas à souffler le vent du désert qui
doit disperser leurs feuilles. Tel est notre sort dans le
pays de Sélivan [1], rarement l'homme y prolonge son
existence au delà de trente années. »

A mesure que nous avancions, je voyais, non sans
peine, l'escorte se grossir par l'arrivée de cavaliers que
nous rencontrions de distance en distance; Khalil-Aga,
qui remarqua mon étonnement, me dit que c'étaient
des voyageurs qui, pour franchir le passage dangereux
de la montagne, venaient se mettre sous la protection
de la troupe qu'il commandait. Cette explication que
je n'avais pas demandée, accrut mes soupçons, loin de
les diminuer; mais je me rassurai jusqu'à un certain point en songeant que nous allions gagner le
territoire persan; je ne pouvais me persuader que
les Kurdes, qui avaient tout à redouter de la part
du schah de Perse, pussent se permettre un attentat
qui ne pouvait manquer d'irriter extrêmement ce
prince.

Au pied du mont Ararat coule une rivière dont les
eaux vont se jeter dans la mer Caspienne, et qui sert de
limite aux empires turk et persan. Lorsque nous l'eûmes passée, Khalil-Aga s'approcha de moi, et m'a-
dressa ces mots : « Que cette heure te soit favorable !
Enfin, après avoir parcouru tant de parasanges et traversé le vaste pays des Osmanlis, te voici en Perse; que

---

[1] C'est le nom que les Kurdes donnent à la province de Bayazid.

ton arrivée soit bénie ! Prends un peu de repos ; nos chevaux ont besoin de se rafraîchir. Dans quelques instants nous arriverons à un village qui est sous la dépendance du khan (gouverneur) d'Érivan. Puissent les Persans, tes nouveaux hôtes, t'accueillir aussi bien que nous ! » Nous descendîmes de cheval dans une prairie, et déjà je rendais grâce au ciel d'être parvenu jusqu'à cette terre lointaine, lorsque tout à coup je me vois enveloppé par l'escorte qui devait me protéger. Un Kurde placé derrière moi me saisit par le milieu du corps, un autre me lie les bras, un troisième arrache les pistolets que je portais à la ceinture, m'ajuste et menace de faire feu. Tous mes efforts pour me dégager sont vains ; on me bande les yeux, on me renverse la face contre terre, et l'un de ces misérables me retient dans cette position en posant son pied sur moi. Dans ce moment terrible aucune lâche pensée ne se présenta à mon esprit ; je n'oubliai pas que je portais cachée sous mes habits la décoration autour de laquelle sont gravés les mots *honneur et patrie*, et j'adressai au ciel, pour la gloire et la prospérité de mon pays, des vœux que je croyais devoir être les derniers de ma vie.

Lorsque mes gens, c'est-à-dire le Tartare et mes deux domestiques, eurent été également désarmés et garrottés, les Kurdes nous relevèrent, nous placèrent sur des chevaux, et l'on se remit en route sans qu'il me fût possible de voir quel chemin on prenait ni de démêler par quel motif on nous emmenait ainsi plutôt que de nous égorger[1].

Au milieu de ces montagnes inhabitées dont la chaîne se prolonge vers le Caucase, est une vallée profonde et solitaire qu'environnent des rochers escarpés. Le voyageur n'y porte jamais ses pas; le pâtre même y conduit rarement ses troupeaux, et cette retraite ne semble convenir qu'à des bêtes féroces ou à des voleurs. Arrivés là, les Kurdes, persuadés que je ne pouvais leur échapper, m'ôtèrent le bandeau qu'ils avaient mis sur mes yeux, et m'assurèrent qu'il *n'y avait pas de mort pour moi*. L'un d'eux m'enleva ma montre, et courut à toute bride vers Bayazid, pour porter au pacha la nouvelle et la preuve de ma captivité. Les autres étendirent sur la terre leurs manteaux de laine, et, se tournant vers la Mecque, ils firent avec recueillement la prière du soir. Ainsi ces scélérats venaient de violer l'hospitalité, qui leur est prescrite comme la plus sainte des lois, et ne craignaient pas d'outrager le ciel en lui adressant leurs vœux.

Après le coucher du soleil, nous entendîmes tirer au loin quelques coups de fusil. Les Kurdes se levèrent en disant : « C'est le signal. » Ils nous conduisirent, par des précipices affreux, hors de tout chemin frayé. Après plusieurs heures de marche dans l'obscurité,

---

[1] Mahmoud-Pacha mettait une importance extrême à tenir notre arrestation secrète. Ce fut par ce motif qu'il ne nous fit point arrêter dans la ville, mais sur la frontière de Perse, à quatre lieues de Bayazid.

nous parvînmes à une habitation isolée, dont les portes
s'ouvrirent à notre approche. Je fus introduit seul dans
cette maison où régnait le plus profond silence. Je demandai, pour me désaltérer, un peu d'eau qu'on me
refusa. On me fit monter dans une salle assez spacieuse
et peu éclairée ; j'y vis quelques personnes debout et
rangées le long des murs. Un homme mal vêtu, sans
armes, sans turban, le front appuyé sur sa main, et
paraissant pensif, était seul assis. Je ne le reconnus pas
d'abord : c'était le pacha. La confusion était peinte
sur son visage. Il me dit d'une voix altérée que le matin, à l'instant même où je venais de partir, il avait
reçu de Constantinople l'ordre de s'assurer de ma personne, mais que je pouvais être tranquille. « Effendy,
lui répondis-je froidement, je ne redoute rien ; mais
toi, es-tu bien sans inquiétude ? Penses-tu que ton
crime puisse rester impuni, et ne crains-tu ni Dieu ni
les hommes ? Tu vas me faire mourir, je le sais ; mais
retiens mes dernières paroles : L'heure de la vengeance
arrivera ! Un jour on demandera le prix de mon sang,
et ce prix, Mahmoud, c'est toi qui devras le payer ! »
Ces paroles menaçantes, que le pacha considéra peut-
être comme prophétiques, achevèrent de le troubler.
Il envisagea sans doute avec effroi les suites de son attentat, et il forma le dessein de me laisser vivre encore
quelques mois, mais de me retenir dans les fers, afin
qu'on ignorât, soit à Constantinople, soit en Perse, ce
que j'étais devenu, et de profiter de mes dépouilles

dans le cas où je ne serais point réclamé. Il me délia
lui-même, et m'engagea à prendre patience. A l'en
croire, le Tartare qu'il venait d'expédier à Constantinople devait lui rapporter une réponse sous quarante
jours. « Je respecterai ta vie, poursuivit-il, quand
même la Sublime Porte en ordonnerait autrement. »
Après qu'il eut ainsi essayé de me rassurer, ses gardes
m'entraînèrent hors de la maison et me firent gravir
à pied la hauteur sur laquelle est bâtie la citadelle de
Bayazid. Il était minuit lorsque nous en passâmes les
portes; en entrant dans une première pièce, nous
vîmes plusieurs femmes voilées qui tenaient les mains
sur leurs yeux et versaient des pleurs; elles croyaient
qu'on allait nous faire périr.

Arrivés dans une autre salle, nous trouvâmes assis
et entouré de ses enfants un vieillard qui nous regarda
tristement et d'un air de compassion; c'était le gouverneur du château; il s'appelait Mahmoud, ainsi que le
pacha. Les gardes le saluèrent avec respect; puis, s'a-
dressant à nous : « Voici, nous dirent-ils, votre nouvel hôte et votre nouvelle demeure. » Ensuite ils ra-
massèrent un paquet de cordes qui était dans un coin,
et ils m'en passèrent une autour du corps. Leur premier mouvement, je l'avoue, me fit frémir d'horreur.
Ils levèrent une trappe cachée sous des nattes, et me
forcèrent de descendre, à l'aide de la corde, dans un
puits, dont, malgré la lumière que répandaient autour
de nous les torches qui éclairaient cette scène affreuse,

je ne pus alors entrevoir le fond. Cependant, au bout
de quelques secondes, je sentis la terre sous mes pieds ;
les gens du pacha me dirent de me délier. Ils descendirent après, par le même moyen, mes trois compagnons d'infortune, c'est-à-dire le Tartare de la Porte,
qui avait changé son nom d'Omar en celui d'Aly-Aga
(à cause de la haine des Persans contre le khalife
Omar), le jeune Arménien et mon domestique français. Cela fait, ils fermèrent la trappe et se retirèrent,
nous laissant dans une obscurité profonde et livrés à
des réflexions dont on devinera facilement la nature.

CHAPITRE VI

Description du souterrain. On en retire momentanément l'auteur. Consolations que nous apportent Mahmoud-Aga et sa parente. Moyens que prend le pacha pour dérober au public la connaissance de notre emprisonnement. Tableau de la misère que nous éprouvons dans ce souterrain.

L'accablement où nous avaient jetés la fatigue et les événements de la journée qui venait de s'écouler, nous empêchèrent longtemps de visiter le cachot où nous étions plongés; nous entendions par intervalles les crieurs des mosquées et le bruit que les prêtres arméniens font avec des crécelles aux portes des chrétiens, pour leur annoncer l'heure de la prière. Ce ne fut donc qu'après le lever du soleil, et à la faible clarté qu'une embrasure, pratiquée au haut du mur, laissait pénétrer avec un peu d'air dans le réduit où nous étions enfermés, que nous en reconnûmes la forme et les dimensions.

C'était une espèce de caveau, de puits sec ou de citerne creusée dans le roc à environ trente pieds sous terre; sa longueur était de seize pieds, sa largeur de cinq. Il n'y avait ni lit, ni table, ni siége; un peu de paille fut, avec une cruche et une tasse placées dans un coin, tout ce que nous y trouvâmes. Enfin, comme si

ce dénûment absolu et les malheurs qui nous mena-
çaient n'avaient pas suffi pour rendre notre situation
déplorable, le cadavre d'un beg, assassiné récemment
par ordre du pacha, gisait enseveli dans la terre sur
laquelle nous étions étendus.

Après la prière du matin, le geôlier chargé de veiller
sur nous leva la trappe, et nous descendit, au moyen
d'une corde, un seau où étaient quelques onces de
pain et un peu de lait aigre[1]. Il promit de revenir tous
les jours, au lever du soleil, à midi et le soir nous en
apporter autant. Tels furent, durant presque toute
notre captivité, les aliments qui soutinrent notre misérable existence.

Le temps s'écoulait cependant, et nous n'appre-
nions rien qui pût faire changer notre sort. Un jour
que le geôlier était absent, Salhiéh, parente de Mahmoud-Aga, obtint la permission de venir avec une Arménienne nous apporter le pain et le lait qui composaient notre nourriture. Elle était voilée, et ne nous
parla point alors; mais dans la suite, à l'exemple du
vénérable aga, elle nous montra combien elle compa-
tissait à nos maux, et pour les adoucir elle vint quelquefois s'entretenir avec nous : tant il est vrai que dans
tous les pays la sensibilité est le principal apanage des
femmes.

---

[1] C'est ce que les Turks appellent *ioughourt,* les Persans *mâst,* et les
Arabes *tsemïl.*

La dixième nuit qui suivit notre emprisonnement, nous entendîmes frapper rudement à la porte de la salle qui était au-dessus du souterrain, et la trappe s'ouvrit. Nous fûmes frappés tout à coup d'une grande clarté, et nous entendîmes des voix qui ne nous étaient pas inconnues; c'étaient celles des Kurdes qui nous avaient arrêtés. L'un d'eux s'approcha de l'ouverture du caveau, et eut l'impudence de me dire : « A quoi passez-vous votre tems? Et toi, Pédros-Aga[1], que fais-tu là-bas? Que te semble-t-il du séjour de Bayazid? » L'indignation m'empêcha de répondre. « Rassure-toi, continua le Kurde; nous ne venons pas pour te nuire; notre effendy a trouvé dans tes coffres des papiers dont il voudrait savoir le contenu, et des objets dont il ignore l'usage; il faut que tu montes pour nous l'apprendre. Prends cette corde, attache-la fortement autour de tes reins, nous te tirerons après.

—Le piége est grossier, répondis-je; vous craignez de descendre dans ce cachot, parce que vous savez que nous ne sommes pas gens à nous laisser égorger sans résistance. Mais n'importe; j'attache à présent peu de prix à la vie; je vais me rendre près de vous. » Et comme le Tartare Omar cherchait à me dissuader de ce dessein : « Il faut que je sache ce qu'ils veulent, lui dis-je, si, quand je serai là-haut, tu ne m'entends plus parler, tu jugeras que j'aurai cessé de vivre, et tu ver-

---

[1] C'était le nom que les Kurdes m'avaient donné.

ras ce que tu auras à faire. » Parvenu dans la salle supérieure, ce ne fut pas sans horreur que j'envisageai les mêmes Kurdes qui m'avaient plongé dans cet abîme de maux ; je passai près d'une heure à leur expliquer l'usage des diverses armes, montres, lunettes et objets de curiosité qu'ils me présentèrent, puis je leur lus en persan la partie de mes instructions qui me parut la plus propre à les intimider. Toutes ces explications terminées, ils me redescendirent dans le souterrain.

Dans un des entretiens que nous eûmes avec la bonne Salhiéh, elle nous apprit quels étaient les moyens que le pacha employait pour tenir secret notre emprisonnement. « Il a fait serment, nous dit-elle, d'anéantir toute notre famille, si quelqu'un de nous vient à révéler que vous êtes ici. Dernièrement deux hommes s'entretenant dans le bazar, l'un dit à l'autre : « Ils seront délivrés. » Ces mots ont suffi pour les faire arrêter. On les a accablés de coups pour savoir ce que signifiait ce discours, et ils n'ont été remis en liberté que lorsqu'on a eu reconnu qu'ils ignoraient même votre existence. Une autre personne, qui s'était trouvée sur votre passage lorsque vous fûtes amenés dans ce château, a été également arrêtée. On ne sait ce qu'elle est devenue. Le pacha a défendu qu'on vous donnât jamais de lumière. Il craint que la clarté qui pourrait s'échapper la nuit par quelque crevasse de cette tour ne fît soupçonner que vous y êtes renfermés. Il a aussi enjoint à l'aga de faire réduire de jour en jour votre

nourriture, afin que, si la mort vient à vous surprendre,
il ne puisse en être tout à fait responsable aux yeux de
la Divinité[1]. Mais rassurez-vous ; la Providence veillera
sur vos jours, elle a béni cette demeure. »

Le gouverneur venait aussi nous visiter quelquefois.
Assis et penché près de l'ouverture du cachot, il se plaisait à m'interroger moins sur les merveilles de l'Europe que sur les principes de notre religion, sur nos
mœurs et sur nos lois. Il admirait la morale de l'Évan-
gile et louait notre respect pour la vie et les propriétés
de nos semblables. Il pensait avec raison que l'ignorance et le fanatisme attestent la faiblesse des empires
et en présagent la ruine. Pour satisfaire notre curiosité, il nous donnait parfois des nouvelles de ce qui se
passait au dehors. Rarement était-ce quelque chose
d'heureux ! Tantôt une querelle venait d'éclater entre
deux tribus ; tantôt une caravane avait été pillée ou un
voyageur assassiné. S'était-il commis un crime, presque toujours on soupçonnait le pacha d'en être le principal auteur.

Mahmoud-Aga ne manquait pas, chaque fois qu'il
venait nous voir, de nous apporter quelque chose ; des
fleurs, des fruits, un peu d'encens pour purifier l'air
que nous respirions dans notre étroite et profonde de-

---

[1] On a pu voir par ce qui précède, et notamment par les discours du
pacha, que Mahmoud était aussi superstitieux que barbare, et qu'il faisait
un fréquent usage de restrictions mentales, sorte de subterfuge très-com-
mun parmi les Kurdes.

meure[1] ; soins touchants, mais moins précieux encore
que le baume consolateur que la présence de ce vieillard faisait pénétrer dans nos cœurs flétris et déchirés
par le malheur. Homme généreux ! pourquoi ne m'a-
t-il pas été permis de te témoigner ma reconnaissance ?
Tu étais pauvre, et cependant tu trouvais encore le
moyen de répandre des bienfaits. Le peu de bien que le
ciel t'avait accordé, tu le partageais avec les malheureux. Tes secours charitables m'ont conservé la vie.
Tes bénédictions paternelles m'ont accompagné partout. Ainsi que tu me l'as prédit, j'ai revu ma patrie,
mes parents, mes amis. Tu n'es plus ; mais le souvenir
de ta sagesse, de ta générosité, de ton courage, restera
toujours profondément gravé dans mon cœur.

Cependant notre situation empirait de jour en jour,
nos vêtements, que nous n'avions pas quittés depuis
deux mois, étaient d'une saleté extrême et tombaient
en lambeaux. Une longue barbe nous rendait mécon-
naissables, et la pâleur de la mort était sur notre front.
Tant que le soleil était sur l'horizon, l'entretien du
gouverneur et de Salhiéh, ou l'espoir de les voir bientôt reparaître, faisaient trêve aux ennuis de notre captivité. Mais que les nuits étaient cruelles ! Elles se
passaient presque toutes sans que le sommeil vînt rafraîchir ma paupière. Ordinairement vers le matin, à

---

[1] L'air du souterrain, qui était étouffant et infect lorsque nous y fûmes
jetés, c'est-à-dire au mois de juillet, devint humide et froid au mois de
novembre.

l'aide d'un morceau d'acier que je devais à la charité
de mes hôtes, je faisais jaillir d'un caillou quelques
étincelles, et j'allumais des feuilles de tabac, dont ils
ne me laissèrent jamais manquer. La vapeur qui s'en
exhalait m'était aussi agréable que l'aurait été l'odeur
des parfums de l'Arabie et de l'Inde, et me procurait un
assoupissement de trop peu de durée. Mais à mon réveil
tout ramenait dans mon cœur des souvenirs doulou-
reux ou des regrets amers. Les plaintes et les reproches,
bien pardonnables sans doute, que ne cessaient de
m'adresser ceux qui étaient renfermés avec moi, re-
doublaient alors l'horreur de ma situation. Si les cris
des imans venaient interrompre le silence des airs : Ce
n'est point là, me disais-je, la voix de mes amis ; ils
ignorent mon sort ; ma plainte ne peut parvenir jusqu'à eux ; je ne les reverrai plus. Si par intervalles
quelques rayons de soleil frappaient les murs du cachot, je pensais soit au lever de l'aurore, soit aux
riantes collines et aux rivages fortunés du pays où j'ai
reçu le jour [1]. Le chant matinal et gai des oiseaux de la
campagne m'arrachait quelquefois des larmes, et, par
un sentiment contraire, le sifflement, le déchaînement
des vents orageux me faisaient éprouver une sorte de
plaisir indéfinissable. Souvent aussi, livré à la rêverie,
il me semblait voir rassemblés, dans une riante retraite, les objets de mes affections et de mes regrets les

[1] La Provence.

plus vifs, un père, une mère, des sœurs et un frère; je
croyais qu'ils venaient essuyer les pleurs qui malgré
moi s'échappaient de mes yeux. Mon imagination, exal-
tée par cette douce illusion, faisait parvenir jusqu'à
mon oreille la voix de ce frère chéri qui me disait :
« Rassure-toi ! tes maux vont finir. Victime de la fureur des hommes, tu vas bientôt te séparer d'eux pour
jamais. Que t'importe? Si la Providence précipite aujourd'hui le cours de ta vie, peut-être sauvera-t-elle un
jour ton nom de l'oubli. » Ainsi l'idée consolante de
l'éternité, se glissant dans le cœur des infortunés, leur
fait supporter et les maux qu'ils endurent et ceux
qu'ils redoutent encore pour l'avenir.

CHAPITRE VII

Bruits que Mahmoud-Pacha fait répandre à Erzeroum. Entretien qu'a l'auteur avec le geôlier Husseïn. Soin avec lequel ce dernier veille sur nous.

Notre captivité durait depuis trois mois, lorsqu'un jour Mahmoud-Aga vint nous annoncer que Hassan, tartare du pacha, était arrivé d'Erzeroum. « Il rapporte, nous dit-il, que le cadi de cette ville a forcé un Anglais qui était envoyé vers les Russes, à retourner à Constantinople, sans lui permettre de remplir sa mission. On dit aussi qu'un autre Européen, chargé d'un message pour la cour de Perse, a été dévalisé et mis à mort par les Hyderalys[1], dans le voisinage d'Érivan. Certes jamais le Kurdistan n'a été visité si souvent par les Francs. Qu'en penses-tu ?

— Je crois, répondis-je à Mahmoud après un instant de réflexion, que cet Anglais, cet autre Européen et moi ne sommes qu'une même personne. » En effet, comme je l'appris dans la suite, le pacha, qui crai-

[1] Nom d'une tribu de Kurdes nomades qui habite la province de Nakhchivan.

gnait toujours de voir son attentat découvert, avait envoyé à Erzeroum un homme de confiance pour y répandre les bruits que je viens de rapporter. Il supposait
sans doute que, si les Persans poussaient leurs recherches jusqu'à cette ville, ils pourraient penser que j'é-
tais retourné sur mes pas ; et que, d'un autre côté, si
la Porte Ottomane cherchait à savoir en Perse ce que
nous étions devenus, la voix publique lui ferait croire
que nous avions été assassinés par des Kurdes sur le
territoire persan.

Le geôlier Husseïn venait tous les soirs s'entretenir
aussi vers nous; mais, tout en affectant de vouloir dissiper nos chagrins, il les augmentait réellement par
l'ambiguïté ou le laconisme de ses discours.

« Bonsoir, Husseïn, lui disais-je un jour; qu'y a-t-il
de nouveau dans le monde? — Tout va bien, me répondit-il. — Est-il arrivé quelque Tartare de Constantinople? — Dieu le sait. — Vos Kurdes se sont-ils
battus aujourd'hui contre ceux d'Abdallah[1]? — Oui ;
nous les avons mis en fuite. — En avez-vous tué beaucoup? — Cinquante têtes ont été apportées à notre
effendy[2]. — Quelles nouvelles a-t-il de la guerre entre
les Persans et les Russes? — De très-bonnes ; on dit
que les hérétiques ont été chassés d'Érivan. — Quels-

---

[1] C'était le chef des Sibkis, dont nous avons parlé plus haut.

[2] Effendy dérive du mot grec moderne Ἀυδεντης, qui signifie seigneur
ou maître; c'est une qualification que les Turks donnent aux gens en place
et aux hommes versés dans la connaissance des lois.

hérétiques? — Les Persans. On ajoute que Tauris tombera bientôt en la puissance des infidèles. — Et ces
nouvelles sont agréables au pacha? — Sans doute; les
hérétiques sont ses plus dangereux ennemis. — S'est-il
enfin expliqué sur ce qu'il veut faire de nous? — Non.
— A-t-il le projet de nous faire étrangler? — Dieu le
sait; moi, je l'ignore. — Pourquoi tarder? — Notre
effendy n'agit que par de bonnes raisons. — L'as-tu vu
ce matin? — Oui. — T'a-t-il parlé de nous? — Non.
— Qu'avais-tu donc à faire au palais? — On m'a défendu de vous le dire. — Tu te contredis, Husseïn;
mais, si tu aimes ton Dieu et ton prophète, dis au pacha
que nous avons une grâce à lui demander. — Laquelle? — Qu'il me fasse mourir. — Dieu l'en préserve! — Cette misérable vie qu'on me laisse est un
tourment mille fois plus cruel que la mort. Agitée par
l'inquiétude et la tristesse, vaut-elle le repos éternel?
Je ne vois point d'autre terme à mes maux; je n'attends plus d'autre secours, je n'ai plus d'autre avenir.
En supposant que par crainte ou par pitié le pacha me
rende libre un jour; sans appui, sans secours, quel
sera mon refuge? Irai-je me présenter à la cour de
Perse et mendier une honteuse hospitalité. Au lieu de
lettres et de présents, offrirai-je aux yeux du schah le
spectacle de ma misère? et ne lui porterai-je, au lieu
de paroles de paix et de nouvelles favorables, que des
plaintes importunes ou de vains gémissements? Le
néant du tombeau est, peut-être, effrayant pour celui

qui a le pouvoir d'agir; mais pour un malheureux tel que moi, pour un homme enterré vivant dans un obscur souterrain, abreuvé d'outrages et condamné à l'oubli, la vie est un insupportable fardeau. Il me reste cependant un espoir, Husseïn ; Dieu ne permettra pas qu'un attentat inouï dans tous les pays, qu'un crime odieux, même parmi vous, reste longtemps impuni. En vain le traître qui me retient ici pense-t-il, ou feint-il de croire que sa religion l'autorise à charger de fers, à faire périr un hôte sacré. En vain espère-t-il, par des expiations, apaiser le juste courroux du prophète; qu'il tremble ! Sa destinée le précipite sur le pont des enfers, sur ce pont redoutable plus tranchant que la lame d'un glaive, et sur lequel, selon votre croyance, doivent passer tous les hommes. Le juste en franchira légèrement les arches acérées, et parviendra sans douleur dans la demeure des anges et des houris ; le coupable aura les pieds déchirés et tombera dans les flammes éternelles. Mais que dis-je ! Husseïn, non, Mahmoud n'est pas musulman ! J'ai maudit son nom, et Dieu vengera mon injure ! »

Le geôlier était sinon ému de compassion, du moins frappé d'étonnement lorsque je lui adressais de semblables discours. Il m'engageait alors à prendre patience, à ne point désespérer de mon sort ; puis il allait visiter avec soin toutes les portes du château, et revenait se coucher sur une natte, dans la salle sous laquelle nous étions détenus. Durant la nuit, il se réveillait souvent en sursaut, et saisissait précipitamment ses armes. A ce bruit nous nous levions tous quatre, croyant toucher à notre dernière heure

CHAPITRE VIII

La peste se déclare à Bayazid. Une des femmes de Mahmoud–Pacha en est at-
taquée et meurt. Salhiéh nous procure les moyens d'instruire la cour de
Perse de notre captivité. Le pacha est aussi atteint de la peste. Il veut nous
faire périr. Courage et générosité de Mahmoud-Aga. Le pacha meurt.
Ahmed-Bey, son fils, lui succède et médite aussi notre perte. La peste le
saisit à son tour. Trouble et remords auxquels il est en proie. Il meurt.
Ibrahim, son oncle, lui succède.

La peste, ce fléau terrible qui exerce de si grands ravages dans le Levant, avait, depuis plus de quatre-
vingts ans, épargné le territoire et la ville de Bayazid ;
mais durant notre emprisonnement elle s'y déclara
avec violence, et son apparition fut considérée comme
un signe évident de la colère céleste ; selon toute apparence elle y avait été apportée par une caravane de marchands du Djeziréh (la Mésopotamie), qui allaient
vendre à Tiflis du blé, des dattes et d'autres productions de cette partie de l'Asie.

Bayazid est divisée en ville haute qu'habitent les tribus kurdes, et où chacune d'elles occupe un quartier
séparé ; et en ville basse, habitée par les Arméniens.
Ce fut dans la partie supérieure que la contagion fit les
plus grands ravages ; peu de Kurdes en guérirent, la

plupart des Arméniens et des Persans qui se trouvaient à Bayazid cherchèrent leur salut dans la fuite.

Notre geôlier, qui, pour remplir un devoir pieux, allait tous les jours ensevelir des musulmans, fut attaqué à son tour[1], ce qui nous procura fréquemment la visite de Salhiéh et de l'Arménienne. Elles nous apprirent que la plupart des Kurdes qui nous avaient arrêtés étaient malades ou mourants. Le pacha, malgré l'apathie ordinaire aux mahométans, prenait des précautions pour se soustraire au mal. L'alarme était au harem ; une esclave venait d'y mourir et une autre était frappée de la peste. Enfin on n'était pas sans inquiétude sur la santé de Zuleïkha, favorite de Mahmoud, qui ordonna des prières publiques, distribua des aumônes, et fit, selon l'usage des Kurdes, immoler un chameau en l'honneur de la mère du prophète. Vaine espérance ! Zuleïkha mourut, et l'inconsolable Mahmoud ne sortit plus de son palais.

Le ciel, comme pour nous dédommager des peines et des ennuis d'une si dure et si longue captivité, ne permit pas à la peste d'atteindre notre cachot. Nous songeâmes un moment à profiter du trouble que ce fléau jetait dans la ville, pour tenter de nous soustraire par la fuite à tant de dangers imminents ; mais Salhiéh, qui venait fréquemment causer avec nous, entretenait dans nos cœurs l'espoir de recouvrer la liberté par tout

---

[1] Il n'en mourut cependant pas.

autre moyen qu'une évasion, qui, malgré la crise où
l'on était à Bayazid, n'aurait pu avoir lieu qu'avec beaucoup de difficultés. « Si vous pouviez, nous dit un jour
notre consolatrice, faire parvenir quelques lignes à la
cour de Perse, vous seriez sans doute réclamés par
elle, et par conséquent sauvés. » Cette femme compa-
tissante, dont je suivis aussitôt le conseil, me procura
du papier, de la poudre à canon et un roseau pour
écrire un billet que je traçai à la hâte en langue turque.
Elle le reçut en tremblant, le cacha dans son sein, et
me promit de le remettre à un Persan qui, fuyant la
peste, retournait dans son pays.

On juge facilement avec quelle impatience nous cal-
culions le temps nécessaire pour que la cour de Perse
pût faire arriver ses ordres[1] à Bayazid. Nous étions occupés de cette idée qui soutenait notre espérance, lorsque la parente de l'aga revint nous voir. Elle paraissait
extrêmement émue, et nous dit : « Le ciel a pitié de vos
peines ; votre persécuteur est attaqué de la peste. »
Nous nous levâmes tous quatre par un mouvement
spontané. L'agitation que j'éprouvai m'empêcha quelque temps de parler, et mes yeux se remplirent de
larmes. La mort du pacha pouvait assurer notre salut ; mais combien un tel événement semblait peu probable ! En effet, le troisième jour de la maladie du pacha, on crut voir en lui des symptômes de guérison.

---

[1] C'est le mot propre. (Voy. chap. xxiii.)

Bientôt le geôlier, qui s'était rétabli, s'empressa de nous annoncer que son maître s'était levé, qu'il avait tenu son divan, et qu'il était remis tout à fait ; à cette nouvelle, je le priai de faire en sorte que Mahmoud-Aga, sur la sincérité de qui je pouvais compter, vînt nous visiter. Le vieillard eut de la peine à s'y résoudre ; cependant il parut le lendemain. A l'instant où je l'aperçus, je lui demandai en quel état se trouvait le pacha. Il m'imposa silence et me fit sentir sans peine combien il serait dangereux pour nous de témoigner de la joie dans cette conjoncture critique. « Mes enfants, ajouta-t-il d'un air sévère, ne souhaitez pas la mort de votre ennemi ; un pareil vœu serait un crime. Son sort et le vôtre sont en cet instant pesés dans la balance de l'Éternel. Bientôt la volonté divine sera connue. Notre effendy, il est vrai, s'est levé aujourd'hui ; mais il était dans le délire. Il a rejeté avec courroux, et comme s'il craignait d'être empoisonné, le breuvage qui lui a été présenté. Plusieurs fois votre nom est sorti de sa bouche, et ce nom semblait redoubler son agitation. »

Le bon Mahmoud ne nous disait pas tout. Le pacha, dans un des courts instants de tranquillité que lui laissait une fièvre dévorante, avait mandé deux ulemas et le cadi de Bayazid. Il leur avait révélé le secret de notre captivité et leur avait représenté que des chrétiens aussi maltraités que nous l'étions seraient implacables s'ils venaient à recouvrer la liberté. « Hâ-

tez-vous donc de les perdre si vous voulez épargner à
la ville de nouveaux malheurs, » leur avait-il dit ensuite. Les ulcmas avaient rendu un fetva (décision)
conforme aux désirs du pacha, et Roustam, le plus
sanguinaire de ses agents, était venu demander nos
têtes. Mais le respectable Mahmoud-Aga avait refusé
courageusement d'obéir à un ordre inhumain donné
par un homme en délire et sur le point de rendre le
dernier soupir.

Ce même jour, le silence qui régnait constamment
autour de nous fut interrompu tout à coup par des
cris qui, selon le peu de connaissance que nous avions
de l'emplacement du palais, nous parurent venir du
harem. Bientôt l'aga, la tête presque nue en signe de
deuil, vint nous annoncer que le pacha n'était plus.

Cette nouvelle fit naître en nous un mouvement de
joie que la réflexion ne tarda pas à modérer. Nous ap-
prenions, il est vrai, la mort d'un homme qui semblait avoir un intérêt puissant à nous perdre, mais
notre sort devait dépendre de son successeur : et qui
serait-il? Comme la province a conservé le droit d'élire
elle-même ses gouverneurs, sauf l'approbation de la
Porte, la ville de Bayazid fut, aussitôt après la mort de
Mahmoud, divisée en deux factions; l'une, composée
des habitants, demanda pour pacha Ibrahim, frère de
celui qui venait de mourir. Elle augurait favorablement d'un homme éprouvé par de longs malheurs. Les
tribus kurdes qui, durant la guerre entre les deux

frères, avaient porté les armes contre Ibrahim, voulaient pour chef Ahmed-Beg, fils de Mahmoud, jeune
homme dont le caractère belliqueux leur faisait concevoir aussi de grandes espérances. Leur influence
prévalut. Ahmed fut déclaré pacha, et aussitôt l'on
fit en son nom l'invocation et la prière. Ibrahim
obtint la paix et le commandement de Toprac-Caléh,
ville située à quarante lieues à l'est des sources de
l'Araxes.

Le premier soin du nouveau pacha fut de s'entourer
de tous les Kurdes qui avaient obtenu la confiance de
son père. Ayant fait venir le féroce Roustam, qui avait
été sinon le promoteur, du moins le complice de tous
les crimes de Mahmoud, il l'interrogea sur les affaires
secrètes du pachalic, et apprit de lui notre détention.
Roustam nous représenta comme des ennemis de l'islamisme, comme des hommes qui voyageaient avec des
intentions suspectes, et qui portaient en Perse des objets de grands prix qu'il conseilla au jeune pacha de
s'approprier. A l'entendre, la chose était facile; le secret était ignoré de tous, et l'impunité devait être assurée. Pour achever de persuader Ahmed, il fit étaler
à ses yeux les armes et les diamants qui m'avaient été
enlevés. Le pacha, ébloui par l'éclat de ces objets, ap-
prouva le conseil de Roustam, et notre perte fut de
nouveau résolue. Ahmed nous aurait fait mettre à
mort sur-le-champ, s'il n'avait jugé que l'austère com-
mandant de la citadelle, Mahmoud-Aga, ne manque-

rait pas d'opposer une forte résistance à l'exécution du
crime. Il pensa donc à éloigner de Bayazid ce vieillard, en le chargeant d'une commission honorable.
Depuis longtemps la mère d'Ahmed languissait exilée
à Toprac-Caléh. Il ordonna à Mahmoud d'aller l'y chercher avec une nombreuse escorte. L'aga ne pouvait
refuser d'obéir ; mais, soupçonnant le dessein qu'on
avait tramé contre nous, et voulant nous défendre
autant qu'il était en son pouvoir, il exigea qu'on
lui fît serment de respecter nos jours pendant son
absence.

L'intention d'Ahmed n'était pas de tenir une promesse qui contrariait trop sa cupidité ; mais, à l'instant
où il se disposait à violer son serment, il ressentit à son
tour les atteintes de la peste, et bientôt son mal parvint au plus haut degré de violence. Il expédia plusieurs Tartares à sa mère pour l'inviter à presser son
retour. Elle se fit donc transporter en litière à Bayazid,
avec toute la diligence possible ; à son arrivée elle
trouva son fils mourant. « O mon cher Ahmed, lui
dit-elle, était-ce donc pour vous voir expirer que je devais sortir d'un si long exil ? » Instruite par l'aga, elle
continua ainsi : « N'en doutez pas, mon fils, la justice
divine s'est appesantie sur la tête de votre père. Elle
vous accablerait également si vous lui ressembliez.
Puissent vos mains être encore pures et votre cœur in-
nocent ! » Ahmed fit aussitôt appeler Mahmoud-Aga,
et lui adressa le discours suivant : « Je ne sais quel

génie protége ces chrétiens ni quels moyens surnatu-
rels ils emploient pour attirer sur cette ville le courroux du ciel. Tous ceux qui ont voulu les perdre ont
péri. Mon père a été victime de leurs évocations ma-
giques [1], et moi-même je suis atteint d'un mal qui pardonne rarement. Mille songes affreux me présentent
l'ombre errante de Mahmoud. N'a-t-il donc pu trouver
le repos dans la tombe? Cette nuit encore il m'a semblé
le voir; il était pâle et défiguré; il m'a conduit par la
main à l'entrée d'un cachot, et m'a montré ces malheureux étrangers ensevelis tout vivants. Il paraissait les
redouter encore et me faisait signe de briser leurs fers.
Cette fatale vision s'est répétée plusieurs fois. Allez,
Mahmoud, allez! Dites à ces chrétiens qu'ils cessent
de me maudire, et qu'ils s'efforcent d'apaiser le ciel irrité contre nous. Assurez-les que, si je conserve la vie,
je mettrai fin à leurs peines et les renverrai libres,
contents et comblés de mes bienfaits. »

Mahmoud-Aga nous rapporta fidèlement les discours
qu'on vient de lire. La joie rayonnait sur son visage.
Il espérait que le jeune pacha ne tarderait pas à recouvrer la santé; mais le sort, qui semblait prendre plaisir à prolonger nos incertitudes et notre captivité, en
ordonna autrement. Deux heures après avoir exprimé
l'intention d'être juste à notre égard. Ahmed expira,

---

[1] On a vu que les Kurdes sont très-superstitieux; dans leur orgueil-
leuse ignorance, ils prennent pour l'effet d'une puissance surnaturelle la
supériorité de connaissances que les Européens ont sur eux.

et sa mère le suivit de près au tombeau. Ibrahim, à peine arrivé à Toprac-Caléh, apprit la mort de son neveu. Il revint à la hâte et se fit alors sans peine reconnaître et proclamer pacha de Bayazid.

CHAPITRE IX

La cour de Perse nous fait réclamer. Ibrahim-Pacha prend les ordres de la Sublime Porte. Nous sommes tirés du souterrain. Réponse de la Porte. Négociation entre Youssuf-Pacha et Ibrahim-Pacha. Nous quittons Bayazid.

Cependant la parente de Mahmoud-Aga avait rempli avec exactitude la promesse qu'elle m'avait faite ; le billet que j'avais tracé était parvenu en Perse par ses soins. Le khan ou gouverneur d'Érivan, en vertu des ordres de sa cour, nous fit réclamer par des officiers qu'il envoya dans ce dessein au nouveau pacha. Ce message, n'ayant eu aucun succès, fut suivi de plusieurs autres par lesquels le schah de Perse menaça de toute sa colère la ville de Bayazid, si nous n'étions remis en liberté sur-le-champ. Ibrahim se trouvait dans un grand embarras ; il fit répondre aux envoyés persans qu'il ne nous avait plus en sa puissance, et que la Sublime Porte, qui devait savoir ce que nous étions devenus, s'empresserait sans doute d'en informer le grand roi.

Comme l'aspect du sérail était odieux au peuple parce qu'il avait été construit avec le produit des vexations et des rapines commises par Mahmoud-Pacha ; que c'était dans ce palais qu'il venait, ainsi que son

fils, de mourir misérablement, et que d'ailleurs Ibrahim voulait laisser la jouissance de cette habitation élégante et commode aux femmes et aux enfants de son
frère, il résolut d'habiter la citadelle, ancien séjour de
ses aïeux, qui, malgré l'état de ruine où elle se trouvait,
paraissait plus susceptible de défense en cas d'événement. Il y établit donc sa résidence, et elle fut fréquentée par un grand nombre de militaires et d'Arméniens. Nous en fûmes instruits et nous cherchâmes
à nous faire apercevoir par quelqu'un d'entre eux ;
pour y parvenir, nous pratiquâmes dans le mur intérieur, et de distance en distance, des trous pour monter jusqu'à l'embrasure qui laissait pénétrer un peu
d'air et de jour dans notre cachot. Il s'écoula quelque
temps sans que personne nous remarquât. Enfin un
Arménien ayant, par hasard, jeté les yeux du côté de
la tour, aperçut l'un de nous, en fit part à un autre
chrétien qui l'accompagnait, et bientôt le bruit de
notre emprisonnement se répandit dans Bayazid. Ibrahim sentit alors la nécessité de prendre à notre égard
les ordres de la Porte. Il écrivit à Constantinople, et,
en attendant la réponse, il promit d'adoucir la rigueur
de notre captivité. Il tint bientôt parole, et nous fûmes
tirés de l'affreux souterrain où nous étions plongés
depuis si longtemps. Nous revîmes avec ravissement la
lumière du jour ; on nous transféra dans une étable [1]

---

[1] Quelque peu agréable que fût une pareille demeure, la température
du moins en était infiniment plus douce que celle du souterrain. Nous

attenante à la maison de Mahmoud-Aga ; nous eûmes
la satisfaction d'embrasser cet hôte respectable, et nous
ne négligeâmes point de rendre au ciel des actions de
grâces pour la protection en quelque sorte miracu-
leuse qu'il nous avait accordée.

Quoique nous n'eussions pas encore la liberté de
poursuivre notre route, l'avenir nous souriait. La peste
cessait d'exercer ses ravages à Bayazid ; les parents, les
amis de notre hôte, et même des chrétiens, eurent la permission de venir nous voir. Quelquefois l'aga nous faisait monter dans son divan, au milieu des cheikhs les
plus recommandables de la ville. Il se plaisait à leur
raconter nos malheurs, à leur communiquer ce que
je lui avais appris des mœurs, des usages et de l'industrie des Européens. La soirée se terminait ordinairement par un repas où j'étais assis près de lui. Me
considérant alors avec attendrissement, il me disait :
« Tu le vois maintenant, mon fils, Dieu est toujours
clément et miséricordieux. » Quant à la parente de
l'aga, elle venait furtivement nous voir à la porte de
notre nouvelle demeure, mais sans jamais en franchir
le seuil. Depuis qu'elle avait appris que ma lettre était
parvenue en Perse et que nous avions l'espoir d'être
promptement remis en liberté, elle ne nous parlait
plus ; mais ses attentions envers nous ne se ralentirent
jamais un seul instant.

fûmes aussi mieux nourris, et nous eûmes la permission d'aller une fois
au bain, mais ce fut de nuit et avec une escorte.

Les ordres que le pacha de Bayazid attendait de Constantinople arrivèrent enfin. Ils portaient que mes papiers et mes effets me seraient rendus, et que je serais conduit honorablement, mais sous escorte, au camp de Youssuf-Pacha, qui, après une longue disgrace, venait d'obtenir le titre de begler-beg et le gouvernement de Trébizonde, d'Erzeroum et de Ma'aden. Il s'avançait vers la grande Arménie, à la tête d'une armée qui grossissait tous les jours, et avec laquelle il se proposait de soumettre les peuples, depuis longtemps rebelles, du Djanik, et ceux du Gudjik, pays situé dans l'ancienne Sophène[1]. Arrivé dans les plaines d'Endrès, le begler-beg avait appris la mort de Mahmoud et celle d'Ahmed son fils. Comme, en Turquie, la succession des pachas appartient presque en totalité au Grand Seigneur, Youssuf s'empressa de faire valoir les droits du fisc. Il commença par demander cinq millions de piastres (7,500,000 francs[2]). Les Kurdes trouvèrent la somme si exorbitante, qu'ils menacèrent de passer tous au service du schah de Perse plutôt que de la payer. Ils offrirent 500,000 piastres. Le begler-beg, entièrement occupé de ses projets de guerre, résolut d'entrer en négociation avec eux. Il leur envoya un de ses principaux officiers, son sélihdar-aga[3]. Celui-ci, à son

[1] On dit qu'il y existe des mines d'or.
[2] La piastre turque valait alors 1 fr. 50 c. Elle n'a cours maintenant que pour 70 centimes.
[3] Porte-épée.

arrivée à Bayazid, trouva Ibrahim plus disposé qu'il ne
le croyait à l'obéissance. En deux jours tout fut réglé
entre eux au sujet de l'argent, et il fut convenu de plus
que je partirais avec l'envoyé de Youssuf.

La veille du jour fixé pour notre départ, Ibrahim-
Pacha, entouré des cheikhs, des mollas et de ses
gardes, reçut et l'investiture de sa dignité et le serment que je lui fis, de vive voix et par écrit, en présence du sélihdar, de ne conserver aucun ressentiment
du passé. Il donna ensuite l'ordre de me restituer
non-seulement mes papiers et tout ce que ses prédé-
cesseurs s'étaient approprié de mes dépouilles, mais
aussi ce qu'ils avaient distribué à leurs satellites. Ceux
d'entre les Kurdes qui avaient concouru à m'arrêter,
et qui n'avaient pas succombé à la peste, se rendirent
dans une salle de la maison de Mahmoud, et me firent
la remise de tout ce qui leur était échu en partage. Ce
ne fut pas sans horreur que je les revis. L'un d'eux,
qui s'en aperçut, eut l'audace de me dire : « Songe
que tu nous dois la vie. Si nous l'avions voulu, nous
aurions pu te tuer lorsque nous t'avons arrêté, et nous
aurions supposé que tu nous y avais forcé par ta résistance. »

Le jour où je quittai Bayazid, Mahmoud-Aga et
toutes les personnes qui composaient sa famille se
revêtirent de leurs habits de fête pour me témoigner leur joie. Non moins désintéressés que charitables, malgré mes vives instances, ils ne voulurent

accepter aucune espèce de présent. Mais, après mon retour en France, le gouvernement leur fit donner des marques de sa satisfaction. Je leur fis les plus tendres adieux, et, d'après le désir qu'ils m'en avaient témoigné, je laissai entre leurs mains un écrit conçu en langue latine et en langue turque, dont voici la traduction :.

« *L'an* 1805 *de Jésus-Christ, et* 1220 *de l'hégire :*

« Un Français chargé d'une mission diplomatique auprès de Feth-Aly, schah de Perse, a été indignement trahi, arrêté et jeté dans un cachot de la citadelle de Bayazid. Il a dû la conservation de ses jours à la générosité de Mahmoud-Aga, gouverneur de ladite citadelle. Puissent les voyageurs qui viendront dans ce pays trouver cet hôte vénérable plein de vie et de félicité ! »

CHAPITRE X

Avant de décrire le chemin que nous fûmes obligés de suivre pour nous rendre de Bayazid au camp de Youssuf-Pacha, nous jetterons un coup d'œil sur cette vaste partie de l'Asie, à laquelle on peut, comme le font les Orientaux modernes, donner le nom de Kurdistan ou de pays des Kurdes, afin d'embrasser sous une désignation générale plusieurs provinces qui, quoique différentes entre elles, ont cependant cela de commun qu'elles sont soumises à la même influence et assujetties à un même mode de domination.

Le pays habité par les Kurdes s'étend donc en longueur, ou du nord au midi, depuis le mont Ararat jusqu'au point où la chaîne des monts Hamerin se joint à l'Aïagha ou Djebel-Tak (le Zagros des anciens), et en largeur, ou de l'est à l'ouest, depuis les montagnes qui séparent les deux lacs de Van et d'Ormiah, jusqu'à

Hesn-Keifa, ville située sur le Tigre. Nous circonscrivons cette grande contrée par une ligne qui commence au mont Ararat, passe par Diadïn, Toprac-Caléh, Mouch, Sert et Djeziréh, et suit la rive orientale du Tigre jusqu'à l'endroit où ce fleuve s'ouvre un passage à travers les monts Hamerin. Cette ligne longe la chaîne de ces monts jusqu'au Djebel-Tak, qu'elle suit jusqu'à la source de la rivière de Cheikh-Hassan. Remontant de là vers le nord-ouest, elle atteint à l'est de Sinéh, les sources du Kizil-Ouzen, s'avance vers la fontaine de Takht-Suleïman, traverse la rivière de Sarokh et la chaîne des montagnes qui s'élèvent entre les deux lacs que nous avons nommés plus haut; laissant ainsi à l'est Ormiah, Selmas et Khoï, elle passe par Kotoura et Zeva; enfin, suivant la rive occidentale de l'Araxes persan, elle va rejoindre le mont Ararat, point duquel nous l'avons fait partir.

Le pays autour duquel nous avons tracé cette ligne avait autrefois la Colchide au nord, les deux Médies à l'orient, la Chaldée au midi, et à l'occident la petite Arménie. Il confinait aussi au pays des Scythins, des Taoques et des Phasiens, et renfermait celui des Carduques, ou Gordyens, ainsi qu'une partie considérable de la grande Arménie, de la Babylonie et de l'Assyrie.

Comme les montagnes qui couvrent tout le Kurdistan sont beaucoup plus hautes et plus rapprochées les unes des autres du côté du nord que du côté du midi, et qu'il en résulte une grande différence de cli-

mat, nous divisons ce pays en septentrional et en méridional par une autre ligne qui commence au mont
Nimrod (le Niphates des anciens), suit les montagnes
des Hékiars, situées au sud de Van, et finit au point
où ces montagnes, se dirigeant vers le nord, forment
la séparation des deux lacs.

Ces deux régions du Kurdistan, renfermant beaucoup de pâturages, nourrissent une grande quantité
de moutons et de chèvres dont la vente procure des
sommes assez considérables. On évalue à quinze cent
mille le nombre de ces animaux qui, tous les ans, arrivent de ce pays à Constantinople; il en part un
plus grand nombre; mais la longueur et la difficulté
du trajet en font périr beaucoup. Chaque troupeau se
compose de quinze cents à deux mille têtes, et est conduit
par plusieurs pâtres qui, autant qu'ils le peuvent, évitent les chemins fréquentés par les caravanes. Il faut
dix-sept ou dix-huit mois pour mener un troupeau de
Van à Constantinople[1].

Le nord du Kurdistan fournit le blé, le seigle et
l'épeautre nécessaires à la consommation de ses habitants. Il donne aussi de l'orpiment, du soufre et de
l'alun.

Les vallées spacieuses et les plaines de la partie méridionale du Kurdistan sont fertiles en riz, en blé, en
orge, en sésame, en fruits, en tabac et en coton her-

---

[1] L'armée ottomane que les Français combattirent en Égypte fut presque entièrement nourrie par des troupeaux venus du Kurdistan.

bacé. On y recueille aussi du miel et une sorte de manne en larmes qu'on sert sur les tables au dessert. Enfin on tire de cette contrée de la noix de galle d'une qualité supérieure, qu'on embarque pour l'Europe aux ports d'Alexandrette et de Smyrne.

On sait que le Kurdistan, même en le circonscrivant dans les limites que lui donnent toutes nos anciennes cartes géographiques, n'est pas soumis aux lois d'un seul souverain, et qu'il est, sous le rapport du gouvernement, divisé aussi en deux parties, dont l'une, la plus étendue, est comprise dans la Turquie d'Asie, et dont l'autre forme une province de l'empire persan. La ligne de démarcation commence à la chaîne des montagnes qui séparent les deux lacs de Van et d'Ormiah; elle suit la chaîne des monts Khelessïn jusqu'à celle des monts Tchil-Tchechméh, puis elle longe la rivière de Mehrivan; et, laissant à l'est le petit lac de Zerebar, elle va se rattacher au Djebel-Tak[1].

Le Kurdistan turk, tel que nous le définissons, renferme huit sandjaks ou provinces, dont les gouverneurs prennent ou s'arrogent le titre de pacha. Ces sandjaks sont ceux de Bayazid, de Mouch, de Van, de Djulamerk, d'A'madia, de Suleïmaniéh, de Cara-Tcholan et de Zahou. Cependant, à l'exception du pachalic de Van, auquel il nomme, le Grand Seigneur

---

[1] Nous avons, pour tracer cette dernière ligne, consulté l'itinéraire manuscrit de M. le colonel Fabvier qui a fait le voyage de Perse avec le général Gardanne.

n'est guère que de nom souverain de cette grande contrée. Les Kurdes qui l'habitent se considèrent même
si peu comme sujets de la Porte Ottomane, que la plupart d'entre eux n'ont voulu prendre ni le caouc[1] ni
l'habit ottoman; ils proposent au gouvernement la no-
mination de leurs pachas et de leurs begs; mais, quoiqu'ils les choisissent toujours dans la même famille,
il est rare que l'élection n'occasionne pas beaucoup
de trouble et même des combats sanglants. Les Kurdes
se subdivisent en un grand nombre de hordes ou de tribus dont les chefs reçoivent l'investiture du pacha ou
du beg. Le monarque persan n'exerce aussi que l'autorité du suzerain dans la partie du Kurdistan qui est
comprise dans son empire; mais la fermeté de Feth-Aly-
Schah, souverain actuel de la Perse, empêche les nomades de ses États d'être aussi turbulents que le sont
ceux de la Turquie. Le chef-lieu des Kurdes persans
est Sinéh.

Ces peuples, soit qu'ils mènent une vie sédentaire ou
qu'ils errent dans les campagnes, se prétendent issus
des Mongols et des Uzbeks, dont les irruptions soudaines
ont si souvent troublé l'Asie. Mais la grandeur et la
beauté de leurs yeux, leur nez aquilin, la blancheur
de leur teint et l'élévation de leur taille démentent
cette origine tartare. Ils professent l'islamisme; et tous,
sans même excepter ceux qui reconnaissent les lois du

---

[1] Sorte de turban.

Schah de Perse, sont de la secte d'Omar. Leur manière
de se vêtir diffère de celle des Turks en ce que leurs
habits sont plus légers, quoiqu'à peu près de la même
forme, qu'ils les recouvrent d'un grand manteau de
poil de chèvre noir, et qu'au lieu d'un turban ils
portent un long bonnet de drap rouge, entouré d'un
châle de soie rayé de couleurs tranchantes; une infinité de glands de soie sont attachés à l'un des bouts du
bonnet qui retombe fort bas sur les épaules. Cette
coiffure leur sied très-bien. Ils se rasent la tête et portent des moustaches. Les vieillards seuls laissent croître leur barbe.

Les Kurdes excellent à manier la lance et à monter
à cheval. La principale occupation des nomades consiste à élever des bœufs, des chèvres, des moutons et
des abeilles; aussi dans la langue kurde[1], langue formée de l'arabe et du persan, et divisée en plusieurs
dialectes, le mot *mâl*[2], qui signifie biens, fortune, richesses, sert-il plus spécialement à désigner des troupeaux.

Les exercices militaires sont pour les Kurdes le principal amusement. Ils aiment beaucoup les contes, et
ils composent des chansons qui ont pour sujet ou des

---

[1] Le père Garzoni, missionnaire italien, a publié une grammaire kurde
en tête de laquelle est une préface qui renferme divers détails dont la
plupart me semblent un peu surannés.

[2] Ce mot, d'origine arabe, a passé dans les langues turque, kurde et
persane.

amours licencieux, ou des combats, ou des événements
mémorables et tragiques. On fit une romance sur la
mort des deux pachas de Bayazid et sur notre captivité.

Quoique simple, la musique des Kurdes n'est pas
entièrement dépourvue d'art. Elle est expressive et mé-
lancolique. Le chanteur prolonge, en les modulant,
des sons monotones; il articule quelques mots qu'il
entrecoupe de soupirs, de sanglots; il verse des pleurs,
et finit par pousser des cris lamentables. On estime la
justesse et la douceur de la voix beaucoup moins que
son étendue, et, pour faire l'éloge d'un chanteur, les
Kurdes disent qu'on l'entend d'un parasange. A la
vérité le chant est pour eux, lorsqu'ils errent dans les
montagnes, un moyen de faire reconnaître le point
où ils se trouvent placés.

Ils sont très-enclins au vol. Peut-être ce penchant
est-il une des causes qui les portent à errer sans cesse.
Les autres motifs de leur goût pour la vie vagabonde
sont ou le voisinage d'une horde ennemie, ou le manque de pâturages, ou la rigueur de la saison; l'hiver,
ils vont chercher un asile sous le toit du laboureur à
qui, pendant l'été, ils ont enlevé une partie de ses ré-
coltes. Pressés par le besoin, d'indépendants et de farouches qu'ils étaient auparavant, ils se montrent alors
souples et soumis, et ils vivent d'assez bon accord avec
leurs hôtes.

A l'approche du printemps, les Kurdes reprennent

le genre de vie qui leur est propre. Ordinairement les lieux qu'ils choisissent pour asseoir leur camp sont des prairies agréables, situées au bord de quelque ruisseau. Leurs tentes, qu'ils préfèrent aux habitations les plus fastueuses des villes, sont composées d'un tissu de laine noire et grossière et ont très-peu d'élévation. Ils les entourent d'une claie de roseaux en dedans de laquelle ils placent leurs bagages, et souvent ce qu'ils ont pris aux caravanes. Cette sorte de clôture est très-légère et très-facile à transporter. On l'emploie aussi à séparer l'habitation des hommes de celle des femmes et à faire des parcs pour les troupeaux. Un trou de quelques pieds de diamètre et de profondeur, servant de four et de cuisine, est creusé au milieu de chaque tente qui, au moindre vent, est remplie de fumée; inconvénient assez grave, mais auquel les hommes, les femmes et les enfants sont accoutumés. Les chevaux sont attachés à des piquets plantés hors de l'enceinte, et on les tient presque toujours sellés; en général tout est disposé pour qu'on puisse plier bagage et partir en quelques instants. Tout l'établissement coûte à peine un jour de travail.

Les peuples qui se livrent le plus au vol et au brigandage sont souvent aussi ceux qui remplissent le plus rigoureusement les devoirs de l'hospitalité; et, je le dis à regret, c'est ce qui fait que, dans l'Orient, un voyageur expérimenté redoute surtout les contrées où cette vertu est le plus en honneur; les Kurdes en four-

nissent la preuve. Un étranger de quelque apparence
arrive-t-il près d'une de leurs hordes, des cavaliers
s'empressent d'aller à sa rencontre. « Soyez le bienvenu[1], lui disent-ils ; c'est chez vous-même que nous
allons vous recevoir. Cette heure nous est agréable ;
puisse-t-elle vous être propice ! » On le conduit à la
tente du vieillard le plus riche et le plus considéré de la
tribu, et les femmes s'empressent à préparer un repas.
Tandis que les unes pétrissent à la hâte une farine
grossière, les autres vont chercher du miel et des lai-
tages ou étendent sur la terre des tapis, ouvrages de
leurs mains. Dans le même temps des jeunes gens ont
soin d'ôter aux bêtes de somme leurs fardeaux, de laver
les pieds aux chevaux ; et en hiver, pour empêcher que
le froid ne les saisisse, de les conduire autour du camp
d'abord avec vitesse, puis insensiblement avec lenteur.
« Enfants, dit le vieillard, ayez soin de notre hôte :
l'étranger est un présent de Dieu. Que rien ne lui
manque ni à ses gens. Songez aussi aux montures, ce
sont les vaisseaux du désert : et toi, voyageur, sois le
bienvenu ; tu es ici parmi les tiens ; que le contentement que tu éprouveras soit pour nous le gage des bénédictions du ciel. Si tu passes avec nous quelques
heures agréables, nous serons plus heureux que toi-
même. » En pareille occasion ce langage est sincère ;

---

[1] Les Turks, les Kurdes et les Persans emploient souvent la deuxième
et même la troisième personne du pluriel pour marquer de la considération.

mais, lorsque les Kurdes sont éloignés de leurs foyers, qu'ils vont chercher fortune sur les chemins, dans les montagnes et au fond des déserts, ils considèrent comme leur appartenant en propre tout ce qui passe sur leurs terres et ne se font aucun scrupule d'employer les discours les plus flatteurs, les promesses les plus mensongères pour venir à bout de leurs desseins.

La politesse de ces pasteurs consiste particulièrement à entretenir le voyageur de choses qui puissent le tranquilliser sur sa route, à le distraire et surtout à ne point lui adresser de questions, de peur qu'elles ne soient indiscrètes. « Il peut se faire, nous disaient quelquefois plusieurs d'entre eux, que les motifs secrets de votre passage dans le Kurdistan soient condamnables; vous êtes peut-être des infidèles, des ennemis; mais nous voulons l'ignorer. Vous êtes étrangers, cela nous suffit. Nous vous devons les soins, les égards et le respect que sans doute vous auriez pour nous si nous voyagions dans votre patrie[1]. »

Il est rare que l'on quitte les tentes des Kurdes sans être forcé de recevoir d'eux quelque présent en reconnaissance du plaisir qu'on leur a fait en leur demandant l'hospitalité. Souvent ils cachent dans les bagages

---

[1] *Si habitaverit advena in terrâ vestrâ, et moratus fuerit inter vos, non exprobetis ei ; sed inter vos quasi indigena; et diligetis eum quasi vosmetipsos : fuistis enim et vos advenæ in terrâ Ægypti.* (Levit., liv. XIX, § 32.)

du voyageur un chevreuil, un agneau ou toute autre chose qui puisse lui être utile en route. Quelquefois même le chef de la tribu joint un cheval ou un mulet au présent qu'on a fait à l'étranger.

Le mariage parmi les Kurdes, soit qu'ils habitent les villes, soit qu'ils errent dans les campagnes, est précédé de fiançailles qu'ils célèbrent avec autant d'appareil que les noces et qu'ils considèrent comme formant un lien indissoluble. L'amour et l'estime sont rarement au nombre des motifs qui les déterminent dans le choix d'une épouse. Ces deux sentiments toutefois ne leur sont pas entièrement inconnus. Nul d'entre eux ne peut, quels que soient son rang et son âge, se marier sans le consentement de ses parents; le trait suivant en fournira la preuve; il montrera combien, à cet égard, l'autorité paternelle est grande dans le Kurdistan, et fera voir aussi à quel degré les Kurdes portent le respect pour le malheur.

Mahmoud-Aga commandait, ainsi que je l'ai dit, le château fort où j'étais renfermé à Bayazid. Né au milieu d'hommes pervers, il était toutefois vertueux. Ses amis avaient éprouvé plus d'une fois la sagesse de ses conseils, et ses ennemis redoutaient encore la force de son bras. Il avait un petit-fils dont la valeur était déjà renommée, même au milieu d'un peuple de braves. Hussein, c'était son nom, désirait unir son sort à celui d'une jeune fille dont il était épris; mais il ne pouvait obtenir le consentement de son aïeul dont le

refus était un obstacle invincible. En vain, pour flé-
chir le vieillard, avait-on eu recours aux prières et
aux larmes, et même employé l'autorité du pacha ;
tout effort avait été inutile ; l'amant désespéré, ses parents, ses amis, ne savaient plus quel moyen mettre en
usage pour arracher à Mahmoud l'autorisation si dé-
sirée, lorsque, tout à coup, on se ressouvint que depuis
longtemps un étranger malheureux gémissait dans les
fers. On jugea que la voix du faible opprimé ne serait
pas vainement entendue. On vint donc me conjurer
d'intercéder en faveur de Husseïn, et j'y consentis. Je
ne compris pas d'abord comment Mahmoud-Aga, qui
jusque-là avait résisté à toutes les instances, pourrait
se rendre à mes sollicitations ; que dis-je? à celles
d'un infidèle ; car je l'étais à ses yeux. Néanmoins je
parlai au nom de l'hospitalité. « Étranger, me dit le
vieillard, ma volonté, mon intérêt, s'opposent à ce que
tu demandes. J'ai vu couler les larmes d'une famille
suppliante, j'ai entendu les menaces d'un maître sévère, et je n'ai pas été ébranlé. Mais la prière d'un
hôte est sacrée. La voix du malheureux est celle de
la Providence, et son désir un ordre irrésistible. Tu le
veux; ces amants seront unis; mais souviens-toi que
cette grâce est la plus grande qu'il soit en mon pouvoir de t'accorder. Songe que, si je ne rougis pas, malgré mes cheveux blancs, de céder à ta jeunesse, à ton
inexpérience, c'est que je respecte tes fers, et crois
qu'humilier son front devant celui que l'infortune

accable, c'est se rendre agréable à Dieu même. Mon
fils, que cet exemple te serve de leçon ! Si jamais tu
revois le ciel, ta patrie et les tiens; si jamais tu as l'occasion de servir tes semblables, n'oublie pas que les plus
beaux attributs de la puissance sont les actions généreuses. » Cet entretien fut interrompu par l'arrivée
de Husseïn. Impatient de connaître son sort, il avait
tout épié, tout entendu. Pénétré de reconnaissance, il
se jeta dans les bras de son aïeul. Pour moi, toujours
renfermé dans le souterrain, je ne pus être témoin du
bonheur des deux amants, qui, le lendemain, furent
fiancés, et dont bientôt on célébra les noces.

De grands vases furent remplis d'hydromel que, selon l'usage du pays, on distribua au peuple à la porte
du château ; on m'envoya une jatte de cette sorte de
sorbet avec un bouquet de fleurs, et du fond de ma
prison je pris part à la joie commune.

CHAPITRE XI

Ainsi que la chose avait été arrêtée, nous partîmes de Bayazid, le 19 février 1806, avec le sélihdar d'Youssuf-Pacha, à la suite de qui marchaient une douzaine de mulets chargés de piastres. Comme la terre était couverte de neige et que durant l'hiver les Kurdes sont, ainsi que je l'ai dit, renfermés dans les villages, à la rigueur nous aurions pu voyager sans escorte; mais le sélihdar, redoutant toujours quelque tentative de vol de leur part, ou craignant qu'il ne nous prît envie de passer directement en Perse, se fit accompagner jusqu'à Erzeroum par une troupe de cavaliers d'Ibrahim-Pacha.

Notre marche fut très-lente; à mesure que nous approchions d'Erzeroum, le terrain s'élevant, le froid devenait plus vif et les neiges se trouvaient plus hautes. Arrivés le 22 à Toprac-Caléh, nous fûmes logés chez un aga kurde qui nous reçut très-bien, mais qui dit en ma présence : « Si j'avais rencontré cet infidèle dans les

champs, je l'aurais attaqué et dépouillé; ici c'est
mon hôte; il est de mon devoir de lui faire bon
accueil. »

Nous couchâmes à Coprac-Caléh, et nous quittâmes
cette ville le lendemain matin pour passer le Djedek ou
col de Kusseh-Dagh[1] et descendre ensuite dans le Pasïn ou Pasïani[2], en passant par Dély-Baba. La neige
qui s'était amoncelée dans les montagnes en rendait le
passage extrêmement difficile. Plusieurs personnes de
la caravane, dans le dessein de se prémunir contre
l'éblouissement que cause l'éclat des rayons du soleil
réfléchis par la neige, se couvrirent la tête de voiles
noirs ou prirent des espèces de lunettes dans lesquelles
le verre était remplacé par un tissu de laine brune.
D'autres ajoutèrent à ces précautions celle de se boucher les narines. Elles prétendaient que c'était un
moyen sûr pour prévenir l'espèce d'ophthalmie extrêmement douloureuse qui résulte du réfléchissement
dont on vient de parler. Nous laissons aux gens de
l'art à juger de l'efficacité de ce préservatif.

Notre petite troupe monta le Djedek à pas lents. Le
moindre souffle d'air inquiétait mes compagnons de

---

[1] C'est la montagne dont il a été question ci-dessus. Elle est désignée
sous le nom de Kous-Dagh dans le Djihân-Numa (p. 464 de l'édition
turque).

[2] On sait que ce nom dérive de celui de Phasiane, que les Grecs du Bas-
Empire donnaient au pays que traverse l'Araxes dans cette partie de la
grande Arménie. Voyez d'Anville, *Géographie ancienne*, t. II, p. 100;
M. Saint-Martin, *Mémoires sur l'Arménie*, t. I, p. 107, etc.

voyage; ils craignaient que ce ne fût le signe précurseur d'une tourmente. A peine eûmes-nous franchi la crête la plus élevée de la montagne, que nous vîmes dispersés, dans la neige, des cadavres d'hommes et de chevaux et des ballots. La veille une caravane persane avait été surprise par un ouragan. Nos Kurdes, se flattant de faire quelque butin, se jetèrent sur les ballots; mais ils n'y trouvèrent que des fruits secs.

Xénophon[1] rapporte les difficultés que les Grecs eurent à vaincre pour effectuer le même passage. La chaîne du Djedek sert aujourd'hui de limite entre le pays de Sélivan et le pachalic d'Erzeroum. Nous trouvâmes dans les plaines du Pasïn quatre mille hommes de cavalerie turque, qui étaient destinés à marcher contre le pacha de Bayazid, dans le cas où ce dernier aurait voulu résister.

Le froid nous retint cinq jours, c'est-à-dire jusqu'au 5 mars, à Erzeroum. Je n'y retrouvai plus l'intendant de la douane Ahmed-Beg qui m'avait fait un accueil si favorable lors de notre premier passage; ayant été considéré comme une créature du brave et malheureux amiral Husseïn-Pacha, il avait été exilé durant mon absence dans une île de l'Archipel.

Je fus logé chez un des principaux effendis d'Erzeroum. Je n'y jouis pas d'une entière liberté; mais j'y vis les personnes de marque de la ville; on y était

---

[1] *Retraite des Dix Mille*, liv. IV, § 23.

très-occupé des progrès que les Wahabis faisaient vers
Bagdad. Il me fut permis d'écrire à M. Dupré, consul
de France à Trébizonde, et de sortir pour faire quelques emplettes.

Le camp du begler-beg, vers lequel nous dirigions
notre marche, était établi près le village d'Endrès, à
quatre-vingts lieues à l'ouest d'Erzeroum ; nous em-
ployâmes onze jours à faire ce trajet. Le pays que nous
traversâmes, quoiqu'en général montueux, me parut
très-susceptible de culture, mais il avait été tellement
dévasté par la cavalerie, que les villages étaient entièrement abandonnés.

Nous arrivâmes à ce camp le vingt-quatrième jour
après notre départ de Bayazid [1]. Youssuf-Pacha me connaissait personnellement; c'était par lui, en sa qualité
de grand-vizir, que, dans une mission précédente,
j'avais été présenté au sultan Sélim. Il venait d'apprendre la victoire éclatante que nos armées avaient
remportée dans les champs d'Austerlitz; il m'accueillit
avec bonté, et, pour porter ses troupes à respecter en
moi le nom français, il me donna publiquement des
marques d'une haute considération. « Mon ami, me
dit-il, tu n'es plus ici parmi les Kurdes. Je suis le serviteur de la Sublime Porte qui m'a confié le gouver-

---

[1] Notre captivité commença le 5 juillet 1805, et ne finit que le 14 mars
de l'année suivante, jour de notre arrivée auprès de Youssuf-Pacha, ce qui
comprend un intervalle de huit mois et treize jours.

nement de l'Arménie. Je ferai tout ce qui dépendra de moi pour te rendre agréable le séjour de mon camp. Je regrette de ne point être à Erzeroum où j'aurais pu te mieux recevoir et te témoigner tout le cas que je fais de ta brave et généreuse nation. Je ne pourrai te nourrir ici que comme un soldat[1]; mais j'espère que tu seras content de ma franchise militaire et de mon accueil. S'il plaît à Dieu, les ordres que j'attends de Constantinople me parviendront bientôt et te seront favorables. Tu iras à la cour de Perse; tu verras le roi et les princes; tu apprécieras les causes de ce luxe sans dignité, de cette politesse sans franchise, de cette aménité de mœurs si mensongère et cependant si vantée dans votre Europe; et, de retour en France, tu conserveras, je l'espère, un bon souvenir des Osmanlis, et en particulier de Youssuf-Pacha. » Le soir même du jour de mon arrivée, j'écrivis à M. Ruffin une lettre qui fut depuis rendue publique par la voie du *Moniteur* (le 21 mai 1806).

Youssuf-Pacha, quoique âgé de plus de soixante-dix ans, conservait une force d'esprit et de corps extraordinaire. Il était d'une grande stature; l'ensemble de ses traits n'était pas régulier; sa barbe était blanche et rare, son regard vif et pénétrant. Né en Géorgie, il avait été, dans sa première jeunesse, amené comme

---

[1] Littéralement : « Je ne pourrai te nourrir qu'avec de l'*hendeba* » (sorte de chicorée sauvage).

esclave à Constantinople. On lui avait donné une éducation toute militaire qui s'accordait parfaitement avec
son caractère belliqueux, et il s'était élevé des derniers degrés de la milice aux plus hautes dignités de
l'empire. Aussi habile à pénétrer les secrets du sérail ·
que brave à la tête des armées, il avait su se concilier
l'estime et la confiance du sultan Sélim qu'il avait
pour ainsi dire vu naître, et pour lequel il conservait
autant d'attachement que de respect. Il fallait qu'il eût
eu à la Porte le plus grand crédit, pour que, malgré
la défaite entière que les Français, commandés par le
général Kléber, avaient fait éprouver à son armée en
Égypte, et malgré son éloignement de la cour et les
intrigues d'une foule de concurrents, il eût pu se
maintenir durant sept années dans le vizirat. Toutefois
sa déposition avait eu lieu au même moment où j'arrivai à Constantinople pour passer en Perse. Tout autre
vizir, en pareil cas, aurait perdu la vie ou du moins eût
été envoyé en exil. On se borna à exiger de Youssuf le
payement de deux millions de piastres[1], et à le tenir
quelque temps éloigné des affaires. Il se retira dans
une maison de plaisance qu'il avait sur le bord du
Bosphore. Les troubles dont nous rendrons compte au
chapitre suivant, ayant fait sentir le besoin d'envoyer
dans l'Arménie un chef expérimenté, brave, et surtout
précédé par une grande réputation de libéralité, qua-

---

[1] Trois millions de francs.

lité très-propre à assurer le maintien de la discipline parmi les troupes ottomanes, on jugea que personne ne serait plus que Youssuf-Pacha en état de rétablir l'ordre dans cette vaste province, et on le nomma begler-beg.

Lorsque j'arrivai dans son camp, ce général se livrait encore à tous les exercices militaires. Il les aimait toujours passionnément, quoique dans un de ces jeux il eût reçu un coup de djerid qui lui avait fait perdre un œil. Son muhurdar [1], jeune homme dont l'agilité et l'adresse ne pouvaient être égalées, était l'officier qui avait le plus de part à ses bonnes grâces; son khaznadar, officier chargé du détail de ses affaires de finance; un imam, qui lui lisait le Coran, et son bachtchohadar [2], étaient les hommes qui avaient le plus de pouvoir sur son esprit. Il avait aussi près de lui le gouverneur d'Erzeroum, l'intendant des mines et diverses autres personnes qui ne laissaient échapper aucune occasion de lui adresser les flatteries les plus outrées, et qui ne manquaient pas de le couvrir d'applaudissements lorsqu'il avait signalé sa force et son adresse, soit dans le jet du disque, soit dans celui du javelot. Enfin il avait un esclave nègre, espèce de bouffon, qui, dans les occasions de ce genre, tenait les discours et faisait les gestes les plus extravagants, ce qui lui

[1] Le muhurdar est l'officier qui porte le sceau.

[2] Officier qu'il chargeait des missions les plus secrètes et quelquefois les moins honorables.

8

valait toujours quelques pièces d'or de la part de son
maître.

Le camp de Youssuf-Pacha était assis à l'extrémité
d'une plaine vaste et fertile. Les meilleures troupes
d'Asie étaient placées dans le voisinage du bourg auprès duquel ce général était logé, et où il avait fait
construire une mosquée[1] et un grand kiosque divisé en
plusieurs appartements. Les Albanais, si difficiles à
conduire, les Turkomans, peuples à demi nomades
dont les forces consistent en cavalerie; les Anatoliens[2]
de la Caramanie et des diverses provinces qui bordent
la mer depuis le Méandre[3] jusqu'à l'Oronte[4], étaient
ou logés sous la tente ou abrités sous des huttes de
terre, ou cantonnés dans les villages circonvoisins;
ces troupes n'étaient ni bien vêtues, ni bien armées, ni
bien disciplinées. Cependant les avantages qu'elles
remportaient sur les habitants du Djanik, la crainte
que leur inspirait le begler-beg, et surtout la bonne
intelligence dans laquelle il vivait avec Tchapan-Oglou,
autre personnage important de la Turquie d'Asie,
étaient cause qu'elles ne commettaient aucun dés-
ordre.

---

[1] Youssuf-Pacha ne négligeait aucun des devoirs que prescrit la religion
mahométane.

[2] Qualification usitée à Constantinople pour désigner les mahométans
de l'Asie Mineure.

[3] En turk *Meïnder*.

[4] En arabe *El a'ssy*.

Le lendemain de mon arrivée à Endrès, Youssuf-Pacha me conduisit à une revue de ses troupes, après laquelle il me fit entrer dans son kiosque. Là, appelant par leur nom les officiers et les soldats dont il était le plus content, il leur distribua à pleines mains une grande partie des sommes que son sélihdar avait rapportées de Bayazid. S'étant ainsi concilié de plus en plus l'affection de ceux qu'il commandait, il fit ses dispositions pour pousser avec vigueur ses opérations militaires contre les habitants du Djanik. Avant de faire connaître le sujet de cette guerre, nous décrirons en peu de mots le pays qui en était le théâtre.

CHAPITRE XII

Description du Djanik. La guerre éclate dans ce pays. Youssuf-Pacha est forcé de recourir à la ruse pour en soumettre les habitants. Tâher, pacha du Djanik, prend la fuite. Réduction du pays.

Le Djanik, qui faisait partie du Pont Polémoniaque, s'étend depuis le Kizil-Ermak ou le fleuve Rouge (l'Halys des anciens), jusqu'à Kerésoun, qui est le Cerasus ou la Pharnacie [1] d'autrefois. C'est un pays montagneux entrecoupé d'un grand nombre de rivières et dont le climat est essentiellement humide, cause à laquelle il faut attribuer la promptitude incroyable de la végétation : elle est telle, qu'en moins de trois mois le maïs parvient à toute sa hauteur. La vigne et l'olivier croissent aussi dans le Djanik avec une vigueur extraordinaire; mais ils n'y portent que des fruits âpres, comme les produit la nature abandonnée à elle-même. Les habitants s'occupent peu d'agriculture. N'aimant, ou plutôt n'ambitionnant que le repos, ils vivent de

---

[1] Strabon, liv. XII, § 17, p. 59, note 2 de la nouvelle traduction, fait de Cerasus et de Pharnacie deux villes différentes; mais, suivant Arrien, Pharnacie était le nom que portait de son temps la ville de Cerasus; elle était une colonie de Sinope.

châtaignes, de maïs et de laitage. Le cerisier[1], le noyer et le noisetier, arbres indigènes au Djanik, leur procurent également une partie de leur nourriture.

Les peuples qui habitaient le pays que nous décrivons étaient connus des anciens sous les noms de Mosynœques, de Chalybes et de Tibaréhiens[2]; l'histoire les représente comme très-sauvages[3]. Séparés du reste des hommes, ils les connaissaient peu et en étaient peu connus. Il en est de même aujourd'hui. Quoique voisins de nations depuis longtemps civilisées, les habitants du Djanik n'ont que de faibles relations avec elles et peu de besoins. Celui d'entre eux qui possède cent piastres passe pour riche. Leur pays étant dépourvu de chevaux et n'étant point traversé par les caravanes, ils ne sont point adonnés au vol comme les Kurdes, ni dans l'usage, comme les Lesghis et les Abazes, de faire des esclaves. Personne n'irait en acheter dans le Djanik.

Comme on y vit dans une sécurité profonde, les habitations sont établies çà et là sur la crête des montagnes, vers les rivages de la mer et dans tous les lieux qui offrent quelque avantage naturel. Elles sont construites en bois et élevées sur des poteaux[4]. On ne loge

---

[1] C'est, comme on le sait, de ce pays que le cerisier fut transporté en Europe par les Romains; mais le fruit de cet arbre a beaucoup gagné chez nous par la culture.

[2] Mosynœci, Chalybes et Tibareni.

[3] Strab., liv. XII, § 19, p. 42 de l'édition précitée.

[4] Les Mosynœques habitaient aussi des maisons de bois (Μόσσυνον);

point dans l'étage inférieur à cause de l'humidité du
sol, et l'étage supérieur est entouré d'une galerie couverte. Quelques-unes sont destinées à loger les hommes
et à recevoir les étrangers; les autres servent de harem.

Aujourd'hui, comme au temps de Strabon, on trouve
peu de villes importantes dans le Djanik. La principale,
qui est appelée Bafra, et qu'il ne faut point confondre
avec celle qu'on trouve mentionnée sous le nom de Zafra
dans la géographie ancienne de notre savant d'Anville[1], est située sur les bords et près de l'embouchure du Kizil-Ermak, dans une plaine fertile en riz
et en lin. Un beau pont, des fontaines publiques et des
bazars bien entretenus annoncent que depuis longtemps
cette ville est dans un état assez florissant.

Samsoun, Terméh, Euniéh, Fatsa et Vôna[2], villes
élevées sur cette partie de la côte de la mer Noire qui
appartient au Djanik, furent pour la plupart des colonies grecques. Elles sont peu commerçantes, surtout

---

c'est de là que vient leur nom. (Voy. la note de M. Larcher sur la *Retraite des Dix Mille*, t. II, liv. V, p. 29.)

[1] Tome II, p. 56.

[2] Anciennement Amisus *, Themiscyra, ou plutôt le chef-lieu du petit pays de ce nom, OEnoe, Polemonium et Boona ou Genetes. Strab.,
liv. XII, § 15, p. 37; Arr. *Périple de l'Eux.*, p. 128; d'Anville, *Géographie anc.*, t. II, p. 53, 54, 55; M. Malte-Brun, *Précis de la Géographie univ.*, t. III, p. 91; M. Macdonald Kinneir, carte de l'Asie Mineure, etc.

* Amisus était une colonie des Athéniens. Plutarque, *Hommes illustres*, t. V,
p. 110 de l'édition précitée.

depuis que la Crimée ne dépend plus de l'empire ottoman. Leurs ports, d'ailleurs, n'offrent que des abris mal assurés contre les vents d'ouest qui, durant neuf mois de l'année, règnent sur la côte. Ainsi que le remarque d'Anville, toute cette partie de l'ancien Pont est séparée de la Cappadoce par une grande chaîne de montagnes, qui arrête les nuages poussés par le vent d'ouest. Les vapeurs s'accumulant sur la cime des monts se résolvent continuellement en pluies abondantes, et c'est ce qui cause l'humidité dont nous venons de parler.

Le littoral du Djanik manquant de routes commodes, peu de voyageurs sont tentés de le suivre, et les Turcs eux-mêmes considèrent les habitants de ce pays comme des barbares; ceux-ci, depuis plus d'un siècle, vivaient dans une heureuse obscurité. Une famille riche et puissante était en possession de donner au Djanik des gouverneurs qui, sous le titre de pacha, n'exerçaient qu'une autorité paternelle et faisaient passer exactement à Constantinople le produit annuel du miri et des autres contributions publiques. La Porte, satisfaite de leur obéissance et d'ailleurs inquiétée du côté de l'ancien pays des Lazes, où les révoltes sont presque continuelles, étendit jusqu'au pachalic de Trébizonde celui du Djanik, qui parvint ensuite à un haut degré de prospérité. Youssuf-Pacha, lorsqu'il obtint le gouvernement de la grande Arménie, vit d'un œil jaloux l'état heureux et l'indépendance de ses voisins. Il paraît

de plus que Tâher, pacha du Djanik, lui avait donné
personnellement de justes sujets de plainte. Disposé à
le considérer comme un rebelle, Youssuf obtint du
sultan Sélim la réunion de ce pays à son gouvernement;
mais il était plus facile de se procurer des firmans de
Constantinople que de les faire exécuter. Tâher refusa
d'obéir. Son exemple fut suivi par tous les a'yans[1] des
villes et des villages, et la guerre éclata.

Youssuf-Pacha, se trouvant à la tête de vingt à vingt-
cinq mille hommes de troupes d'Asie, aurait désiré
tenter le sort d'une bataille qui, selon toute apparence, aurait décidé du sort de la campagne. Mais
comment trouver rassemblé un peuple habitué à vivre
et à combattre isolément? En vain la cavalerie ottomane eût-elle essayé d'agir dans un pays montagneux,
couvert de forêts impénétrables et coupé par un grand
nombre de rivières. Chaque ravin, chaque rocher offrait
aux habitants du Djanik une position avantageuse ou
une retraite assurée. Cachés dans les bois ou couchés
sur la terre, ils appuyaient contre les arbres ou sur des
pierres leurs longues arquebuses. Ils ajustaient ainsi
les troupes turques, surprises d'entendre siffler autour
d'elles les balles sans apercevoir d'ennemis. Cette tactique occasionnait dans les opérations militaires une
lenteur qui contrariait le begler-beg. Youssuf était impatient de terminer la guerre sur ce point, afin de tour-

---

[1] Les a'yans sont des espèces d'officiers municipaux.

ner ensuite ses armes contre les Kurdes du Gudjik, pays
situé dans les montagnes, au nord du Diarbékir, et qui,
comme on l'a vu plus haut[1], passe pour être riche
en mines d'or. Il envoya dans le Djanik des émis-
saires intelligents, chargés de faire entendre aux habitants que leur résistance aux ordres de la Porte serait
vaine et qu'il était de leur intérêt de se soumettre sur-
le-champ. Ces envoyés répandirent de l'argent, van-
tèrent la libéralité et la clémence du begler-beg, exa-
gérèrent ses forces et parvinrent à ramener les moins
indociles. Les autres, effrayés de cette défection, se ré-
fugièrent dans les villes maritimes. Une flotte turque,
arrivée sur ces entrefaites, incendia plusieurs de ces
places, et notamment Samsoun et Euniéh. Réduit à
l'extrémité, Tâher-Pacha se jeta dans une barque pour
aller chercher un refuge chez les Abazes qui lui étaient
dévoués et dans la même contrée où jadis Pharnace,
dans une circonstance pareille, parvint à se soustraire
à la poursuite des Romains; mais les vents contraires
portèrent Tâher à Trébizonde. Par bonheur l'aga, de
cette ville, respectant en lui un chef malheureux et
brave, lui fournit les moyens de gagner le Fasch ou le
Phase; il arriva presque sans suite à Socoum[2], chez Ke-
léch-Beg.

---

[1] Chap. ix.

[2] Socoum ou Socoum-Caléh est un port situé sur la côte orientale de
la mer Noire par 42° 59′ 20″ de latitude, et 38° 39′ 55″ de longit. or. du
mérid. de Paris. Ce port appartient à la Russie.

Les Ottomans sont persuadés qu'il est nécessaire de déployer une grande sévérité contre les peuples nouvellement soumis. En conséquence, Youssuf-Pacha fit punir de mort plusieurs rebelles; il exigea un tribut énorme de ceux dont il épargna les jours, et fit vivre ses troupes à discrétion dans les villages du Djanik. Il en résulta de nouvelles révoltes. Toutefois ce ne fut pas entièrement la faute du begler-beg. Il aurait voulu concilier la rigueur avec la justice et surtout rétablir l'ordre dans cette malheureuse province; mais les soldats qu'il commandait, cruels après une défaite, enivrés après un succès et surtout avides de butin, ne pouvaient agir avec modération; exiger d'eux une conduite différente, c'eût été pour ainsi dire demander l'impossible. « Crois si tu veux, dit un proverbe turc, que des montagnes ont changé de place; mais ne crois pas que des hommes puissent changer de caractère. »

CHAPITRE XIII

Pendant le temps que je passai au camp ottoman,
j'eus la liberté de parcourir la plaine d'Endrès et de
visiter les villages chrétiens qui s'y trouvent répandus.
Je reconnus avec plaisir les heureux effets de la protection que leur accordait le pacha. Les Arméniens, malgré la guerre qui exerçait autour d'eux ses ravages,
cultivaient en paix leurs champs ; leurs femmes ne
craignaient pas de s'exposer sans voile aux regards des
soldats ; leurs églises étaient respectées, et même elles
restaient ouvertes durant la nuit comme de jour.

Dans l'Orient, les églises chrétiennes ne présentent
point l'aspect imposant de nos temples. Elles s'y res-
sentent de la dépendance où vivent tous ceux qui professent la religion du Christ. La porte d'entrée en est
toujours située vers le levant, et elle ne se distingue
que par une croix de celle des habitations ordinaires.

A l'intérieur, un autel fort simple et quelques peintures grossières en sont les seuls ornements; mais les Arméniens n'y entrent que nu-pieds. Les prêtres sont revêtus d'aubes blanches, et leurs chants, composés dans la langue vulgaire, retentissent dès le lever du soleil. S'ils n'ont point la mélodie enchanteresse de ceux de l'Italie, ils n'en sont ni moins augustes ni moins touchants; un Européen ne peut les entendre sans émotion, soient qu'ils aillent jusqu'à son âme par leur simplicité même, soit qu'ils lui rappellent sa patrie et fassent revivre en lui les premières impressions de l'enfance : impressions si fortes et si douces, surtout dans les pays lointains.

Tout dans les Arméniens des campagnes annonce la bienveillance et la douceur. C'est vraiment parmi eux qu'on retrouve la simplicité patriarcale et l'heureuse innocence des premiers âges. L'épouse tendre et soumise ose à peine lever les yeux sur son époux; elle rougirait d'adresser la parole à tout autre que lui; la fille ne s'assied jamais en présence de son père, et le vieillard n'a besoin que d'un regard pour faire comprendre sa pensée et pour être obéi à l'instant. Transplantés dans les villes, les Arméniens perdent sans doute plusieurs de ces précieuses qualités. Toutefois il faut convenir qu'ils montrent beaucoup d'intelligence et de probité dans le commerce. Ainsi que les Grecs dans la Turquie d'Europe, et les Coptes en Égypte, ils sont en possession du recouvrement de tous les revenus pu-

blics dans la Turquie asiatique. On les trouve répandus sur presque toute la surface de l'Asie et jusque
dans l'Inde. Ils portent partout un esprit de soumission
et d'ordre qui leur procure ordinairement du crédit et
de la fortune. Comptant pour rien les soins, les fatigues et même l'humiliation et les outrages, on les voit
amasser des richesses considérables, sans songer aux
dangers de toute espèce qui les assiégent dans des contrées où les lois sont sans force et les hommes sans
équité.

Malgré la bienveillance et les soins de Youssuf-Pacha, j'avais à supporter mille ennuis secrets dans son
camp. J'étais obligé d'y vivre au milieu d'hommes fanatiques, dont plusieurs se faisaient gloire d'avoir concouru, en Égypte, à l'assassinat d'un général français
(Kléber). Les ordres qu'on attendait de Constantinople
arrivèrent enfin, et deux Tartares apportèrent les firmans qui me concernaient. J'éprouvais la plus grande
impatience d'en apprendre le contenu; mais le begler-
beg se garda bien de m'en instruire d'abord. Il ne voulut pas qu'on sût dans son camp que la Sublime Porte
s'occupait assez d'un chrétien pour expédier des cou-
riers en sa faveur. Désirant aussi couvrir d'un voile
épais l'objet de mon voyage, il me laissa durant trois
jours dans l'ignorance la plus absolue sur les intentions de sa cour. Au bout de ce temps, qui me parut,
comme on peut s'en douter, d'une longueur extrême,
il m'invita, pour la première fois, à prendre un repas

dans son kiosque, et il me fit asseoir près de lui, quoique
ses principaux officiers demeurassent debout autour de
la table. Au milieu du repas, il me dit d'un air riant
que bientôt je reverrais Constantinople et ma patrie :
« Qu'irais-tu faire chez les Persans? Je te l'ai déjà dit,
poursuivit-il, ils jouissent en Europe d'une estime peu
méritée. J'ai eu, depuis trente ans, de fréquentes relations avec eux; et certes je n'ai pas pris une bien haute
idée de leur magnificence Dernièrement un de leurs
ambassadeurs est venu m'offrir, comme un présent
superbe, une pipe persane portée avec ostentation par
dix esclaves. »

Le pacha trouvait beaucoup de plaisir à s'égayer sur
le compte d'une nation qu'il n'aimait pas. Il souriait
aussi avec malignité du trouble où me jetaient ses discours. Le repas fini, il demanda les firmans de la
Porte, et, après avoir, par un regard, fait signe à tout
son monde de se retirer, il me remit les dépêches qui
m'étaient adressées par le respectable M. Ruffin,
chargé des affaires de France à Constantinople; je les
ouvris avec empressement, et j'y lus avec joie les heureuses nouvelles qu'elles contenaient. Au mouvement
que je fis, le pacha, portant sa main vers ma bouche,
me recommanda de ne témoigner en aucune manière
le contentement que j'éprouvais. « Imprudent, me
dit-il à voix basse, ignores-tu qu'ici tout doit être mystère? Tu passeras en Perse sous un nom supposé.
Tiens-toi prêt à partir; mais feins d'être obligé de re-

tourner à Constantinople. Il faut même que tu en prennes le chemin. Un officier ira te joindre cette nuit. Ce n'est pas tout. Tu n'as pas recouvré sans doute tous les effets précieux dont tu étais porteur. Je veux y suppléer. Il ne suffit pas de te faire arriver à ta destination, il faut encore te mettre dans le cas d'être bien reçu. » Le begler-beg se fit apporter alors de riches étoffes d'Alep, des moutons et divers bijoux qu'il me força d'accepter; et plus je lui témoignai de répugnance à recevoir ces dons, plus il en augmenta le nombre.

Je quittai le camp ottoman le 1er avril 1806, après dix-sept jours de séjour. Youssuf-Pacha me donna pour escorte vingt hommes de confiance, que commandait un aga nommé Mustapha. Cet officier, selon l'ordre qu'il avait reçu du begler-beg, nous fit suivre, durant toute la première journée, le chemin de Constantinople; mais le lendemain nous prîmes celui de Ma'den, ville située sur la route de Perse, et qu'enrichissent les mines d'argent qu'on exploite aux environs. Nous évitâmes Cara-Hissâr, dont la position, assez voisine de l'ancienne Cabira ou Sebaste[1], paraît indiquer l'emplacement qu'occupait la ville où Mithridate, poursuivi par l'armée de Lucullus, déposa ses trésors. La forêt de Chatakli, la dernière qu'on rencontrait en sortant de l'ancienne Cappadoce pour entrer dans la grande Arménie, sert encore aujourd'hui de limites entre le

[1] Aujourd'hui Sivas.

beglik de Sivas et celui d'Erz-Inghian; nous la traversâmes. Comme elle est souvent infestée par des brigands, le gouvernement turc a fait établir des corps de
garde sur le chemin; mesure plus préjudiciable qu'utile
aux voyageurs, les soldats manquant rarement de dévaliser les passants lorsque ceux-ci leur sont inférieurs
en nombre. Les paysans de ce pays sont pauvres. Ils
servent de guides aux caravanes, et s'occupent à ex-
traire des sapins de la résine ou du goudron. Ils passent les longues soirées d'hiver à filer du lin, à fumer
et à écouter des contes. Durant ce temps, un de leurs
enfants tient à la main une espèce de flambeau
(mecha'l) qui brille d'un feu clair au moyen de quelques éclats de bois résineux. Ces montagnards, ainsi
que ceux des parties intérieures des Alpes et des Apennins, n'ont pas d'autre manière de s'éclairer pendant
la nuit.

Après trois jours de marche nous arrivâmes à Erz-
Inghian (l'ancienne Satala [1]), petite ville située dans
une plaine entourée de montagnes qui forment une enceinte d'environ douze lieues dans la direction du
nord-est au sud-ouest. Le climat de cette ville est plus
tempéré que celui de tout le reste de l'Arménie. Sa position et le voisinage de l'Euphrate font d'Erz-Inghian
un séjour très-agréable. La population n'est guère
composée que de musulmans. Les villages des environs

---

[1] D'Anville, *Géographie anc.*, p. 71.

sont habités par des chrétiens, dont les plus riches se livrent au commerce. Les autres cultivent diverses plantes céréales et plusieurs arbres, tels que le pêcher, le mûrier et le figuier, qui, sous cette latitude, ne pourraient réussir dans les lieux élevés.

Le Taurus se partage en deux chaînes principales entre Erz-Inghian et Erzeroum. L'une court vers le sud-est, et va se joindre aux montagnes au milieu desquelles le Tigre prend sa source. L'autre se dirige vers le nord-est et embrasse le pays qui s'étend jusqu'au Caucase. Il résulte de cette disposition des lieux que toutes les eaux qui tombent à l'est d'Erzeroum se jettent dans l'Araxes et vont se perdre dans la mer Caspienne, tandis que les autres se mêlent avec celles de l'Euphrate[1] et se rendent à l'Océan.

Il nous fallut cinq jours de marche pour parvenir d'Erz-Inghian à Ilidjah[2], source d'eau chaude qui se trouve à trois lieues d'Erzeroum. Nous passâmes par Djennés, qu'on croit être le Gymnias dont parle Xéno-

---

[1] Rien n'est plus clair, relativement au cours de ce fleuve et à la direction des montagnes, que le passage suivant de Strabon : « L'Euphrate, dit-il, dont la source est sur le côté septentrional du Taurus, se dirige d'abord vers le couchant à travers la grande Arménie; de là tournant vers le midi et coupant le Taurus[*], il sépare les Arméniens des Cappadociens et des Commagéniens. » Strab., liv. XI, § 1er, t. IV, première partie, p. 318.

[2] Voyez, sur ce nom, la 2e note du chap. XLI.

---

[*] Vers le lieu nommé Ilidjah, situé à quinze lieues au sud de Ma'den et qu'on ne doit pas confondre avec l'Ilidjah dont il est question ci-dessus.

phon, et par Ach-Caléh. L'inspection de la carte suffit
pour prouver qu'un pareil trajet pourrait se faire en
moins de quarante heures en Europe; mais il n'en est
pas de même dans la Turquie d'Asie. Un corps de
Delhis [1] était cantonné sur notre chemin, il fallut l'é-
viter. La rivière de Saman-Souy était trop profonde
pour qu'on pût la passer à gué; nous la remontâmes
jusque vers sa source. Enfin la lenteur désespérante
de l'aga, qui à toute heure descendait de cheval pour
fumer sa pipe et se reposer, nous faisait perdre un
temps considérable.

Je revis les minarets d'Erzeroum, mais il ne me
fut pas permis d'entrer dans la ville. Les ordres du
begler-beg portaient que nous camperions à une lieue
de distance dans un village arménien, arrangement
qui m'était tout à fait avantageux. En Europe, les
voyageurs approchent des villes avec plaisir, mais en
Turquie c'est presque toujours avec crainte. Ils préfèrent, pour n'être pas inquiétés par d'avides a'yans et
interrogés par d'impertinents cadis, le séjour des ha-
meaux les plus pauvres à celui des plus populeuses
cités.

La fertile plaine d'Erzeroum est couverte de plus de
cent villages construits en bois ainsi que tous ceux du
Pasïn. Ils appartiennent à de riches musulmans de la
ville, qui, soit par eux-mêmes, soit par des agents ou

---

[1] Les Delhis forment des corps de cavalerie et sont renommés pour leur
bravoure.

kiahias, y jouissent de diverses prérogatives importantes. Ces terres sont concédées par le souverain à
titre de ziamet ou de timar, sortes de fiefs donnés à con-
dition que celui qui les possède fournisse, en cas de
guerre, un certain nombre de cavaliers, et marche en
personne contre l'ennemi[1].

Nous demeurâmes deux jours à Kian, dans le voisinage d'Erzeroum. Ayant ensuite passé le col de Devéh-
Boïni (du chameau), nous allâmes coucher à Alavir, village construit sur le flanc des montagnes dont il a été
parlé ci-dessus. Dans l'intention d'éviter Bayazid en dirigeant notre marche vers le sud-est, nous quittâmes la
ligne droite à Aghzler[2], et nous nous engageâmes, sans
suivre de chemin tracé, dans des montagnes extrêmement escarpées. Nous gravîmes souvent à pied des hauteurs qui, au premier coup d'œil, paraissaient inac-
cessibles. Un de nos mulets, ayant glissé sur la neige,
tomba dans l'Araxes. Ce fleuve, dans cette partie de son
cours, roulant ses eaux dans une gorge très-étroite et
très-profonde, coule du midi au nord jusqu'à deux
lieues et demie à l'est d'Hassan-Caléh, point où il prend
la direction de l'est-nord-est. C'est bien ici le *pontem
indignatus Araxes*.

Nous arrivâmes le 18 au soir très-fatigués à Kulli,

---

[1] Voyez, relativement à ces sortes de fiefs, l'*Histoire ottomane* de
Petis de la Croix, vol. I, p. 115 et 116, ainsi que le savant mémoire de
M. Oelsner sur les *Effets de la religion de Mahomet.*

[2] Ce mot signifie débouché (des montagnes).

gros village arménien situé à dix-neuf lieues d'Erzeroum, sur la rive gauche et non loin de la source de
ce fleuve. On peut l'y passer facilement à gué pendant
l'été; mais à la fonte des neiges il faut avoir recours à
des radeaux composés de fascines d'osier et d'outres
enflées[1]. Après avoir gravi une montagne nommée
Ak-Dagh, le mont Blanc, dont la cime, comme l'indique ce nom, est toujours couverte de neige, nous
descendîmes dans le bassin de Khenès, ou, selon la
cosmographie turque, Khenous[2], lieu renommé pour
l'excellente race de chevaux qu'il nourrit. Nous allâmes
coucher à Couzli, village arménien, dont les habitants, sans égard pour les ordres d'Youssuf-Pacha, re-
fusèrent obstinément de nous donner un gîte, à moins
que nous ne consentissions à les indemniser. C'était la
première fois que nous rencontrions des chrétiens dé-
terminés à opposer quelque résistance aux Turks;
mais, dans cette partie de l'Arménie, l'autorité du
gouvernement est à peu près nulle. Les paysans sont
armés et fort aguerris contre les entreprises des Kurdes,
auxquels ils livrent de fréquents combats, et ils ne
craignent ni les menaces, ni les injures, ni la mort.
Leur refus de nous recevoir était d'autant plus fondé,
que les officiers turks (mihmandars), loin de se con-

---

[1] Voyez, pour la description de cette espèce de radeau, le t. Ier,
p. 121 du *Voyage en Perse*, fait dans les années 1807, 1808 et 1809,
et publié à Paris, chez Dentu, libraire.

[2] Djihàn-numa, p. 425.

tenter de l'hospitalité qu'on leur accorde, sortent rarement des villages sans avoir exigé une rétribution proportionnelle au dommage qu'ils auraient pu causer.

A mesure que nous avancions, le pays devenait plus désert, les pachas de Mouch, de Van et de Bayazid ayant été obligés d'abandonner aux Kurdes non-seulement la partie montagneuse, mais encore les plaines qu'on commence à découvrir au delà du Khenès. Arrosées par de nombreux ruisseaux, couvertes de prairies naturelles, elles furent jadis et seraient encore aujourd'hui susceptibles d'une grande fertilité ; mais, pour toute culture, les Kurdes se bornent, en automne, à mettre le feu aux herbes sèches, afin de les faire croître avec plus de vigueur au printemps suivant[1].

Depuis Endrès jusqu'à Van, on trouve peu de fruits, de vin et d'eau-de-vie ; les environs de la dernière de ces villes offrent en abondance toutes sortes de comestibles d'excellente qualité. Les Turks disent que c'est là ce qui attire un si grand nombre d'Arméniens.

Tous les ans il part de cette contrée de nombreuses caravanes d'ouvriers qui vont travailler dans les arsenaux de la marine à Constantinople. Ils reviennent au bout de quelques années s'établir dans leur patrie; mais, quoique le lac de Van soit très-navigable, et que

---

[1] Voyez chap. XL.

les Arméniens ne manquent ni des connaissances ni
de l'industrie nécessaires pour réussir dans l'art de
construire des navires, ils ne sont point encore parvenus chez eux à s'en procurer d'assez solides pour résister aux moindres tempêtes. En 1806, il n'existait sur
cette petite mer intérieure que sept ou huit bateaux
à voiles, à peine suffisants pour le commerce de
Bidlis [1].

[1] La ville de Bidlis, située à quatre lieues au sud-ouest du lac de Van,
et sur le revers méridional des monts Nimrod, se trouve sur le passage
des caravanes qui vont d'Erzeroum à Bagdad par Amadia, Erbil (Arbelles),
Altun-Keupry et Kerkouk. Cette ville fait un commerce considérable de
tabac à fumer, qui est très-estimé.

CHAPITRE XIV

Nous passons le bras méridional de l'Euphrate à Melez-Ghird. Les Yezidis. Nous faisons rencontre d'une troupe de ces brigands. Adresse que notre guide emploie pour nous tirer d'embarras. Cheikh d'un monastère musulman. Vue du lac de Van. Fonte des neiges dans l'Arménie.

Après avoir franchi les montagnes escarpées et toujours couvertes de neige qui composent l'un des plateaux les plus élevés de la grande Arménie, nous descendîmes vers le bras méridional de l'Euphrate, que les Turks appellent Mourad-Tchaï[1], en mémoire d'Amurath IV, conquérant de Bagdad et de la province de Djéziréh, dont ce fleuve arrose les plaines. Nous le passâmes à Melez-Ghird, sur un pont construit par ordre de ce souverain, au sujet de qui les musulmans de Van racontent le trait suivant : Mourad, parcourant les pays conquis par ses armes, recevait les tributs et les présents des peuples soumis; les seuls habitants de Van n'en apportaient aucun. Surpris de cet oubli, le sultan

---

[1] D'Anville et quelques autres géographes ont rendu par *fleuve du Désir* ce nom de Mourad-Tchaï. Il est possible que cette interprétation soit fondée; il faut observer néanmoins que le mot *mourad*, qui signifie *désir* en arabe, n'a point la même signification en turk, et que d'ailleurs nous nous bornons ici à proposer la version le plus généralement admise dans l'Arménie.

fait appeler les principaux d'entre eux et leur demande
où sont les présents qu'ils se proposent de lui faire.
« Les voici, répondent-ils, ils sont dignes de nous et de
toi. » A ces mots ils ouvrent leurs robes et lui montrent les têtes sanglantes de plusieurs de ses ennemis.
Mourad, satisfait de cet hommage, accorda aux habitants de Van divers priviléges dont ils jouissent
encore.

Melez-Ghird [1] est bâtie sur des rochers volcaniques.
L'aspect de ses environs, que des feux souterrains ont
bouleversés jadis, inspire une sorte de mélancolie qui
s'accroît encore lorsqu'on est entré dans cette ville à
demi ruinée. Elle est située à dix lieues du Seïban-
Dagh, dont on ne pourrait, d'après le rapport des habitants, faire le tour qu'en trois jours de marche, et
dont la cime me parut extrêmement haute, bien qu'il
me semble impossible qu'on l'aperçoive, comme le
prétend Hadji-Khalfah [2], de cinquante parasanges. Elle
est toujours couverte de neige. A dix lieues à la ronde,
cette montagne est environnée de blocs énormes de
laves grisâtres, sur lesquels les troupeaux trouvent à
brouter une herbe fine et rare. De temps en temps on
voit jaillir de dessous ces rochers des sources d'eau
froide et limpide.

On rencontre, au pied du Seïban-Dagh, des Yezidis,

---

[1] En arménien Manaz-Ghird ou Manavaz-Ghird, c'est-à-dire ville de
Manavaz.

[2] Djihân-numa, p. 413.

hordes de Kurdes, qui, sous le titre de grand cheikh, adorent le génie du mal, et se croient autorisés à faire tout ce que défendent les lois divines et humaines. Sous l'étrange prétexte que, Dieu étant essentiellement juste et bon, il est inutile de lui adresser des prières, ils refusent de rendre aucun hommage à la Divinité, bien qu'ils reconnaissent son existence, et qu'ils admettent même la plupart des prophètes révérés par les chrétiens et les musulmans. Ils sont imbus d'une foule de préjugés, et les Kurdes m'ont dit plusieurs fois que, si l'on traçait autour d'eux, sur la terre, un cercle, symbole de leur croyance, ils mourraient plutôt que d'en sortir. Il leur est défendu d'apprendre à lire et à écrire, mais le vol, l'assassinat et l'inceste sont des actes qu'ils regardent comme licites, ou qui du moins ne leur inspirent aucune horreur. Ils portent des vêtements noirs et une coiffure noire et rouge, espérant par là plaire au démon, considéré par eux comme l'exécuteur des volontés divines, qu'il faut se garder de maudire, et dont ils n'osent prononcer le nom. Cette secte a aussi cela de particulier, qu'elle ne connaît point le prosélytisme[1].

---

[1] Nous nous bornons à donner ici ce que nous avons pu apprendre, relativement à ces sectaires, de la bouche des Kurdes et des Persans. Si le lecteur désire de plus grands détails, il peut consulter le *Voyage de Niebuhr*, l'*Histoire arménienne d'Ingigian* dont M. Cirbied a publié quelques extraits, et surtout la notice traduite de l'italien du père Garzoni, qui se trouve à la suite de la *Description du pachalic de Bagdad*. Paris, 1809.

Les Yezidis, soit qu'ils aient pris le nom du cheikh Yezid, auteur de leur secte, ou celui du second khalife de la dynastie des Ommiades, à qui l'on attribue le meurtre de Hosseïn, fils d'Aly, soit que leur origine remonte à des temps plus anciens, ne sont vus qu'avec horreur par les Persans; mais, comme ils sont braves, entreprenants et très-belliqueux, les princes kurdes les souffrent et tâchent même d'en attirer un grand nombre dans leurs domaines.

Nous étions engagés dans le défilé de Tachcoun, qui se trouve non loin du lac de Van, et que les brigandages qu'on y a commis de tout temps ont rendu redoutable aux voyageurs, lorsque nous aperçûmes une trentaine de Yezidis assis à terre, fumant leur pipe et prenant du café. Notre première pensée fut de fuir, mais il était trop tard. Accoutumé à ces sortes de rencontre, et connaissant individuellement presque tous ces voleurs, un vieux Tartare qui nous servait de guide prit, dans cette conjoncture embarrassante, le parti de mettre pied à terre et d'aller droit vers eux, à l'instant même où ils se levaient et saisissaient leurs armes pour nous attaquer. « Que le salut soit sur vous, leur dit-il d'un air amical et mystérieux ; nous venons de Constantinople avec un aga porteur d'ordres relatifs à la déposition du pacha de Van, votre mortel ennemi. Vous pouvez nous dépouiller si cela vous plaît, mais vous ne trouverez guère sur nous que des firmans ; la Sublime Porte ne nous met jamais dans le cas d'être

chargés de grandes richesses. Si vous nous tuez, l'affaire ne manquera pas d'avoir des suites fâcheuses. En
nous laissant vivre vous vous délivrerez d'un gouverneur qui veut vous perdre. Au surplus, je dois vous le
dire en ami, les gens que je conduis paraissent très-
disposés à se défendre. Ils sont porteurs d'armes à feu
chargées chacune de plusieurs balles, et, quoiqu'en
nombre inférieur au vôtre, ils peuvent vendre chère-
ment leur vie. Croyez-moi, restons amis. Loin de vous
nuire, nous vous servirons. Nous vous offrirons même
une vingtaine de sequins à titre de présent. » Après
quelques débats la proposition fut acceptée; mais les
Yézidis exigèrent que le Tartare s'engageât par serment à n'avertir personne de la rencontre que nous
venions de faire. Il le jura, et nous nous remîmes en
route, trop heureux de nous être tirés d'un si mauvais
pas par ce subterfuge.

Cependant il existe aux environs de Tachcoun un
tekiéh ou monastère musulman où des pèlerins viennent de toutes parts à travers mille dangers. Le cheikh
de ce couvent vit au milieu des brigands qui l'environnent, tranquille comme le sage au milieu des orages
de la vie. Je ne puis me rappeler sans une vive reconnaissance, que, pour prévenir les attaques auxquelles
nous étions encore exposés, ce pauvre cénobite offrit
de nous accompagner jusqu'à peu de distance d'Akhlat[1].

---

[1] Petite ville très-ancienne située sur le bord occidental du lac de Van.

Couvert d'un simple manteau de laine, tenant à la main un rameau de peuplier, et sans autre égide que sa vertu, il marcha à la tête de notre caravane l'espace de cinq lieues. Les Kurdes et les Yezidis, comme s'ils avaient craint de rencontrer ses regards, s'éloignaient à son approche ; mais leurs femmes et leurs enfants sortaient de leurs tentes enfumées, apportaient des vases pleins de lait qu'ils nous offraient avec empressement, et demandaient au cheikh sa bénédiction et ses vœux.

Au delà du monastère se trouve un pays stérile et sauvage que nous traversâmes. Nous parvînmes ensuite au haut des collines, d'où je vis, pour la première fois, le lac de Van. Aussitôt qu'il en aperçut le rivage, Mustapha-Aga, qui avait pris naissance à Van, dont il était absent depuis quelques années, descendit de cheval, étendit sur la terre un sedjadéh[1], et récita avec ferveur le fatha ou le premier chapitre du Coran ; puis il lut avec recueillement plusieurs versets de ce livre, relatifs sans doute à son heureux retour dans sa patrie.

La scène change et présente l'aspect le plus enchanteur lorsqu'on approche du lac de Van, que son immense étendue[2] et la tranquillité de ses eaux bleuâ-

---

[1] Le sedjadéh est un tapis sur lequel les musulmans se placent pour faire leurs prières.

[2] Hadji Khalfah lui donne soixante parasanges, c'est-à-dire quatre-vingt-dix lieues de tour (Djihàn-numa, p. 182).

tres feraient prendre pour une mer sans orages. Environné de hauteurs couvertes de peupliers, de tamarins, de myrtes et de lauriers-roses, il contient plusieurs îles verdoyantes qu'habitent de paisibles anachorètes[1]. Le pays d'alentour est peuplé d'Arméniens, qui, par les vêtements, la langue et les usages, diffèrent de ceux d'Erzeroum ; on y rencontre aussi beaucoup de Kurdes, attirés par la fertilité du sol et la douceur du climat. Le voisinage de la Perse, où leurs excès ne sont point soufferts, fait refluer leurs hordes sur le territoire de Van. D'ailleurs le pacha de Mouch et les mutesellims de Bidlis et de Khenès, qui sont souvent en guerre entre eux, en prennent plusieurs à leur service.

Le tableau suivant indique les époques où la fonte des neiges a eu lieu en 1806, dans les différentes parties de l'Arménie que nous avons parcourues; il pourra faire connaître approximativement quelle en est la température respective.

Les plaines d'Endrès et d'Ezbiderler ont été découvertes vers le. . . . . 15 mars.

Avanès . . . . du 15 au 20 *id.*

Erz-Inghian. . . . . du 20 au 25 *id.*

Terdjan. . . . . du 25 au 30 *id.*

Nerdivan. . . . . du 5 au 10 avril.

---

[1] La principale de ces îles est celle d'Akhtamas située dans la partie sud-est du lac, à très-peu de distance de la terre ferme.

Djennes. . . . .   du 5 au 10 avril.

Erzeroum[1]. . . . .   du 10 au 15 *id.*

Pasïn. . . . .   *id.*   *id.*

Kulli. . . . .   du 15 au 20 *id.*

Khenès. . . . .   du 5 au 10 mars.

Melez-Ghird. . . . .   du 20 au 25 *id.*

---

[1] J'avais vu tomber de la neige à Erzeroum le 27 juin de l'année précédente.

CHAPITRE XV

Arrivée à Van. Visite à Feïz-Ullah-Pacha. Conspiration tramée contre lui. Il est arrêté et mis à mort. Description de Van. Départ de cette ville.

Youssuf-Pacha, lorsque j'avais pris congé de lui dans son camp d'Endrès, m'avait remis deux lettres écrites, l'une en turc et l'autre en persan, contenant de pressantes recommandations en ma faveur; la première était adressée à Feïz-Ullah, pacha de Van, et la seconde à Hosseïn, khan de Khoï. De plus, le begler-beg m'avait fait donner par le serraf (banquier) arménien qui le suivait partout des lettres de crédit, tant à l'adresse de négociants de Tauris et de Casbïn, qu'à celle de Stephano Karabet, serraf de Feïz-Ullah. En arrivant à Van, j'allai loger ou plutôt camper dans les jardins de ce banquier que je trouvai fort inquiet à cause des dangers imminents auxquels était alors exposé le pacha son patron et qu'il courait lui-même. Toutefois, voyant en moi un étranger recommandé par le begler-beg, et désirant en outre se ménager un asile favorable en Perse, si, comme tout le faisait présumer, il était réduit à s'y réfugier, il me prodigua tous ses soins, et je jouis chez lui d'une tranquillité parfaite.

A peine eus-je mis pied à terre, que j'allai présenter la lettre de Youssuf-Pacha à Feïz-Ullah. C'était un homme d'environ cinquante ans, de moyenne taille, pâle, maigre, et d'une complexion faible. La terreur dont il était frappé était empreinte sur son visage. Il me reçut avec des égards que les musulmans ne témoignent que rarement aux chrétiens ; et, après les compliments d'usage, il me parla de Constantinople et des diverses personnes, tant du divan que du sérail, que je pouvais avoir connues. Il saisit cette occasion de me faire sentir la différence qu'il y avait entre les rivages du Bosphore et les contrées barbares qu'il gouvernait. Il était né pour ainsi dire dans le sérail ; il y avait été élevé, et plusieurs fois il avait eu l'insigne honneur de tenir l'étrier à Sa Hautesse [1]. C'était à cela qu'il devait la dignité dont il était revêtu. Enfin il pré-

---

[1] Nous croyons pouvoir, au sujet de cet honneur qui n'est accordé qu'à un petit nombre de personnes, rapporter le trait suivant que peut-être l'histoire n'omettra point : Le sultan Mahmoud, aujourd'hui régnant, laissa, à son avénement, s'écouler quelques temps avant de nommer un grand vizir. Le seïman ou segban-bachi qui commandait en l'absence de l'aga des janissaires, alors à l'armée, se présenta le vendredi, selon l'usage, pour tenir l'étrier à Sa Hautesse qui montait à cheval pour se rendre à la mosquée. Jugeant l'occasion favorable, il se permit de lui demander, au nom du corps des janissaires, sur quelle personne elle avait fait tomber son choix. Le sultan indigné répondit : « Depuis quand les janissaires se sont-ils arrogé le droit d'interroger leur souverain ? Va leur porter ma réponse. » A ces mots il avance le pied avec force et l'applique sur la tête du seïman-bachi, qui se retire confus. Le châtiment de cet officier ne se borna point à l'affront qu'il avait reçu ; il fut décapité le lendemain. Cet acte de sévérité, ou plutôt de despotisme, fut considéré à

tendait avoir des protections si puissantes, que sa fortune ne pouvait que s'accroître, quel que fût le danger dont il parût alors menacé. « On vous aura sans doute entretenu dans ce pays, me dit-il, d'un rebelle qui n'est connu que par son audace et par les firmans de la Sublime Porte, qui mettent sa tête à prix. Il est parvenu à rassembler quelques brigands qui lui ressemblent, à l'aide desquels il dévalise les caravanes, et se propose, dit-on, de venir m'attaquer jusque dans mon palais. Mais je ne le crains pas. Tant que l'autorité légitime continuera de me protéger, et que j'aurai l'appui du successeur du prophète, je pourrai compter sur la faveur divine, et je disperserai tous mes ennemis comme le samiel [1] disperse le sable des déserts. »

Constantinople comme un heureux présage de la fermeté que montrerait le sultan Mahmoud, - qualité sans laquelle on ne pouvait espérer de voir l'ordre se rétablir dans tout l'empire.

[1] Le samiel (ou plutôt cham yely) est un vent du sud-est qui souffle à diverses reprises, depuis le 10 ou le 15 d'avril, et qui finit dans la première quinzaine de juin; à chaque fois, il dure ordinairement trois jours. C'est le même que les Arabes appellent khamsïn, et que diverses relations de voyages au Levant font connaître sous le nom de semoum. Il se fait sentir principalement à Abou-Chehr, à Bender-Abbassi, à Bagdad, à Bassora, dans l'Arabie, dans la Syrie et l'Égypte; puis, franchissant la Méditerranée, il parvient, quoique fort affaibli, sur les côtes de Sicile. L'armée française éprouva les fâcheux effets de ce vent durant le cours de l'expédition de Syrie. On sait que, lorsqu'il souffle avec une certaine violence, le plus sûr moyen de s'en garantir consiste à se jeter subitement la face contre terre, et à se tenir la bouche et le nez dans le sable, jusqu'à ce que la rafale soit passée. C'est aussi ce que font les chameaux.

Avant de me retirer, j'engageai ce pacha à redoubler de surveillance; je l'informai confidentiellement de tout ce que j'avais appris des complots tramés contre lui, et je le priai de me procurer les moyens de passer promptement en Perse. Mais, soit qu'il craignît de réduire, en me donnant une escorte, les forces dont il avait besoin pour sa propre défense, soit qu'il jugeât qu'on pouvait considérer mon passage par Van comme une marque de confiance qui lui était donnée par le begler-beg, et qu'il pensât que mon séjour dans cette ville pouvait être une sorte d'égide pour lui, soit enfin qu'il voulût découvrir si quelques satellites de son redoutable ennemi n'étaient pas entrés à ma suite dans la ville; il m'y retint, sous divers prétextes, jusqu'au 30 avril, époque qui ne précéda que de peu de jours la catastrophe que je vais raconter, après avoir repris les choses de plus haut.

L'élévation de Feïz-Ullah à la dignité de gouverneur du pays de Van avait écarté les prétentions du jeune Dervich-Beg, dont le père, l'oncle et le beau-père avaient occupé des emplois éminents, et avait déplu aux Kurdes. Dervich-Beg s'était réfugié à Erzeroum, où il avait vécu caché, mais protégé en secret par Youssuf-Pacha. Croyant que l'appui d'un étranger aussi favorisé que je l'étais alors pourrait lui être avantageux, il avait ordonné à l'un de ses officiers de venir à mon passage par la ville de Kian, auprès de cette place, me

trouver de nuit et incognito pour me presser de l'aider
dans l'exécution de ses projets. J'avais répondu que je
ne devais ni ne voulais y prendre aucune part. Mais le
mihmandar qui m'accompagnait n'avait pu empêcher
qu'un certain nombre d'hommes dévoués à Dervich-
Beg ne se joignissent à mon escorte comme s'ils en faisaient partie. Les uns avaient reçu l'ordre de soulever
les Kurdes campés autour de Van, les autres de s'introduire dans cette ville en même temps que moi.
Lorsque nous en fûmes à quelque distance, plusieurs
des cavaliers de l'escorte turque s'étaient dispersés à
mon insu, pour que le nombre des gens qui composaient la caravane ne parût pas trop considérable; car
ils étaient presque tous dans les intérêts des conjurés.
Après mon départ de Van pour me rendre en Perse,
Dervich-Beg parvint, ainsi que je l'ai su depuis, à rassembler quelques troupes, et se présenta devant la
place, dont les portes lui furent ouvertes, tant par
les Kurdes qui étaient entrés avec nous que par les
autres ennemis de Feïz-Ullah. Ce dernier se retira dans
la citadelle. Bientôt il offrit de capituler; on le lui refusa. Quelques-uns de ses propres soldats, s'étant alors
saisis de sa personne, le menèrent à Dervich-Beg.
Tremblant d'effroi, il demanda grâce et proposa,
pourvu qu'on lui laissât la vie, de renoncer à sa dignité et de livrer les richesses qu'il avait acquises par
ses exactions. Dervich-Beg, qui voulait savoir où le
pacha avait déposé ses trésors, feignit d'y consentir.

Ayant tiré de lui l'aveu qu'il désirait, il alla vérifier lui-même si Feïz-Ullah ne l'avait pas trompé. A son retour, il le fit de nouveau paraître en sa présence, et feignit de lui accorder la permission de partir pour Constantinople. Le pacha se retire, conservant encore l'espoir qu'on n'attentera point à ses jours. A peine est-il parvenu dans la première cour du palais, que deux hommes se jettent sur lui, lui passent une corde autour du cou, l'étranglent et lui coupent la tête qu'ils vont porter à Dervich-Beg. La mort de Feïz-Ullah fut le signal de celle de presque tous ses partisans, et les Kurdes se virent encore une fois maîtres de la ville et du territoire de Van. Quant au serraf Stephano Karabet, chez qui j'avais logé, il parvint à se sauver en Perse, où je le rencontrai quelques mois après; mais il était ruiné et se trouvait réduit, pour ainsi dire, à demander l'aumône.

Van signifie en arménien, *demeure, lieu fortifié, monastère.* J'ignore si la ville qui porte ce nom l'a reçu à cause du grand nombre de couvents qu'on voit dans ses environs, ou s'il lui fut donné par un roi Van qui vivait peu de temps avant l'expédition d'Alexandre en Asie. Quoi qu'il en soit, les Arméniens prétendent que cette ville est située sur l'emplacement de l'ancienne Sémiramocerte. Ils fondent principalement cette opinion sur divers passages de Moïse de Khorène, auteur arménien du cinquième siècle, qui prétend que Sémiramis venait tous les ans passer l'été dans cette partie de l'Arménie[1]. La description qu'il fait du pays convient parfaitement à celui dont nous parlons. Le même écrivain[2] fait mention d'une digue immense dont les ruines existaient encore de son temps et servaient d'asile aux brigands de cette contrée dès lors considérée comme très-dangereuse à traverser. Le lieu où était située cette digue porte aujourd'hui le nom de Bend-Mâ.

La ville de Van, située sur la rive orientale du lac[3] de ce nom, est entourée de murs crénelés en assez bon état et défendue par une citadelle assise sur un roc isolé formant une espèce de cône extrêmement élevé. Cette citadelle passe pour être très-forte. Elle résista durant plusieurs années aux armées d'Abbas second, qui finit par s'en rendre maître en 1636. Une si longue résistance a donné lieu à une tradition portant que le siége avait duré assez longtemps pour que les assié-

---

[1] *His rebus feliciter gestis, Semiramis in loca regionis montuosa quæ ad meridiem spectant, ascendit (namque tùm æstas erat) ut se in vallibus et campis floridis oblectaret, ubi terræ amœnitatem et tenuitatem cœli contemplans, fontesque irriguos, ac fluvios jucundo murmure labentes : Hic, inquit... urbes et domicilia regia exstrui oportet, ut quartam vertentis anni partem, æstiva tempora, jucundissimè in Armeniâ traducamus, et cùm varia loca peragrasset, ab orientis partibus ad ripam lacûs salsi pervenit, ubi collem quemdam oblongum comperit,* etc. Moses Khor., lib. I, cap. xv, p. 43, edit. Lond.

[2] *Ibid* , lib. I, cap. xv, p. 45.

[3] Les géographes anciens donnent au lac du Van le nom d'Arsissa, qui subsiste dans celui d'Ardjich, ville située sur sa rive septentrionale.

geants eussent pu recueillir les fruits des arbres qu'ils avaient plantés eux-mêmes sous les murs de la place.

On compte à Van de quinze à vingt mille habitants, la plupart Arméniens. Cette ville est environnée de jardins dans lesquels s'élèvent des pavillons élégants, où résident en été les habitants qui jouissent de quelque aisance. Rien n'est plus enchanteur que l'aspect de ces vergers arrosés par une infinité de ruisseaux et ombragés par de beaux arbres. Ils sont clos de murs construits, comme en Perse, avec de la terre.

Le commerce qui se fait par le lac avec Mouch et Bidlis et le passage des caravanes qui se rendent de Bagdad, de Mossoul, de Cara-Tchiolan, de Mardïn et de Diarbékir à Tiflis et dans la partie septentrionale de la Perse, procurent d'assez grands avantages aux habitants de Van; la pêche du lac leur vaut un revenu de cinquante à soixante mille piastres. Cette pêche commence vers le 20 mars et finit au 30 avril. Elle est très-abondante; mais elle ne consiste qu'en une espèce de poisson, qui, quoique plus gros, ressemble assez à la sardine, et que j'ai retrouvé sur les côtes de la mer Noire aux environs de Trébizonde[1]. Tout le reste de l'année il n'y a aucune pêche dans le lac, le poisson disparaissant tout à fait au fond des

---

[1] A Van ce poisson porte le nom de Tàrikh; je crois que c'est le même que celui qu'on appelle Khamsi à Trébizonde.

eaux, qui sont très-salées. Un autre phénomène non moins remarquable, c'est que de tous côtés les eaux empiètent sur les terres. Par suite de cette inondation, l'étendue des faubourgs du Van diminue progressivement tous les ans, et la ville d'Arjich devient de plus en plus inhabitable.

Le pays qui environne la ville de Van jouit d'un climat très-tempéré et d'un ciel presque toujours serein. Il produit assez de blé pour suffire aux besoins des habitants, et assez de riz pour qu'on en exporte une certaine quantité. J'y ai vu quelques orangers et citronniers en pleine terre ; mais il faut beaucoup de soins pour en faire venir les fruits à maturité. Il n'y a ni oliviers ni palmiers dans cette contrée. Les arbres fruitiers du nord de la Perse y réussissent parfaitement.

CHAPITRE XVI

Nous quittons la ville de Van avec une nouvelle escorte. Un chef de Kurdes nous donne l'hospitalité. Nous sommes favorablement accueillis par Moussa beg. Portrait de ce jeune prince. Nous passons la frontière de Perse. La scène change. Nous arrivons à Khoï.

Après nous être séparés du mihmandar et des cavaliers ottomans qui nous avaient accompagnés depuis Endrès et qui devaient retourner au camp du beglerbeg, nous partîmes de Van le 30 avril avec une nouvelle escorte entièrement composée de Kurdes et commandée par un vieux aga nommé Suleïman. Laissant au sud les hautes et verdoyantes montagnes des Hékiars, notre caravane se dirigea vers le petit lac d'Evehdjek ou d'Erdjek, près des bords duquel nous fîmes notre première halte. Ces montagnes sont tellement escarpées, qu'un bœuf ne pourrait les gravir; mais, comme le sommet en est assez fertile, les Hékiars ont coutume d'y porter sur leurs épaules de jeunes veaux qui, deux ans après, sont attelés à la charrue. L'existence de cet usage m'a été attestée sur les lieux par des personnes dignes de foi.

Le lendemain nous rencontrâmes plusieurs marchands persans et des villageois qui venaient d'être dépouillés. A peu de distance de Mahmoudiéh, nous vîmes venir à nous le chef d'une tribu dont les tentes étaient voisines. Couvert de fourrures et vêtu de riches étoffes de soie, il montait un cheval d'une rare beauté et était suivi d'une centaine de cavaliers. Selon la coutume du pays, il nous offrit l'hospitalité. Nous l'acceptâmes, et nous trouvâmes dans son camp des tapis du Khoraçan, de la porcelaine, des parfums, de la musique, et en général tout ce que peuvent réunir le luxe et la mollesse orientale. Ce chef de Kurdes possédait entre autres esclaves une jeune Circassienne à laquelle il était fort attaché, et qui, peu de jours auparavant, avait été piquée par une vipère, accident assez commun dans le Kurdistan et de nature à entraîner les suites les plus fâcheuses. Craignant de perdre cette esclave, il me pria de la traiter. Sa demande me jeta dans un grand embarras; mais le vieux Suleïman, qui n'était point homme à se troubler pour si peu de chose, voulut voir la malade; il examina la blessure d'un air grave et capable, y fit une légère incision, puis appliqua sur la plaie un emplâtre composé de lait aigre et d'herbes émollientes. Comme il n'était pas très-sûr du succès, et que le mal pouvait empirer, il me proposa de partir furtivement pendant la nuit. J'eus une meilleure opinion que lui de ses talents, et nous restâmes. Par bonheur, le lendemain matin, la jeune fille se trouva mieux.

Nous continuâmes notre route en suivant la vallée

de Cotourah, qui se resserre et devient toujours plus
sinueuse à mesure qu'on approche des confins de la
Perse. Nous passâmes au pied d'une haute tour construite, il y a près d'un siècle, sur le roc, par les
ordres d'un beg dont l'intention était de découvrir au
loin les caravanes, et de juger, s'il pouvait sans courir
trop de risques, tomber sur elles pour les dévaliser.
Nous couchâmes à Cotourah, dernier village de Turquie. Cotourah est dominé par une citadelle où résidait le jeune Moussa-Beg, qui garde la frontière, et
dont la générosité égalait la bravoure. Sur son front,
ombragé par des cheveux noirs et bouclés, était empreinte une noble fierté. Coiffé à la manière des Kurdes,
il portait un bonnet de drap écarlate et un châle de
soie orné d'un grand nombre de glands qui retom-
baient sur ses épaules. Ses armes, ses vêtements, étaient
aussi modestes que sa fortune. Quoique peu riche,
Moussa-Beg était très-hospitalier, et, quoique Kurde, il
ne se piquait pas de vivre de rapines. Dès qu'il sut
notre arrivée, il s'empressa de nous envoyer tous les
rafraîchissements dont nous pouvions avoir besoin,
ainsi que des tapis et des coussins pour garnir nos
tentes. Ensuite il nous invita à partager un repas où la
médiocrité de ses ressources ne l'empêcha pas de faire
régner l'abondance. On nous servit sur une nappe de
mousseline peinte, étendue sur la terre, du riz, du
lait, et la chair du seul agneau qui restât au beg, et
qu'on avait tué exprès pour nous. Il ne crut pas devoir

refuser un faible présent que je chargeai mon Tartare de lui remettre; mais, n'ayant rien à donner à celui-ci, il le pria d'attendre un moment, et fit emprunter, à gros intérêt, quelques pièces de monnaie à un usurier persan qu'il avait reçu chez lui.

Moussa-Beg joignit quelques-uns de ses gens à notre escorte. Nous continuâmes à suivre les détours de la vallée, et, chose jusque-là sans exemple dans le Kurdistan, nous trouvâmes les chemins réparés par les soins de l'autorité publique. La rivière de Cotourah, qui prend sa source entre les rochers de Mahmoudiéh, coule dans ce défilé avec toute la rapidité d'un torrent. Elle reçoit des eaux minérales qui tombent en cascades ou qui découlent des rochers, et qu'on rencontre à chaque pas. Lorsque la vallée s'élargit, cette rivière prend un cours plus tranquille, et va fertiliser la plaine de Khoï; la scène change alors comme par enchantement. Des peupliers élevés et des coupoles qui semblent suspendues dans les airs annoncent le voisinage d'une ville persane. Au printemps, l'air est parfumé des odeurs les plus suaves; en automne, la terre est couverte des productions les plus riches; la vigne, l'abricotier, le mûrier, croissent sur les bords des rizières; et l'aisance des habitants semble être en harmonie avec la douceur du climat. Un langage gracieux et fleuri achève de prouver au voyageur qu'il touche aux frontières d'un pays plus civilisé. A peine sorti des âpres montagnes de l'Arménie, il est agréablement surpris

du spectacle qui s'offre à ses regards. A l'aspect de
champs parfaitement cultivés, il se rassure; il juge
que des hommes laborieux et riches doivent être hon-
nêtes et paisibles. Tout lui sourit, tout lui présage un
heureux avenir. Ainsi l'Arabe, après avoir quitté les
sables brûlants de l'Afrique, entrant dans la belle vallée du Nil, croit être transporté en un nouvel Éden,
et voit, dans tout ce qui l'environne, la riante image
de cette félicité que son prophète a tant de fois promise aux musulmans.

Nous arrivâmes le 4 mai aux portes de Khoï; elles
étaient gardées avec beaucoup de soin. L'habit kurde,
que, pour plus de sûreté, j'avais pris à mon départ
d'Endrès, et le nombre des cavaliers qui m'accompagnaient, effarouchèrent d'abord les habitants. S'étant
rassurés, ils s'approchèrent de moi pour m'adresser les
questions les plus indiscrètes. « Qui êtes-vous? D'où
venez-vous? Quel est l'objet de votre voyage? Vous avez
sans doute des lettres pour le roi? Peut-on en connaître
le contenu? Montrez-nous les présents que vous apportez à notre souverain. »

Les gardes, qui nous avaient fait attendre plusieurs
heures avant de nous ouvrir la porte, nous promenèrent
ensuite dans toute la ville pour trouver un logement;
c'est une sorte d'inconvénient qu'on n'éprouve point
en Turquie, puisqu'on s'y loge à peu près chez le premier venu. A la fin on nous indiqua la maison d'un
certain aga, appelé Suleïman, comme notre guide. Ne

sachant qui nous étions, ou plutôt nous prenant pour
de véritables Kurdes, l'aga nous reçut très-froidement,
ce qui choqua beaucoup les hommes qui nous avaient
accompagnés depuis Van, et ceux que Moussa-Beg avait
joints à notre escorte. Le lendemain un officier persan
entre tout à coup dans notre appartement et nous signifie l'ordre de sortir de la ville. « Murakhass chudyd,
nous dit-il, c'est-à-dire vous êtes congédiés. » A cette
nouvelle, Suleïman entra dans une fureur difficile à
dépeindre. Il courut au palais du gouverneur : « Quoi !
lui dit-il, nous venons de l'extrémité de l'Asie pour
vous amener un homme chargé de lettres et de présents pour le schah, un homme qui s'est vu dépouiller
et plonger dans un cachot par des brigands, un
homme enfin qui a été exposé cent fois à perdre la vie
pour vous, et vous avez le front de nous repousser au
moment où nous arrivons, et de nous renvoyer hon-
teusement et sans motifs. Allez, vils hérétiques, maudits apostats ! je l'ai toujours dit, vous méritez bien le
courroux du prophète et l'animadversion des vrais
croyants. » Les Persans, et même les personnages les
plus importants parmi eux, supportent avec un sang-
froid inconcevable les injures les plus grossières. Aussi
le gouverneur, sans se trouver offensé d'un discours
si peu mesuré, témoigna le regret le plus vif du mauvais accueil qui nous avait été fait. « Comment, s'é-
cria-t-il, serait-il possible que l'étranger dont vous parlez fût ce Français si longtemps attendu dans l'asile de

la puissance? serait-il vrai que ce fût lui qu'on eût con-
gédié? Retournez vers cet envoyé. Je vais sur-le-champ
lui faire porter mes excuses par un officier. Quant au
misérable qui, sans mes ordres, a osé se présenter chez
lui, je vais le lui livrer; qu'il ne pardonne pas à ce
traître, car l'impudence de sa conduite mérite un ri-
goureux châtiment. »

Notre hôte, à qui cette réponse fut communiquée,
s'empressa de nous offrir tout ce dont nous pouvions
avoir besoin. Il fit venir des musiciens; il s'efforça
d'aller au-devant de nos moindres désirs; et, vil adula-
teur autant que courtisan obséquieux, pour s'attirer
les bonnes grâces du Khan, il composa des vers à notre
louange.

CHAPITRE XVII

Ville de Khoï. Visite au gouverneur. Trait de superstition. Ahmed-Abad. Mérend. Bouleversement des environs de Tauris. Tremblement de terre qui s'y fait ressentir. Description de cette ville, capitale de l'Aderbaïdjan. Portrait du naïb Feth-Aly-Khan. Entretiens avec cet officier.

La ville de Khoï, qui n'est pas fort ancienne, a des fortifications régulières. On n'y voit pas un grand nombre de mosquées ni de maisons considérables; mais les rues sont ombragées d'arbres, et l'on y trouve un assez beau caravansérai spécialement réservé pour les marchands. On peut évaluer à vingt-cinq mille âmes la population de cette ville, dont les habitants se disent aussi d'origine tartare, ce qui a valu à la contrée le surnom du Turkestan de la Perse[1]. Les troubles qui ensanglantèrent le règne d'Aga-Mehemed-Khan furent nuisibles à Khoï, en forçant un grand nombre de familles à s'expatrier.

Le lendemain de mon arrivée, j'allai visiter Hosseïn-Khan, gouverneur de la province[2]. Cet officier me

---

[1] Djihân-numa, p. 485.

[2] Dja'far-Couly-Khan, prédécesseur de Hosseïn-Khan, ayant aspiré à la souveraineté de l'empire persan, fut réduit à chercher un asile chez Mahmoud, pacha de Bayazid, qui était son gendre. La Porte Ottomane, sollicitée par la cour de Perse, envoya l'ordre de l'arrêter. Dja'far, à la

reçut dans un pavillon élevé au milieu d un jardin, où je vis, non sans surprise, des arbres symétriquement alignés, des bassins de marbre et des jets d'eau. Ce pavillon était un peu exhaussé, ouvert par devant et éclairé au moyen de vitraux de couleur. Les personnes qui composaient la suite du gouverneur étaient rangées en ligne autour de lui et dans le jardin. Hosseïn-Khan m'accueillit avec politesse, et me témoigna un intérêt que peut-être lui avaient inspiré mes malheurs. Après m'avoir fait asseoir près de lui : « Oubliez dans cette terre hospitalière, me dit-il, tous les maux que vous avez soufferts chez un peuple d'assassins. Vous êtes parmi nous dans une nouvelle patrie; tous ceux que vous voyez sont vos frères. Chassez de votre front ce nuage de tristesse et cette pâleur qui nous affligent. Reprenez la gaieté de votre âge, et recouvrez les forces que vous avez perdues. Disposez de tout; car ici tout vous appartient. Ne vous gênez en rien pour nous; suivez vos usages quels qu'ils soient. Loin de nous en offenser, nous jugerons par là que vous nous traitez en amis, et que vous avez assez bonne opinion des Persans pour ne voir en eux que des Français. Bientôt vous toucherez au terme de votre long voyage, bientôt vous verrez cette

tête de deux cents hommes seulement, parvint à se soustraire à l'exécution de cet ordre. Toutefois, ayant été forcé de quitter le territoire ottoman, il se retira dans la Géorgie, d'où, à l'époque de mon voyage, il faisait encore quelques excursions dans les provinces persanes. Il est mort depuis.

porte resplendissante de félicité, ce séjour plus fortuné que le paradis terrestre[1], et ce trône digne d'avoir pour marchepied l'immensité du firmament. Vous jouirez du doux éclat de cet astre brillant; et à son aspect vous croirez recevoir une nouvelle existence; pour nous, les derniers de ses esclaves, pour nous qui sommes indignes de baiser la poussière des pieds de ses serviteurs, malgré tous nos efforts pour vous bien recevoir, et malgré le don de notre fortune et de nos vies, que nous vous prions d'accepter, nous rougissons du peu qui vous est offert, et notre honte est sans égale de ne pouvoir traiter dignement celui qui se rend auprès de l'image vivante de la Divinité. »

Après tous ces compliments emphatiques, que l'usage autorise en Perse, Hosseïn-Khan me dit que la conjonction de deux astres favorables devant avoir lieu sous peu de temps, Imam-Aly, officier porteur de présents pour Abbas-Mirza[2], n'attendait plus, pour se rendre au camp, que l'annonce de ce phénomène, et que je pourrais l'accompagner. Le désir de connaître un jeune prince déjà célèbre dans l'Orient et de voir l'armée persane qu'il commandait me fit accepter la proposition du khan. Mais les augures[3] tardèrent à se montrer pro-

---

[1] Ferdous, dont les Grecs ont fait παράδεισος, est un mot persan qui paraît avoir été adopté par les Hébreux; il signifie jardin.

[2] Le mot mirza, avant un nom propre, signifie homme de plume, et, mis après, il équivaut à schah-zadéh, fils de roi.

[3] Augur ou oghour est du petit nombre des mots latins qu'on retrouve dans la langue turque.

pices, et nous fûmes obligés de rester à Khoï jusqu'au jeudi, jour de la semaine que les Persans regardent comme très-heureux. Notre officier voulut en profiter pour se marier, selon le mode appelé Kabïn; c'est-à-dire pour un espace de temps déterminé, quoique déjà il fût l'époux de quatre femmes. Il en prit donc une cinquième, espérant sans doute être plus heureux qu'il ne l'avait été précédemment. Après la noce il reçut les embrassements et les adieux de ses amis et fit charger tous les bagages. Toutefois, désirant passer à Khoï quelques heures de plus, sans renoncer à la faveur que lui promettaient les augures, il se mit en marche, ainsi que moi, puis il s'arrêta tout court au milieu d'une des places de la ville sur laquelle nos tentes furent dressées par son ordre. Ayant témoigné ma surprise de cette manière singulière de voyager, plusieurs des personnes que j'interrogeai m'assurèrent que nous étions réellement partis, que cela ne pouvait faire la matière d'un doute. D'autres, plus instruites, estimèrent que, pour être vraiment censés en route, il aurait fallu s'éloigner de la ville au moins à une distance telle, qu'il fût impossible d'entendre les crieurs des mosquées. A la fin, Imam-Aly se détermina à se mettre en marche, et nous montâmes à cheval.

Nous couchâmes à Ahmed-Abad, où je fus agréablement surpris de trouver préparés pour notre réception un logement, des vivres et tout ce qui pouvait nous être nécessaire. On nous conduisit à un salon construit au milieu d'un jardin et entouré d'un ruisseau d'eau vive que, selon l'usage, on avait détourné de son cours pour nous procurer de la fraîcheur. Un jeune Persan, qui vint m'entretenir en attendant que les chefs du village parussent, me présenta un compliment en vers qu'il avait composé sur notre heureuse arrivée. Le style, quoique passablement ampoulé, m'en parut assez pur, et je fus étonné de trouver dans un si petit village tant d'instruction, de prévenances et d'urbanité. Mais je n'oubliai pas que, d'après un proverbe persan, la politesse est une monnaie destinée à enrichir non point celui qui la reçoit, mais bien celui qui la donne.

Depuis Ahmed-Abad jusqu'à notre arrivée à Mérend, nous eûmes à traverser un désert de douze lieues de longueur dont le sol est aride sans être entièrement sablonneux. On y remarque des bruyères, des tamarins et quelques sources très-abondantes d'eau saumâtre. Cette lande est peuplée d'un grand nombre de gazelles et de daims; et l'on y trouve beaucoup de reptiles, dont plusieurs, tels que le lézard et le caméléon, ne sont point dangereux. Quant aux scorpions, aux vipères et aux serpents, qu'on rencontre aussi fréquemment dans ce désert, leur morsure est très-venimeuse.

Le chemin le plus court pour nous rendre à Tauris aurait été celui qui, passant par Tésouïdj et Dizi-Khalil, longe le lac d'Ormiah, dont il sera parlé ci-après; mais l'officier qui m'accompagnait avait quelques affaires à régler à Mérend. Ce lieu, désigné par Strabon et par

Ptolémée[1] sous le nom de Morunda, est moins une ville qu'une réunion de trois ou de quatre villages, dont les maisons sont séparées les unes des autres par de très-grands vergers. On recueille dans ces vergers de la co-chenille et de l'opium estimé. Mérend est situé dans une plaine bien arrosée et par conséquent fertile. On peut porter à environ dix mille âmes la population de cette espèce de ville. (Lat. 38° 11′; long. 43° 45′.)

Sur l'invitation que je reçus, je passai la soirée chez le kalenter ou premier magistrat du lieu. On m'y questionna beaucoup sur l'Europe, et l'on m'y parla des affaires de la Perse de façon à m'en faire prendre, s'il se pouvait, l'idée la plus favorable. Je demandai ensuite des détails sur ce qui s'était passé depuis la mort de l'eunuque-roi, dénomination sous laquelle le prédécesseur du prince régnant est connu en Turquie. A ce mot, on sourit, on se regarda, et l'une des personnes de la compagnie me dit avec politesse qu'il ne fallait point, en parlant du fameux Mehemed-Khan, se servir en Perse de l'expression que j'avais employée.

On compte de Mérend à Tauris douze parasanges persanes, ou environ dix-huit lieues, et il faut passer le Djedek ou col de Sophian, ce qui fait paraître cette distance un peu plus considérable[2]. On trouve dans la plaine, au sud-est de Mérend, quelques villages ruinés;

---

[1] *Géograph.*, liv. VI, chap. ii.
[2] Elle est portée par Hadji-Khalfah à quatorze parasanges.

on arrive au bord d'une rivière appelée Talkh-Tchaï (le
fleuve amer), et dont les eaux saumâtres[1] vont se jeter
dans le lac d'Ormiah, à onze lieues à l'ouest de la ville
de ce nom, pays de Zoroastre. Un pont construit solide-
ment, et dont les arches posent sur des piles de granit
noir, ornées de sculptures anciennes, s'élève sur cette
rivière. Mes compagnons de voyage, qui avaient été privés d'eau durant toute la journée, étaient fort impa-
tients d'en voir le bord. Les Persans sont doublement à
plaindre lorsqu'ils voyagent en des lieux dépourvus
d'eau ; car, indépendamment des inconvénients de la
soif, ils éprouvent le regret de ne pouvoir faire qu'avec
du sable ou de la terre les ablutions que leur religion
prescrit impérieusement.

D'affreux tremblements de terre ont bouleversé les
environs de Tauris, et il est difficile, à moins de les
avoir vues, de se faire une idée exacte de la quantité de
ruines entre lesquelles on passe avant d'arriver à cette
ville. La plupart des édifices qui existaient du temps de
Chardin ont été renversés par le retour fréquent de ce
fléau[2]. A mon passage, on y ressentit une secousse assez
forte pour endommager plus de quarante maisons et
faire prendre la fuite à un grand nombre de personnes.

Il paraît probable que le vaste lac d'Ormiah, situé à

---

[1] Or ceux qui estoient au front de l'armée rencontrèrent d'adventure
une rivière qui avoit l'eau froide et claire, mais elle estoit sallée et veni-
meuse à boire. (Plut., *Hommes illust.*, Vie d'Antoine., t. VIII, p. 350.)

[2] On éprouva un très-violent tremblement de terre à Tauris en 1780.

quelques lieues de Tauris, et dont les eaux bitumineuses
et salées ne nourrissent aucune espèce de poisson, a dû,
ainsi que celui de Van, sa formation aux éruptions volcaniques qui ont changé tant de fois la face de ce pays.
On sait que le nom d'Aderbaïdjan, qu'il porte aujour-
d'hui, signifie, ainsi que l'ancien nom d'Atropatène,
terre de feu[1]. Les brahmes, et en général tous les écrivains orientaux, s'accordent à dire que Zoroastre y prit
naissance[2]. Enfin les Persans croient encore que Tauris
est le centre du monde.

Le mont Ararat, le Seïban et le Kusséh-Dagh, vo-
mirent autrefois des flammes, à en juger du moins par
la quantité de laves, de scories, de pierres ponces et de
sources d'eau thermales qu'on rencontre si fréquemment dans le voisinage de ces montagnes, et même depuis Tocat jusqu'au delà de Van. Nous citerons, parmi
ces sources, celle d'Ilidjah près d'Erzeroum, celle
d'Hassan-Caléh, qui jaillit du fond de la petite rivière de
ce nom, et celles d'Endrès et de Cotoura. Les environs
de Diadïn produisent beaucoup de soufre et présentent
un phénomène assez remarquable : c'est une nappe
d'eau sulfureuse et brûlante qui tombe du milieu d'un
rocher creusé par l'Euphrate et formant sur ce fleuve
un pont naturel.

---

[1] Strab., liv. IX, chap. xviii, t. IV, Ire part., p. 507. *Recherches sur
les anc. lang. de la Perse*, note 1, Mémoires de l'Acad. des inscr. et belles
lett., t. LVI, p. 200.

[2] *Ibid.*, p. 217 et suiv.

Il y a auprès de Melez-Ghird une rivière nommée Touzla, qui fournit de sel toute l'Arménie; non loin de Diarbékir, des mines de cuivre et d'argent, et, à quelques lieues de Kerkouk, des sources de naphte, sorte de pétrole dont les habitants, malgré l'odeur forte qu'il exhale, font usage pour s'éclairer durant la nuit.

Selon quelques auteurs, Tauris serait l'ancienne Ecbatane; mais le nom moderne d'Hamadan et la situation de la dernière de ces villes coïncident si bien avec ce qu'on sait de la capitale de la Médie, qu'il n'est plus permis de considérer l'opinion de ces auteurs autrement que comme une conjecture vague et ne reposant sur aucun fait. Il n'en est pas de même de celle qui assignerait à Tauris l'emplacement de l'ancienne Gaza des Mèdes. Deux des plus habiles géographes[1] modernes ont adopté ce sentiment, et il n'est guère controversé que par M. de Sainte-Croix[2], qui pense que Gaza devait se trouver plus au sud-est, c'est-à-dire près le bord méridional du lac d'Ormiah. Quoi qu'il en soit, Tauris est encore, par son étendue et par son commerce, la seconde ville de la Perse. On porte à cinquante mille le nombre de ses habitants; sa circonférence est d'en-

---

[1] D'Anville, *Rech. géogr. concernant l'expédition de l'emp. Héra-clius*, Mém. de l'Académ. des inscrip. et belles-lettres, vol. XXXII, p. 560. M. Barbié du Bocage : *Analyse de la Carte des marches et de l'empire d'Alex.*, p. 817.

[2] *Recherches géographiques sur la Médie*, Mémoires de l'Académ., vol. L, p. 110.

viron cinq mille toises; ses murailles sont hautes et
garnies de tours, et ses portes ornées de briques ver-
nissées de diverses couleurs. On y voit d'assez beaux
bazars et des mosquées dont les minarets sont moins
hauts que ceux des mosquées turques. Les seuls
de cette espèce que j'ai remarqués en Perse sont ceux
de Sultaniéh, élevés par les soins du schah moghol
Khoda-Bendéh, dans le quatorzième siècle de notre
ère.

S'il faut s'en rapporter au témoignage de Hadji-
Khalfah[1], les habitants de Tauris sont vains, fastueux
et de mauvaise foi. Jamais, dit cet auteur, vous ne trouverez parmi eux un homme sincère; et, si vous rencon-
trez dans le monde un faux ami, dites que c'est un Tau-
risien ou du moins quelqu'un qui lui ressemble. On
voit bien par ces généralités offensantes qu'Hadji-
Khalfah n'était pas Persan.

Les peuples de l'Aderbaïdjan, dont Tauris est la capitale, ayant opposé beaucoup de résistance à Aga-Mehemed-Khan lorsqu'il entreprit la conquête de cette province, il les en punit cruellement. Les femmes et les
jeunes gens les plus remarquables par leur beauté furent réduits en esclavage, et l'on égorgea, sans distinction de sexe ni d'âge, la plupart des Arméniens. Cependant, après la mort de Mehemed, le pays se repeupla
insensiblement. Abbas-Mirza, qui en était gouverneur

[1] *Djihân-Numa*, p. 482.

lors de mon passage en Perse, employait tous ses soins à faire revenir les habitants qui s'étaient expatriés. Tout portait à croire que sous un gouvernement modéré l'Aderbaïdjan redeviendrait florissant aux dépens de la Turquie d'Asie, théâtre de tant de vexations, de troubles et de guerres intestines, que tous les ans des villages entiers étaient abandonnés et de nouveaux champs privés de culture.

Le gouvernement de l'Aderbaïdjan appartient, ainsi qu'on vient de le dire, au schah-zadéh, Abbas-Mirza[1]. Ahmed-Khan était le begler-beg de cette province, et avait Feth-Aly-Khan pour naïb ou lieutenant. Ce dernier s'empressa de venir au-devant de moi, lorsqu'il fut instruit de mon approche. Il m'assigna un logement dans son palais, et me fit servir par ses gens ; ce n'était point un musulman austère, mais l'aménité de ses manières et la variété de ses connaissances le rendaient, sous quelques rapports, supérieur à ses compatriotes. Sa conversation aurait pu faire croire qu'il avait voyagé en Europe. A la vérité, il avait eu déjà des relations particulières avec des hommes instruits. C'était lui qui, en 1801, avait accompagné de Chirâz jusqu'à Téhéran le chevalier Malcolm, depuis général et ambassadeur, envoyé par la compagnie anglaise des Indes orientales vers le schah de Perse, et à qui les sciences sont rede-

---

[1] Voyez, pour les deux dénominations de schah-zadéh et de mirza, la note de la page 133.

vables de l'ouvrage le plus remarquable et le plus
étendu qui ait été publié sur l'histoire de cet empire.
Feth-Aly-Khan n'avait pas eu lieu de se plaindre de
M. Malcolm, sur le compte de qui toutefois il ne s'ex-
pliquait qu'avec réserve et qu'avec une sorte de malignité. Il prétendait que cet envoyé n'avait dû ses premiers succès qu'aux sommes considérables qu'il avait
follement distribuées; mais il était facile de reconnaître dans ce langage l'exagération si familière aux
Persans.

Feth-Aly-Khan témoignait beaucoup de curiosité relativement aux progrès des sciences, des arts, de l'industrie et de la civilisation dans l'Occident. Il m'entre-
tint souvent de l'usage de la boussole, de l'invention
des paratonnerres, des aérostats et des télégraphes, des
pays découverts par les navigateurs européens, des phé-
nomènes de l'électricité, de l'inoculation et de la vac-
cine. Le récit des victoires de nos armées exaltait son
imagination orientale. « Les Français sont, sans doute,
disait-il, une espèce d'hommes particulière, puisqu'ils
sont savants parmi les savants et braves parmi les
braves. Que nous sert de vanter la noblesse de notre
origine, la sagesse de nos ancêtres et la gloire de nos
héros? Vous avez renouvelé les siècles de Roustam, de
Cahraman[1] et de Khosroës. Vos sages ont hérité de

---

[1] Roustam et Cahraman sont des héros célèbres dans les romans persans. On peut, au sujet de ces deux personnages, consulter la bibliothèque
orientale de d'Herbelot.

toute la science de Zoroastre, et vos guerriers de toute
la valeur d'Alexandre. Pourquoi faut-il que tant de parasanges nous séparent de vous, et que des peuples, plus
ennemis encore de l'humanité que de notre sainte
croyance, opposent d'insurmontables barrières à nos
communications? Sans eux, sans ces Kurdes, ces Arabes,
ces Turkomans soupçonneux, farouches et barbares,
qui dévastent le pays de Roum, nos caravanes pénétre-
raient jusqu'aux extrémités de l'Occident, jusqu'aux
bords de l'océan Atlantique, devenu le domaine des
Européens. Nous irions en foule leur porter les étoffes
de nos fabriques, les perles de nos rivages, tous les trésors de l'Inde; et nous reviendrions dans notre patrie
chargés des produits de leur industrie et enrichis d'une
partie de leurs connaissances sublimes. » Comme il se
plaisait dans les entretiens de ce genre, Feth-Aly-Khan
les prolongeait durant des nuits entières. Lorsque le
jour paraissait, nous prenions un bain au sortir duquel
on servait le repas du matin. Ensuite, couchés sur des
tapis étendus par terre, nous consacrions au sommeil
des heures que la chaleur du jour aurait rendues in-
supportables. Vers le soir, le Khan me conduisait dans
les jardins de son palais. Là, assis près d'un ruisseau,
dont les eaux ajoutaient à la fraîcheur de l'air et de la
verdure, il me traçait, à l'ombre d'un platane ou de
touffes de jasmins dont les fleurs embaumaient ce
riant séjour, le tableau de la vie des Persans ou celui
de la cour du schah.

« Ce souverain, ajoutait-il, est l'heureux successeur d'un roi dont la mémoire nous est odieuse. Oubliant les horreurs qui ont ensanglanté leur patrie sous les nombreux successeurs de Nadir, les Persans-obéissent avec empressement au sage prince que la Providence a placé sur le trône. Nul depuis longtemps n'avait réuni sous une même domination tant et d'aussi belles provinces. Kérym-Khan n'était maître que du Fars, du Kerman, de l'Irâc et de Tauris. Le Khoraçan, cette contrée célèbre par ses productions et par un pèlerinage aussi saint que celui de la Mecque[1]; le Mazenderan, ce pays montagneux dont les habitants excellent à tirer de l'arc; et enfin le Daghistan, d'où sont sorties les hordes de Tartares qui ont tant de fois bouleversé l'Asie, étaient ou semblaient séparés de la monarchie persane. L'Aderbaïdjan même était circonscrit dans d'étroites limites. Notre souverain actuel, en saisissant les rênes du gouvernement, a su tout réunir dans ses mains puissantes. Si l'on excepte la Géorgie, province qui depuis longtemps ne fait plus en réalité partie de l'empire, toute la Perse lui est soumise. Les Turkomans ne sortent plus de leurs plaines que pour venir servir le grand roi. Les Afghans et les Arabes se tiennent renfermés, les uns dans les montagnes du Candahar, et les autres dans leurs déserts. Que pourraient contre lui les hordes des Wahabis, de ces impies qui dé-

---

[1] Le pèlerinage de Mechehed.

vastent l'Arabie? Si les villes saintes étaient dans son empire, il ferait établir une double haie de soldats depuis Bagdad jusqu'à la Mecque, et il assurerait ainsi la voie sacrée et le repos des pèlerins. »

CHAPITRE XVIII

Nous partons de Tauris. Aspect général du pays qui s'étend depuis cette capitale jusqu'à la mer Caspienne. Manière dont les maisons sont construites. Nous arrivons à Ardebil. Détails sur cette ville et sur les environs.

Je partis de Tauris, pénétré de reconnaissance pour tous les bons traitements que j'y avais reçus. Nous dirigeâmes notre marche vers le camp d'Abbas-Mirza, et nous passâmes par Seïd-Abad, village situé au pied du Cara-Dagh ou chaîne des montagnes noires. Là se fait la séparation des routes d'Ardebil et de Téhéran. De Seïd-Abad nous nous rendîmes à Tchélébïan, et de là auprès de Ser-Ab, ville située à dix parasanges d'Ardebil.

Le pays qui s'étend depuis Tauris jusqu'à la mer Caspienne est peu pittoresque. Des plaines légèrement ondulées, des prairies, des arbres épars et en petit nombre, quelques villages ceints de hautes murailles flanquées de tourelles[1], des tentes de laine noire plantées

---

[1] Ces villages sont fortifiés, parce que durant les troubles qui, dans ces derniers temps, ont désolé la Perse, les habitants cherchèrent à se mettre à couvert des invasions soudaines des Kurdes en leur opposant des obstacles que leurs chevaux ne pussent franchir.

au bord des ruisseaux, des caravansérais ruinés, des
ponts dont les arches sont à demi écroulées, et, dans
l'éloignement, quelques montagnes dont les crêtes
se dessinent sur un ciel d'azur, tels sont les objets
qui, dans cette contrée, s'offrent aux regards du voyageur.

Les maisons des gens du peuple, dans cette partie de
l'Aderbaïdjan, sont construites en voûte et bâties sur un
plan inférieur au niveau du sol. En les examinant, on
est porté à croire qu'autrefois l'usage général des habitants du pays était d'habiter sous terre, ainsi que
cela se pratique encore dans certaines parties de la
grande Arménie et en Géorgie[1]. L'habitation du chef
de la famille ne se compose que d'une seule pièce,
à l'entour de laquelle règne un large banc de pierre
que l'on couvre de nattes ou de tapis, et qui sert
de lit et de table. Les femmes et les enfants logent à
part.

Depuis Seïd-Abad jusqu'à Ardebil, on compte vingt-
quatre parasanges, qui font environ trente-six lieues
moyennes. Nous parcourûmes cet espace sans nous arrêter dans aucun village. Les Persans, lorsque la saison
le permet, préfèrent, avec raison, leurs tentes à des
habitations malsaines. Lorsqu'ils voyagent, ils dorment
une partie du jour sous un abri quelconque, et même

---

[1] Deuxième voyage en Perse de M. J. Morier, t. II, p. 287 de la trad.
franç.

ils reposent la tête nue, quoique exposés aux rayons du soleil.

Les environs d'Ardebil, mieux cultivés que ceux de Ser-Ab et de Tchélébïan, abondent en excellents fruits[1]. La ville est située au sud de la chaîne de montagnes qui s'étend le long de la mer Caspienne. Cette chaîne défend Ardebil contre les vents pestilentiels qui règnent sur le littoral ; et son heureuse position lui a fait donner le surnom d'Abadan-Firouz (séjour de la félicité).

Cheikh-Séfy, Hayder et Ismaïl-Schah, sont inhumés à Ardebil. Leurs tombeaux, pour lesquels les Persans ont une grande vénération, sont placés sous des dômes peu élevés et tombant en ruines. Les dépouilles mortelles de ces princes de l'ancienne dynastie faisant considérer comme sainte la ville qui les possède, plusieurs personnes pieuses de la Perse s'y sont fait ensevelir.

Ce fut dans les plaines du Moghan, près d'Ardebil, que, vainqueur des Afghans, des Turcs et des Moscovites, Nadir rassembla les grands de l'empire, et leur adressa un discours énergique sur la nécessité de changer la forme du gouvernement. Il tenait en main son épée, et, l'ayant remise dans le fourreau, il déclara qu'il laissait aux Persans la liberté de se choisir un

---

[1] Hadji-Khalfah dit qu'il n'y a auprès d'Ardebil d'autres arbres à fruits que des pommiers et des poiriers. Je puis certifier que cette remarque serait aujourd'hui tout à fait dénuée de fondement.

souverain digne d'eux. Nommé schah par acclamation, ce fut dans Ardebil que se fit la cérémonie de son couronnement.

La fertilité du sol, la salubrité de l'air et l'abondance des eaux ont dû, de tout temps, faire jouir d'une grande prospérité le pays qui environne Ardebil. Tout porte à croire que cette ville a été l'une des plus importantes de la Médie. Tavernier et Corneille le Bruyn en ont parlé avec quelque détail ; mais leurs itinéraires, sur lesquels plusieurs cartes ont été dressées, renferment un grand nombre d'erreurs. Ils indiquent d'une manière inexacte la distance qui sépare Tauris d'Ardebil. On peut faire le chemin de l'une à l'autre ville en trente heures de marche, et il n'en faut que sept et demie pour aller d'Ardebil à la côte la plus occidentale de la mer Caspienne.

Ardebil sert d'entrepôt aux marchandises transportées par les caravanes qui se rendent de Tiflis, de Derbend et de Bakou à Téhéran et à Ispahan. Les bazars de cette ville sont bien entretenus. Quant aux fortifications, elles sont médiocres, et Ardebil renferme si peu d'édifices convenables pour loger une cour, qu'Abbas-Mirza fut obligé de demeurer sous la tente durant tout l'hiver de 1805.

On me donna pour logement, dans cette ville, un pavillon qui tenait au palais du vizir Mirza-Buzruk ; la mission dont j'étais chargé attirait l'attention générale; mes habits européens que j'avais repris excitaient, surtout parmi le peuple, une grande curiosité; et je me vis constamment entouré d'une foule d'oisifs, sorte de gens qui sont peut-être plus importuns en Perse qu'en tout autre pays.

———

CHAPITRE XIX

Le schah-zadéh Abbas-Mirza, c'est-à-dire le prince
dont il a été question à la fin du chapitre précédent, est
le deuxième fils du roi de Perse, aujourd'hui régnant.
Sa mère était de la tribu des Cadjars, de laquelle sort
la dynastie actuelle. Il était âgé de dix-neuf ans lorsque
je le vis à Ardebil. Sa taille était haute, et son visage un
peu allongé; ses traits me parurent réguliers, son regard vif, son sourire doux et affectueux. Des sourcils
noirs très-marqués et un teint qu'a rembruni le soleil
donnent un caractère mâle à sa physionomie. La nature
l'a doué d'une conception vive, d'un jugement solide,
d'une bravoure qu'il a signalée fréquemment et d'une
affabilité qui lui gagne tous les cœurs. Il s'est accoutumé dès sa première jeunesse à lancer le javelot, à
dompter un cheval fougueux, à passer un fleuve à la
nage. Ce prince possède assez d'instruction pour sentir
le besoin d'en acquérir davantage; on dit qu'il sait bien
l'histoire des rois qui se sont illustrés dans sa patrie.
Nul parmi les Persans n'estime plus que lui les sciences

et les arts de l'Europe; ce qu'on peut attribuer, du moins en partie, au respect bien connu qu'il a pour la religion du Christ. Tout annonce enfin que s'il monte un jour sur le trône de Perse, il déploiera des qualités qui le feront compter au nombre des plus grands souverains qui aient régné sur ce vaste empire.

Abbas-Mirza n'était âgé que de dix-sept ans, lorsque Feth-Aly-Schah lui confia le commandement d'une armée nombreuse, et le gouvernement d'une province importante. S'il n'a pas été constamment heureux dans ses entreprises contre la Géorgie, s'il n'a pu en faire la conquête, il a fait sentir aux Russes qu'il n'est point un faible ennemi, en même temps qu'il s'est montré un ennemi généreux. Il a toujours traité ses prisonniers avec de si grands égards, que fréquemment le sort du vaincu a excité la jalousie des vainqueurs. Jamais il n'a déployé une sévérité déplacée, mais il s'est toujours montré inexorable envers les méchants. Nous citerons à cette occasion le trait suivant :

Nazar-Aly-Beg, Persan d'une naissance illustre, d'une beauté remarquable, d'une bravoure à toute épreuve et d'une grande adresse dans les divers exercices du corps, était celui des officiers de sa cour qu'Abbas-Mirza chérissait le plus. Un jour, au sortir du bain, cet officier aperçut une jeune et belle Arménienne, et en devint épris. A l'aide de quelques esclaves, il l'enleva, la conduisit dans sa tente, et, se porta envers elle aux derniers outrages. Peu d'instants

après, voulant s'étourdir sur les suites de sa conduite coupable, il fit apporter des liqueurs interdites
par le prophète, et s'abandonna à une nouvelle ivresse,
plus condamnable encore aux yeux des vrais musulmans. La jeune Arménienne profita de l'occasion
pour s'échapper de la tente de son ravisseur. Abbas-
Mirza ayant appris le crime qui s'était commis, promit de punir le coupable. Ce fut en vain que ses
amis intercédèrent en sa faveur, et qu'ils s'efforcèrent
de ranimer dans le cœur du prince l'attachement que
naguère il avait pour son favori. Abbas-Mirza ne voulut écouter que la justice, et Nazar-Aly fut mis à
mort.

Ce jeune prince, lorsque je traversai l'Aderbaïdjan,
s'était concilié, par la sagesse de sa conduite, l'estime
et l'affection des peuples de cette province. Ils fondaient
de grandes espérances sur les qualités qu'ils reconnais-
saient en lui. La plupart des Persans, soit dans leurs discours, soit dans leurs écrits, omettaient rarement cette
formule remarquable : « Nous en jurons par la tête du
souverain et par celle de son fils bien-aimé. » L'Aderbaïdjan, naguère déchiré par des divisions intestines,
commençait à respirer; les villages se repeuplaient, et
un assez grand nombre de colons était venu du fond du
Turkestan cultiver des champs trop longtemps déserts.
Tout porte à croire que cet état de choses n'est point
changé, et même que, depuis mon départ de Perse,
d'heureuses améliorations se sont opérées. A la vérité,

ces progrès n'ont été ni aussi grands ni aussi rapides
qu'on l'avait d'abord espéré; peut-être la rivalité qui
s'est élevée entre le prince Abbas-Mirza et l'aîné de ses
frères en est-elle en partie cause; mais du moins dans
l'Aderbaïdjan, comme dans tout le reste de la Perse,
aucun événement fâcheux n'a jusqu'à ce jour troublé
la paix publique, et l'on peut y voyager seul, sans escorte, tout aussi sûrement que dans les États les mieux
policés.

Ma prochaine arrivée ayant été annoncée à Abbas-
Mirza, je trouvai, à une lieue avant d'arriver à Ardé-
bil, où j'entrai le 17 mai, un nombreux détachement
de cavalerie. Je fus conduit chez le vizir Mirza-Buzruk,
qui m'accueillit avec tout le cérémonial usité dans
l'Orient; il me présenta ses principaux officiers et me
donna un appartement dans sa maison. Le même jour,
Abbas-Mirza m'envoya divers plateaux couverts de mets
de sa table, ainsi que plusieurs daims qui provenaient
de sa chasse.

Deux jours après, on me conduisit à l'audience de
ce prince qui me reçut dans un kiosque. Il était assis
sur de superbes tapis du Khoraçan. Des perles et des
pierreries ornaient son turban ainsi que ses habits, et
un riche poignard étincelait à sa ceinture.

Après les compliments d'usage, Abbas-Mirza me fit
signe de m'asseoir vis-à-vis de lui. Il me témoigna
tout le plaisir que lui causait l'arrivée d'un Français
dans son camp, et le vif désir qu'il avait d'apprendre de

ma bouche les événements qui s'étaient passés récemment en Europe. Je voulus d'abord le féliciter au sujet des succès qu'il venait d'obtenir sous les murs d'Érivan; mais il baissa les yeux, porta la main à son front comme un homme affecté par un triste souvenir, puis il m'adressa la parole à peu près en ces termes :

« Étranger, tu vois cette armée, cette cour et tout cet appareil de puissance. Ne crois pas cependant que je sois heureux. Eh! comment pourrais-je l'être? Semblables aux flots irrités de la mer qui se brisent contre des roches immobiles, tous les efforts de mon courage ont échoué contre les phalanges des Russes. Le peuple vante mes exploits; moi seul je connais ma faiblesse. Qu'ai-je fait pour mériter l'estime des guerriers de l'Occident? Quelles villes ai-je conquises? Quelle vengeance ai-je tirée de l'invasion de nos provinces? Je ne puis sans rougir jeter les yeux sur l'armée qui m'environne. Que sera-ce lorsque j'aurai à me présenter devant mon père? La renommée m'a appris les victoires des armées françaises. J'ai su que le courage des Russes ne leur a opposé qu'une résistance vaine. Cependant une poignée d'Européens, tenant toutes mes troupes en échec, nous menace sans cesse de nouveaux progrès; et l'Araxès, ce fleuve qui jadis coulait tout entier au sein des provinces persanes, prend aujourd'hui sa source dans une terre étrangère, et va se perdre dans une mer couverte des vaisseaux de nos ennemis. »

Durant le peu de jours que je passai dans le camp
d'Abbas-Mirza, j'eus des occasions fréquentes de m'entretenir avec ce prince et d'apprécier la justesse de son
esprit. Loin de se diriger vers des objets frivoles, ses
questions avaient toutes des choses importantes pour
but. « Quelle est, me disait-il un jour, la puissance
qui vous donne une si grande supériorité sur nous ?
Quelle est la cause de vos progrès et de notre con-
stante faiblesse ? Vous connaissez l'art de gouverner,
l'art de vaincre, l'art de mettre en action toutes les facultés humaines, tandis que nous semblons condamnés
à végéter dans une honteuse ignorance, et qu'à peine
nous songeons à l'avenir. L'Orient serait-il donc moins
habitable, moins fertile, moins riche que votre Europe ? Les rayons du soleil, qui nous éclairent, avant
d'arriver jusqu'à vous, seraient-ils moins bienfaisants
ici que sur vos têtes ; et le Créateur qui, dans sa bonté,
diversifia tous ses dons, aurait-il voulu vous favoriser
plus que nous ? Je ne le pense pas.

« Parle, étranger : dis-moi ce qu'il faut faire pour
régénérer les Persans ? Dois-je, comme ce czar mosco-
vite qui naguère descendit de son trône pour visiter
vos villes, dois-je abandonner la Perse et tout ce vain
étalage de richesses ? ou plutôt faut-il, en m'attachant
aux pas d'un sage, aller m'instruire de tout ce qu'un
prince doit savoir ? On m'a raconté les intéressantes
aventures d'un jeune Ionien qui jadis quitta les rives
d'Ithaque pour aller à la recherche de son père, et qui

parcourut avec fruit les côtes et les îles de la mer Blanche¹, la Syrie, l'Égypte et la Grèce. Dis-moi quelle foi il faut ajouter à ces récits? Apprends-moi quel est l'état actuel de ces contrées si célèbres qui nous sont presque inconnues? S'y souvient-on encore de tous les rois illustres dont les noms, à peine parvenus en Perse, ne nous présentent qu'une idée confuse de la grandeur des anciens? »

Ces questions multipliées me jetèrent dans une grande surprise. En Turquie je n'avais guère vu que des hommes plongés dans l'ignorance la plus profonde ou ne possédant que des connaissances superficielles et stériles. C'était donc une chose toute nouvelle pour moi d'entendre un jeune prince musulman témoigner le désir non-seulement d'être instruit de ce qui s'était passé de nos jours en Europe, mais de connaître aussi les événements les plus mémorables de l'antiquité. Je ne pus, on doit le sentir, satisfaire sa curiosité que d'une manière très-imparfaite; je lui parlai sommairement des révolutions successives qui, depuis les temps fabuleux jusqu'à nous, ont changé si souvent la face des empires; et je m'efforçai de lui faire comprendre les causes que nos politiques les plus célèbres ont considérées comme ayant eu la plus grande influence sur le sort des nations. Souvent aussi le prince me questionnait sur Na-

¹ C'est sous ce nom que la mer Méditerranée est connue des Turks et des Persans.

poléon. « Quel est son âge? me disait-il; quelle est sa figure, la forme de ses traits, la couleur de ses cheveux? Porte-il une barbe épaisse[1]? Parle-t-il le persan? »

[1] Les Orientaux, et surtout les Persans, font un grand cas de ce signe distinctif de l'homme. Fetli-Aly-Schah, père d'Abbas-Mirza, porte une barbe d'une longueur prodigieuse, que ses sujets considèrent comme une preuve évidente de la faveur divine, et qui forme à la fois l'objet de leur admiration et le sujet de leurs entretiens. Voyez la savante notice chronologique de la Perse depuis les temps les plus reculés jusqu'à ce jour, publiée par M. Langlès, t. X, p. 153 de son édition des *Voyages* de Chardin.

CHAPITRE XX

Abbas-Mirza invite l'auteur à lui raconter divers détails relatifs à Djezzar, pacha d'Acre en Syrie. Particularités à ce sujet.

La réputation de bravoure dont les mamlouks ont joui si longtemps, et l'influence que la conquête de l'Égypte par les Français aurait pu avoir sur l'état politique et moral de l'Orient, étaient sans doute des motifs suffisants pour porter un jeune prince, avide d'instruction et de gloire, à s'informer de toutes les particularités relatives à cet événement mémorable. La conversation étant un jour tombée sur ce sujet, le nom du féroce Djezzar, pacha d'Acre, en Syrie, sortit de ma bouche. « Apprends-moi, s'écria aussitôt Abbas-Mirza, ce que tu sais de ce barbare, qui n'était pas moins ennemi des sectateurs d'Aly que des disciples de Jésus; de cet odieux rafezy (hérétique) qui a souvent dépouillé des pèlerins persans et qui même une fois en a fait assassiner plusieurs. » Ce que je lui en dis me parut l'intéresser vivement. Peut-être ne trouvera-t-on pas entièrement hors de propos que j'en rapporte ici la substance, et que je saisisse cette occasion de faire con-

naître plus particulièrement un homme dont le caractère était aussi bizarre que cruel.

Seigneur, répondis-je au schah-zadéh, lorsque la
conclusion d'une paix passagère eut permis à notre
gouvernement de s'occuper du rétablissement des relations de commerce entre la France et l'Égypte, un officier aussi distingué par sa bravoure que par ses talents,
le colonel Sébastiani [1], fut chargé d'une importante
mission dans cette dernière contrée; et j'eus l'ordre de
l'y accompagner. Nous y fûmes accueillis comme des
compatriotes, comme d'anciens amis, et, pour tout dire
enfin, comme je le suis aujourd'hui en Perse. Nous vi-
sitâmes Alexandrie, le Caire et Damiette, et nous nous
disposâmes à partir pour Acre. Des personnes graves
voulaient nous détourner de ce dessein. « Gardez-vous,
nous disaient-elles, de descendre sur cette rive inhospitalière. La mort ou les tourments les plus affreux seraient le prix de votre imprudence. » Le colonel ayant
des ordres précis, rien ne pouvait l'arrêter. Seulement
il fut convenu qu'une lettre écrite en arabe serait adressée à Djezzar pour lui demander s'il voulait nous recevoir. Notre vaisseau jeta l'ancre au pied du mont Carmel, à trois lieues de la ville, et l'on songea à faire
parvenir le message au pacha; mais sur cette côte, dont
la justice était bannie, pas une barque, pas un individu
ne se présentaient à nos regards. Dans cette conjonc-

[1] Plus tard lieutenant général, etc., etc.

ture, le colonel jeta les yeux sur le plus jeune de ses officiers[1] et sur moi. Nous partîmes. La mer était orageuse et notre visite pouvait l'être davantage. Vers la pointe du jour la chaloupe arriva au pied des murs de la ville d'Acre. A l'aspect de ces fortifications ruinées, de ces tours, tristes habitations du malheur et du désespoir, je sentis mon cœur se serrer d'indignation et d'horreur. Les débris d'un ancien môle et des vestiges d'églises chrétiennes nous rappelaient la prospérité de l'ancienne Ptolémaïs et la piété des croisés nos aïeux. Notre barque entra dans le port à travers les récifs qui en rendent l'abord difficile ; et nous descendîmes à la douane. Les premières personnes que nous vîmes parurent aussi inquiètes que surprises de notre arrivée. Elles nous firent asseoir, nous apportèrent du café et des pipes ; et, après un assez long silence, le douanier nous demanda ce que nous désirions. Je le lui dis. Sur-le-champ il se rendit au château, d'où il nous rapporta bientôt cette réponse : « Notre maître réfléchira sur ce qu'il doit faire. Vous saurez ses intentions dans une heure. » Cette heure nous parut un siècle. Lorsqu'elle se fut écoulée, plusieurs individus armés se présentèrent et nous firent signe de les suivre. Nous traversâmes des bazars dont la dégradation attestait les outrages du temps et les ravages causés deux ans aupa-

---

[1] M. le comte Charles de la Grange, qui devint lieutenant général, etc.

ravant par l'artillerie française. Arrivés sur une espla-
nade, nous vîmes d'un côté des pièces de canon rangées devant la porte du palais, et de l'autre une prison
soigneusement gardée, mais dont la porte restait ouverte afin que le peuple pût voir les malheureux chargés de chaînes et destinés à la torture ou au dernier
supplice qu'on y détenait. Plus loin était une mosquée
entourée de sycomores; et enfin une fontaine ornée de
marbres et de dorures, élevée par les soins du pacha en
faveur des pauvres : vains monuments d'une piété
feinte et stérile! On nous fit passer le seuil redoutable
de la porte du château, et nous fûmes conduits par des
corridors obscurs et sinueux dans une vaste salle. Une
seconde porte s'étant ouverte alors, nous nous trouvâmes dans un jardin. Là nos gardes se retirèrent sans
nous parler. Surpris de tout ce mystère, nous mar-
chions au hasard entre les arbres lorsque nous aperçûmes, au bout d'une longue treille, un vieillard assis
à terre et à l'ombre d'un palmier. Sa barbe était blanche
et rare. Il était couvert de vêtements grossiers, et un
vieux châle faisait le tour de sa tête. Un extérieur si
misérable nous fit prendre pour un pauvre faquir celui qui se présentait alors à nos regards. C'était Djezzar lui-même.

Le pacha, après nous avoir considérés d'un air
sombre et sévère, nous fit signe de nous asseoir à terre.
« Chrétiens, nous dit-il, que voulez-vous de moi? Venez-vous, porteurs de quelque message sinistre, exciter

de nouveau ma colère? Et ne savez-vous pas, qu'immobile comme un bloc de marbre, Djezzar résiste à ses
ennemis et que rien ne lui résiste? »

Un officier français, envoyé par notre gouvernement,
nous a chargés, lui dis-je, de vous présenter cette lettre
et de demander une réponse. Il prit la lettre, et, sans
l'ouvrir, il nous adressa ces mots : « Je suis bon ami
et bon ennemi. On dit que Djezzar est cruel et barbare;
il n'est que juste. J'ai toujours aimé les Français. Mais
que leur avais-je fait pour qu'ils me déclarassent la
guerre? Néanmoins je les admire depuis que je les ai
vus de près. Étais-tu au siége de cette ville? » Sur ma
réponse affirmative : « Eh bien! poursuivit-il, tu dois
avoir appris que, dans un des assauts les plus meur-
triers, un de vos généraux monta jusque sur le haut
des murailles. Là, comme un lion furieux, il se défen-
dait seul contre mes gens. Moi-même, étant accouru,
j'étais sur le point de le tuer; mais, frappé de tant de
courage : Non! il ne sera pas dit, m'écriai-je, que
Djezzar a ôté la vie à un si brave homme! Je me con-
tentai de lui arracher son panache, que je conserve
encore, et je l'écartai de la brèche sans lui faire aucun
mal. Maintenant la paix est faite. Il n'est plus besoin
de traités. Ma parole vaut mieux que tous les firmans
de Constantinople. Pour moi un oui est un oui, un
non est un non. Si vos négociants viennent ici, ils seront bien reçus tant qu'ils ne se mêleront pas de mes
affaires. Je n'ai pas attendu votre arrivée pour les bien

traiter; non que j'aie besoin d'eux ni de leurs marchandises, car, grâce à Dieu, j'ai tout ce qui m'est nécessaire; mais je connais les usages et sais qu'il faut bien
vivre avec tout le monde. J'estime les Français, les
Russes, les Anglais, les Italiens et les Esclavons, étant
moi-même Européen, né en Bosnie. Ma famille était si
pauvre, que, ne possédant pas seulement une marmite,
nous étions obligés d'emprunter celle de nos voisins.
J'étais le plus misérable des hommes; maintenant me
voilà maître de toute la Syrie. Dieu l'a voulu ainsi;
mais, en me remettant le pouvoir, il m'a aussi ordonné d'être sévère. »

Lorsque Djezzar eut cessé de parler, je lui repré-
sentai que nous attendions une réponse à la lettre qu'il
tenait à la main. Il l'ouvrit alors, la parcourut, et dit :
« Qu'est-il besoin de tant de précautions et de paroles?
Si l'officier qui vous envoie veut me parler, qu'il se
présente, il sera le bienvenu. Voilà ma réponse. —
Nous avons ordre de vous la demander par écrit, répli-
quai-je. — Non, reprit le pacha : ce n'est point mon
usage. Si l'on ne croit pas à ma parole, comment aura-
t-on confiance en mes écrits. » Je voulus lui faire sentir
qu'un tel refus serait considéré comme un manque
d'égards, attendu que nous étions censés ignorer le
contenu de la lettre que nous lui avions remis. « Tu
l'ignores! s'écria-t-il en colère, c'est toi-même qui l'as
écrite! Tu prétends que je vous manque d'égards! Sache
que, si Youssuf-Pacha, ce vizir borgne qui gouverne

l'empire, était venu ici, je ne lui aurais pas permis de s'asseoir à côté de moi comme vous y voilà l'un et l'autre. Espères-tu me tromper et penses-tu que j'ignore ce qui te fait solliciter une réponse écrite? Tu veux te faire valoir près de celui qui t'envoie; tu désirerais lui dire : Djezzar ne voulait pas écrire, mais je l'ai fait changer de résolution. Va, tu n'es qu'un jeune homme; tu ne m'abuseras pas. Je sais ce que je dois faire. Adieu. »

Nous retournâmes près du colonel qui, bien que peu content de la réception qui nous avait été faite, n'hésita pas à se rendre lui-même près du pacha. Sa hardiesse fut couronnée par le succès. Autant le matin Djezzar avait été grossier à notre égard, autant le soir il tâcha de se montrer affable. « Es-tu bien persuadé, dit-il au colonel, que, lorsque l'heure de notre mort est sonnée dans le ciel, rien ne peut la différer sur la terre? — Sans doute, lui répondit cet envoyé. — En ce cas ne crains rien aujourd'hui de Djezzar. Tu es venu sans firmans, sans papiers, tu as bien fait. Je ne te ferai rien offrir, pas même de l'eau; tu pourrais craindre qu'elle ne fût empoisonnée. Je ne te ferai pas saluer de vingt coups de canon; ma poudre peut être mieux employée; mais je serai fidèle à tenir ce que j'aurai promis. Je n'ai pas répondu à ta lettre; peut-être en ignores-tu le motif? Écoute cette histoire : Un esclave noir et sans famille avait trouvé dans le désert un coin de terre ombragé de quelques palmiers, arrosé par une source d'eau vive et planté de cannes à sucre. Il s'y

était établi. Un voyageur qui vint à passer, lui dit, selon
notre usage : «Que le salut soit sur vous!» L'esclave lui
répondit : «Que les malédictions du ciel tombent sur ta
tête!— Quoi! répliqua le voyageur, je vous donne des
bénédictions et vous me répondez par des injures!—J'ai
mes motifs, » dit l'esclave; et il répéta ces mots : «Que
les malédictions du ciel tombent sur ta tête! » Il avait
raison. Si sa réponse avait été honnête, le voyageur se
serait arrêté; il se serait assis; il aurait pris de l'eau et
des dattes; il les aurait trouvées bonnes; il se serait fixé
en ce lieu et il aurait fini par en expulser le proprié-
taire. Aujourd'hui ou demain je ne serai plus; en attendant je veux être maître chez moi. Je sais que pour
gouverner les gens de ce pays on ne peut être trop sévère; mais, si je frappe d'une main, je récompense de
l'autre. C'est ainsi que depuis trente ans j'ai, malgré
tout le monde, conservé la libre possession de tout ce
qui est compris depuis les bords d'el A'ssy (l'Oronte)
jusqu'à l'embouchure du Jourdain. »

Après ce discours, le colonel traita avec Djezzar des
divers objets de sa mission, puis il se rembarqua.

CHAPITRE XXI

L'auteur assiste à une revue que passe Abbas-Mirza Entretiens avec ce prince. Faquirs qui se trouvaient à sa cour. Conduite de ces prétendus sages.

Peu de jours avant mon départ d'Ardebil, Abbas-Mirza fit rassembler dans une vaste plaine toutes les troupes qui étaient campées aux environs. Le jeune prince montait un cheval fougueux qu'il maniait avec force et adresse. La revue terminée, Abbas-Mirza m'appela dans sa tente. Après avoir exalté cette cavalerie si leste et si brillante dont je venais de voir les évolutions, mais plus remarquable par la beauté des hommes et des chevaux et l'éclat des armes que par la discipline, il me demanda si nous avions en Europe des troupes aussi belles : je lui répondis qu'oui, et que nous avions aussi des cavaliers, les uns revêtus de cuirasses et les autres faisant usage de la lance. J'ajoutai que nous comptions beaucoup sur l'artillerie légère et sur l'infanterie, arme très-honorée parmi nous. Le prince parut d'abord hésiter à le croire. Mais, se rappelant bientôt les victoires des Russes sur ses propres troupes et celles que les Français venaient de remporter sur les Russes eux-mêmes : « Quoi! dit-il, les Persans ne pourront-ils jamais égaler les Européens? Ne connaîtront-ils point à la fin l'artillerie, la baïonnette et tous ces moyens puissants qu'en emploie en Europe pour obtenir la victoire? Nous ne ressemblons pas cependant à nos voisins les Turcs qui s'effarouchent toujours lorsqu'on leur propose le moindre changement. Disposés à recevoir avec empressement les inventions utiles qu'on pourra leur apporter, les Persans ne chercheront pas à justifier leur ignorance ou leur erreur en disant : A'det est, c'est la coutume. »

Si les discours d'Abbas-Mirza m'intéressaient par l'élévation des sentiments ou par la modestie qui les inspiraient, j'écoutais aussi avec beaucoup d'attention ceux qui sortaient de la bouche de ses vizirs, de ses mirzas et même des faquirs qu'on rencontrait à sa cour et qui venaient du fond des montagnes de Kachmyr ou de l'Inde. Ces espèces de lettrés ou de philosophes ambulants voyagent sans autre recommandation que leur réputation de sagesse et sans autre ressource que la libéralité des grands qu'ils visitent. Quelques-uns d'entre eux se disent initiés dans les mystères de la magie; mais la plupart ne sont que des espions qui se communiquent les uns aux autres les renseignements qu'ils ont recueillis sur la force réelle des armées, sur les desseins des chefs qui les commandent, sur la politique des cours et même sur les secrets des familles. Quoique couverts d'habits en lambeaux, ils pénètrent jusque dans les palais des rois; ils prennent place à leur côté, partagent leurs repas et s'entretiennent familièrement avec eux. Souvent ils obtiennent, par la gravité de leurs discours et par les pensées plus ou moins ingénieuses dont ils les sèment, une sorte d'influence dans les déterminations les plus importantes. Ils ont constamment soin de paraître sans désirs, sans ambition, et uniquement occupés de Dieu. De temps en temps ils prédisent des événements heureux, et ils poussent l'adresse jusqu'à mêler des vérités triviales à de perfides insinuations et une sorte d'amertume à des promesses adulatrices. On pourra juger de l'esprit qui dicte ces discours par celui-ci que l'un d'eux adressa, dit-on, un jour à Kerm-Khan, l'un des prédéceseurs du schah actuel[1]. « O prince fortuné, quiconque vous loue est prêt à médire de vous. Si vous êtes puissant, ce n'est pas que vous soyez juste, que vous fassiez de bonnes œuvres ni que vous soyez doué de vertus; c'est parce que la fortune vous favorise et que l'irrésistible destinée vous a choisi pour régner. Je le dis à regret; mais soit pour nous punir de nos fautes, soit pour tout autre motif qui m'est inconnu, le ciel vous prépare un grand nombre d'années et une prospérité qui sera peut-être fatale à vos peuples. Ne croyez pas qu'en vous entourant de gens que le vulgaire s'est accoutumé à regarder comme pervers vous vous exposiez à le devenir vous-même. Ce n'est qu'en s'ap-

---

[1] Je tiens en grande partie ces particularités de Mirza-Chefy, ancien médecin de Kerm-Khan, et dont il sera question ci-après, chap. XXXVI et suiv.

prochant du vice qu'on peut en découvrir la laideur.
Quelques-uns vous reprochent vos défauts comme s'ils
n'en avaient point eux-mêmes. S'il existe un homme
sans passions, dit le proverbe, cet homme n'est pas fils
d'Adam. Suleïman (Salomon), le plus sage des rois, ce
prince dont l'anneau merveilleux opéra tant de pro-
diges, fit-il toujours un bon usage de ce pouvoir surna-
turel? Ne se rendit-il pas aussi célèbre par ses erreurs
que par sa haute sagesse? Si pour vous procurer des richesses vous avez eu quelquefois recours à des moyens
violents, disposez avec libéralité de ce que vous avez
acquis sans justice; par là vous obtiendrez le pardon de
vos fautes; surtout soyez instruit de ce qui se passe
dans vos États; que rien n'échappe à votre surveillance.
Un empereur de la Chine, ayant appris que ses ministres commettaient de grandes injustices, ordonna
que quiconque aurait des plaintes à lui porter eût à se
vêtir d'une robe écarlate et à monter sur un lieu élevé,
afin que le prince pût le distinguer plus facilement. »

Il est rare que les faquirs prennent congé d'un personnage important sans en avoir reçu des présents, tels
que des chevaux ou des habits, dont ils ont soin de se
défaire le plus tôt qu'il leur est possible, tant afin
d'éviter d'en être dépouillés que pour conserver,
lorsqu'ils se présentent autre part, l'extérieur de la
misère.

Après avoir passé six ou sept jours à Ardebil, je témoignai le désir de me rendre à Téhéran. Abbas-Mirza

qui savait que le roi m'attendait dans cette capitale, commanda tous les préparatifs nécessaires pour mon départ. Il nomma pour m'accompagner un khan, auquel il fit remettre des instructions très-détaillées sur la manière dont il devait se conduire et un état de la quantité de vivres qui devaient nous être fournis à chaque village. Comme ce qui nous fut livré excéda de beaucoup nos besoins, le surplus procura, selon l'usage, des bénéfices considérables au méhmandar.

Le jour même où je partis d'Ardebil, Abbas-Mirza se mit en marche avec la plus grande partie de ses troupes pour commencer les opérations de la campagne. Je pris congé de lui à cheval, et je vis avec plaisir qu'il portait à sa ceinture des pistolets de la fabrique de Versailles, que j'avais eu l'honneur de lui présenter. Il m'avait envoyé la veille un cheval qu'il avait fait acheter pour me le donner, ayant su que je l'avais trouvé beau. Je reçus aussi de sa part diverses étoffes, des châles, et un poignard enrichi de pierreries.

Je quittai le schah-zadéh, Abbas-Mirza, content de son accueil, et augurant bien des heureuses qualités qui me semblaient le caractériser. De retour en France, j'ai appris avec plaisir que toutes les personnes qui depuis ont visité la Perse ont représenté ce jeune prince comme capable d'opérer d'heureux changements dans cet empire[1], s'il est appelé à y régner un

---

[1] Voici notamment comment s'exprime à cet égard M. J. Morier, dans

jour; ce que le nombre, l'influence et le crédit de ses concurrents rendent encore très-douteux.

son second voyage en Perse, fait de 1810 à 1816 : « J'ai rarement ren-
« contré dans aucun pays un homme aussi charmant qu'Abbas-Mirza. Ses
« traits sont très-animés, son sourire agréable, sa conversation pleine de
« franchise et d'agréments... Il aime beaucoup la lecture, mais ses études
« sont restreintes aux historiens de son pays... Il a réuni une nombreuse
« collection de livres anglais qu'il ouvre souvent sans pouvoir les enten-
« dre... Enfin, nous concluons du caractère de ce prince que, s'il eût
« reçu une éducation brillante, et eu sans cesse devant lui des modèles
« d'honneur et de vertu, non-seulement il eût été l'ornement de son
« pays, mais il eût pu tenir une place distinguée parmi les meilleurs des
« hommes, parmi les meilleurs des princes. » T. II, p. 117, 118 et 119
de la traduction.

CHAPITRE XXII

Départ d'Ardebil. Khalkhal. Zenghian. Sultaniéh. Vastes ruines qu'on remarque dans cette ville. Vallée d'Abher. Khouremderéh.

Le chemin qu'on nous fit prendre pour aller d'Ardebil à Khalkhal est le plus long, mais le moins difficile; il est très-agréable, tant à cause de la fraîcheur de l'air qu'on respire que de la beauté des paysages qu'on découvre de temps en temps dans les montagnes qui dominent le littoral de la Caspienne, mer dont le voisinage m'annonçait celui de Téhéran et le terme de mon pénible voyage. Nous eûmes soin d'éviter les bas-fonds que les torrents rendent impraticables dans la saison où l'on était alors. Le climat de la partie du Ghilan que nous laissions à notre gauche est, ainsi que celui du Mazenderan, excessivement humide et malsain. L'oranger et le citronnier croissent en abondance dans cette dernière province. On y cultive même une espèce particulière de cannes à sucre; mais, comme celui qu'on en extrait est jaune et qu'il conserve un goût de mélasse, parce qu'on ignore l'art de le raffiner, il n'y a que le bas peuple qui en fasse usage.

Nous fûmes parfaitement accueillis à Herez et à Ghendjia, lieux par lesquels nous passâmes avant d'arriver à Khalkhal. Nedjib-Khan qui commandait dans ce canton, était une créature d'Abbas-Mirza; il voulait lui faire sa cour; il me reçut donc avec tout le cérémonial prescrit par l'étiquette persane à l'égard des hôtes du prince.

La ville de Khalkhal est bâtie entre des rochers; mais une belle source d'eau vive répand la fraîcheur et la fertilité dans les vallées qui l'environnent[1]. A peu de distance de là, on remarque les restes bien conservés d'une voie sans doute ancienne, et qui conduisait probablement d'Ecbatane au pays des Mardes[2], peuples au sujet desquels les savants modernes n'ont pu concilier les divers témoignages des anciens, et dont le nom se retrouve dans celui de Mard, qui signifie encore aujourd'hui homme brave et noble, en persan.

Nous partîmes de Khalkhal le 24 mai, et nous arrivâmes, après deux jours de marche, à Zenghian, dans le pays de Khamséh, qui fait partie de l'Irâc persique. Les cinq villes qu'indique ce nom de Khamséh sont,

---

[1] Ces vallées contiennent environ cent cinquante villages, au rapport de M. Malcolm [*].

[2] Mardi ou Amardi. Voyez la note 3 du chap. vii, liv. XI, p. 239 de la nouv. trad. de Strab. D'Anville, *Géograph. anc.*, p. 256. M. Barbié du Bocage, analyse précitée, p. 118.

[*] Malc. *Hist. of Persia*, t. II, p. 525.

outre Zenghian, Abher, Faroum, Ghelab, Arman-Kha-
néh et Zerzïn-Abad.

On compte environ deux mille maisons à Zenghian.
Cette ville a un beau bazar où les Awchars, tribu nomade qui domine dans le Khamséh, viennent vendre
des tapis, des feutres et des tissus de laine, et acheter
du drap, des armes, de la poudre et du plomb. Le
palais du khan est vaste et d'une structure élégante.
En l'absence de cet officier, j'y fus reçu par ses esclaves.

Les deux chemins qui mènent de Tauris et d'Ardebil à Téhéran se réunissent à Zenghian. Là· s'élargit
cette vallée que forme l'antique Taurus et la chaîne
qui ceint les rivages de la mer Caspienne; les montagnes s'abaissent insensiblement depuis la rivière de
Kizil-Ouzen, qui sépare l'Aderbaïdjan de l'Irâc persique; l'air perd de son élasticité et la terre devient
plus stérile. Arrosée par un fleuve tel que le Nil, cette
vallée ressemblerait à celle de l'Égypte; privée d'un si
grand avantage, elle diffère peu du Bahhr-bela-Mâ [1]. On
voit de temps en temps jaillir de la terre des sources
d'une eau fraîche, limpide, mais extrêmement saumâtre.

Nous nous rendîmes en deux jours de Zenghian à
Sultaniéh, où l'on remarque des ruines qui surpren-
nent, non par une haute antiquité, mais par l'étendue

---

[1] La mer sans eau.

immense du terrain qu'elles occupent. Sans retracer
des souvenirs classiques comme celles de Thèbes ou de
Dendérah, elles offrent matière à beaucoup de réflexions. Pourquoi cette ville, naguère si florissante et
si peuplée, a-t-elle été presque entièrement détruite
sans qu'une autre ait hérité de ses dépouilles? Pourquoi l'herbe couvre-t-elle le seuil de ses palais, les
cours de ses mosquées, l'enceinte de ses bazars? Les
habitants de ces ruines me l'ont appris. Tous leurs
maux proviennent de l'incurie du gouvernement, et
sont le triste fruit des discordes civiles.

Les environs de Sultaniéh se composent de prairies
naturelles entièrement dépourvues d'arbres, et arrosées par un grand nombre de ruisseaux. Un palais,
construit par ordre du prince régnant, domine toute la
plaine. Feth-Aly-Schah y vient chaque année passer la
revue de son armée. Toutefois, lorsque la sécheresse a
fait manquer la récolte des fourrages, la cour et l'armée persanes se transportent du côté soit de Tauris,
soit d'Ispahân ou de Hamadan.

On compte sept parasanges, ou dix lieues et demie de
Sultaniéh à Abher. Rien de plus frais, de plus délicieux
que les jardins de ce village, si l'on peut nommer ainsi
une réunion de maisons propres, commodes, et d'une
belle architecture. Uniquement occupés du soin de
cultiver leurs vergers, les habitants d'Abher et des environs ne connaissent de l'agriculture que les douceurs. Jamais ils ne sont forcés d'arracher leur sub-

sistance du sein d'une terre ingrate, ni exposés aux rigueurs de l'hiver, ou au souffle brûlant des vents empoisonnés[1]. Heureux s'ils pouvaient être également à l'abri des vexations que trop souvent leur font endurer des tyrans subalternes!

Je logeai d'abord chez un Kalenter[2] qui mit tous ses soins à me bien recevoir. Tandis que je me disposais à prendre un peu de repos, le gouverneur qui résidait à Kouremderéh, dans un joli vallon, à une lieue d'Abher, envoya des cavaliers m'inviter à aller prendre un logement chez lui; c'était une politesse dont je me serais bien passé; mais il fallut recharger les bagages et partir. Je trouvai le khan assis sous une treille de pampres et de lierre; près de lui était une table chargée de mets. Il ne se leva point à mon entrée : la tête baissée et la main droite sur les yeux, il avait l'air d'un homme plongé dans de profondes méditations. Je fus surpris de cet accueil. Un esclave qui s'en aperçut s'approcha de moi, et me dit : « Le khan ne peut vous voir; il est aveugle. » En effet, dans un moment de colère, le féroce Aga-Mehemed, prédécesseur du schah régnant, lui avait fait brûler les yeux avec une lame d'or, supplice toujours fort usité en Perse. Le khan me reçut avec beaucoup d'égards et d'une manière très-aimable, malgré sa cécité. La considération pu-

---

[1] Le semoun ne se fait ressentir ni dans le nord de la Perse ni à Ispahân.

[2] Voy. ci-dessus, chap. xvii, page 156.

blique et la bienveillance de Feth-Aly-Schah l'avaient consolé de ses malheurs. Victime de l'injustice, elle lui était en horreur, et les habitants d'Abher le chérissaient comme un père.

CHAPITRE XXIII

Cazbïn. L'auteur descend au palais de Baba-Khan, précepteur de Mehemed-Aly-Mirza, fils aîné du schah de Perse. Un jeune Bactrien déclame des vers. Chanson de Hafiz.

A peine a-t-on quitté la riante vallée d'Abher, qu'on entre dans un pays aride, où, de même que dans le désert de Mérend, on rencontre à chaque pas des lézards, des caméléons et des serpents. C'est au milieu de ces landes qu'est située Cazbïn, ville considérable, où naquirent plusieurs personnages célèbres. Une haute montagne, qui ne permet pas au vent du nord de rafraîchir l'air, est cause qu'en été la chaleur est insoutenable à Cazbïn. Une poussière suffocante y remplit l'atmosphère à un tel point, que tous les hommes qu'on y rencontre en ont la barbe et les vêtements couverts. Tout cela n'empêche pas qu'on ne donne à cette ville le surnom de Djemal-Abad, lieu de perfections.

Plusieurs ruisseaux sortent de la montagne dont il vient d'être question, et concourent, avec l'industrie des habitants, à fertiliser un espace de terre de deux lieues de longueur, sur environ une demi-lieue de large, situé à l'ouest de Cazbïn. Il y croit des vignes qui donnent un vin très-capiteux, estimé par les Persans presque autant que celui de Chirâz. Ce terrain produit aussi beaucoup de pistachiers dont les fruits passent pour être supérieurs aux pistaches d'Alep si renommées dans tout le Levant.

Je descendis au palais de Baba-Khan, précepteur, ou pour m'exprimer d'une manière plus conforme à la vérité, intendant des plaisirs de Mehemed-Aly-Mirza qui gouvernait au nom du roi son père une grande partie de l'Irâc persique. Toutes les personnes qui composaient la cour de ce schah-zadéh étaient vêtues de leurs habits de fête à cause de la nouvelle qu'on venait d'apprendre à Cazbïn de la naissance simultanée de trois princes du sang royal. On m'introduisit dans un salon très-vaste, décoré avec beaucoup de soin, et dont la partie antérieure était ouverte comme le devant d'un théâtre. La lumière pénétrait dans le fond de cette pièce au travers de vitraux de couleur disposés avec art ; au centre du salon était un bassin de marbre entouré de fleurs, du milieu duquel s'élançait un jet d'eau. Des touffes de jasmin d'Arabie, et de ces tulipes panachées que les Orientaux nomment célestes, garnissaient de grands vases de porcelaine de la Chine. Le plafond était orné d'arabesques et enrichi de dorures. Des tableaux représentant des Européens vêtus à la mode du siècle de Louis XIV ornaient les murs. Une tribune, qui communiquait avec le harem, régnait à une certaine hauteur autour du salon. C'était de là qu'à

travers une persienne, les femmes de Baba-Khan venaient quelquefois, sans être exposées aux regards des
convives, prendre part aux fêtes qu'il donnait. On lisait, sur les frontons des portes, des inscriptions tirées
des poésies de Hafiz, l'Anacréon de la Perse. En voici
quelques-unes :

« N'apportez point de flambeau dans ce salon ; cette
nuit une jeune beauté, semblable à la pleine lune,
nous éclairera de sa douce lumière ; cessez de brûler
l'ambre et l'aloès; cette nuit vous serez embaumés par
sa chevelure flottante.

« Il est jour; pourquoi tardes-tu, jeune mortel, à
remplir ta coupe? Hâte-toi de jouir; le temps n'ar-
rêtera pas pour toi sa course rapide.

« Fais-toi verser du vin, couvre-toi de fleurs, et brave
les caprices du sort. Ainsi parlait Hafiz. Lecteur, que
penses-tu de cette sentence? »

Baba-Khan, vêtu de mousseline et de soie, à cause
de la chaleur, était assis à terre; de la main droite il
tenait un éventail et de la gauche le bout d'une pipe
persane. Lorsque je parus : « Heureux, me dit-il en
se levant et en s'approchant de moi, heureux mille fois
l'instant qui vous amène parmi nous ! Privés de votre
présence, ajouta-t-il en souriant, ces lieux étaient
tristes et déserts; votre place se trouvait vide. En vous
voyant, nos yeux ont revu la lumière; et, grâce à votre
arrivée, l'extase du contentement va désormais succéder à la tristesse et aux ennuis. »

14

On me fit asseoir dans la partie la plus aérée du salon, c'est-à-dire entre deux portes ouvertes; les Persans préférant, lorsque la chaleur est dans toute sa
force, les lieux les plus exposés aux courants d'air. On
apporta du thé, des sorbets à la glace et des nargui-
lés[1]. Je passai ensuite dans une salle de bain où des esclaves me prodiguèrent leurs soins. Le soir je fus re-
conduit dans le salon. J'y trouvai rassemblées les
personnes les plus distinguées de la ville. Les jardins
et l'intérieur du palais étaient illuminés à la manière
du pays, en verres de couleur, et une musique assez
agréable se faisait entendre dans le lointain. Les esclaves, après avoir étendu sur le parquet une longue
nappe de toile peinte des Indes, apportèrent devant
chaque convive un plateau couvert d'assiettes qui contenaient différents mets. Le premier service consista en
ragoûts fortement épicés, en salades d'herbes aromatiques sans aucun assaisonnement et en sucreries. Autour de chaque plateau étaient des vases pleins de lait,
de sorbets et de boissons acides. On se servait, au lieu
de verre, d'une longue cuiller d'un bois élastique et
doré. Lorsque ce premier service fut enlevé, on apporta des fleurs et des coupes pleines de vin de Chirâz;
les musiciens entrèrent; plusieurs jeunes filles exécutèrent des danses plus animées que décentes. Ce spec-

[1] Sorte de pipe persane et indienne qui s'appelle aussi calcoum et
houkah, et dont on trouvera la description dans la plupart des relations de
voyages en Orient.

tacle, loin de scandaliser les mollahs invités à la fête, parut leur plaire infiniment. Les Persans n'ont pas sur la pudeur les mêmes idées que nous ; et la chasteté, loin d'être considérée par eux comme une vertu, est pour ainsi dire proscrite par leurs lois.

Notre hôte fit les honneurs du festin, non en offrant des mets, les plateaux en étaient couverts, non en veillant à ce que rien ne manquât aux convives, des esclaves attentifs le dispensaient de ce soin, mais en ordonnant de recommencer les danses qui avaient paru leur plaire, en leur faisant présenter des fleurs par la jeune danseuse qui avait le plus captivé leurs regards, en leur envoyant des coupes pleines d'un vin délicieux et en donnant lui-même, malgré la défense du prophète, l'exemple de l'intempérance. Après l'espèce d'intermède dont je viens de parler, on servit du riz apprêté de diverses façons avec un art digne de l'approbation de nos Apicius modernes. Enfin on apporta du thé, du café et encore des sucreries, choses que les Persans aiment beaucoup et qu'ils excellent à préparer.

Le repas terminé, Baba-Khan me proposa d'entendre un poëte habile déclamer ou plutôt chanter des vers [1]. Sensible à cette attention, je lui en témoignai toute ma gratitude. « Que dites-vous ! me répondit-il ; c'est à moi d'être reconnaissant de toutes vos

---

[1] En turc et en persan, le même mot signifie lire, déclamer et chanter.

bontés. J'en suis même confus, et vous devez voir que
la rougeur de la honte couvre mon visage. » En effet,
notre hôte avait le teint extrêmement coloré; mais il
était facile de juger que c'était par une cause tout
autre que celle qu'il indiquait.

Le poëte était un Bactrien né à Samarcande et
nommé Aga-Zadéh. C'était un jeune homme qui avait
des traits fins et un regard doux, quoique passionné;
une barbe noire et touffue couvrait son menton et ses
joues. Chargé d'aller offrir la paix[1] au pacha de Bagdad, qui était alors en guerre avec le schah de Perse,
il portait des habits blancs. Lorsqu'il fut invité à déclamer des vers, il s'inclina d'abord. Paraissant ensuite
méditer ce qu'il allait dire, il garda le silence durant
un assez long espace de temps; puis, se sentant inspiré,
il chanta dans une cassidéh, sorte de poëme héroïque,
les combats de Roustem et de Cahraman. Peu à peu
ses veines se gonflèrent, une sueur abondante coula
le long de son visage, sa vue parut s'égarer, et, sa
figure, qui naguère offrait une expression si douce et
si touchante, s'étant décomposée entièrement, on aurait pu le prendre pour Oreste tourmenté par les Fu-
ries. Il communiqua son émotion à tous les assistants.
L'enthousiasme qui l'avait saisi l'ayant mis hors d'ha-

---

[1] Cet usage de confier des missions diplomatiques aux poëtes est,
comme on sait, très-ancien dans l'Orient; on aime à en retrouver des
vestiges dans le moyen âge, et le nom de Pétrarque rappelle le souvenir
des importantes négociations dont ce grand poëte fut chargé.

leine, il prit quelques instants de repos, après lesquels il chanta une ghazel de Hafiz. Le refrain de cette ode, ou, si l'on veut, de cette chanson, fut répété par un chœur de musiciens, accompagné de divers instruments et du tambour de basque. Qu'il me soit permis de donner ici la traduction littérale de ce morceau très-connu.

« Le printemps et la rose, sans le souffle du zéphyr, sans les joues d'une bien-aimée, perdent tout leur prix.

« Les allées des jardins et les détours mystérieux des bosquets, sans une belle aux joues de tulipe, perdent tout leur prix.

« Des lèvres douces comme le miel, fraîches comme la rose, sans l'amour et sans le baiser, perdent tout leur prix.

« Le balancement des cyprès et l'ondulation des fleurs, sans le doux ramage du rossignol, perdent tout leur prix.

« Les jardins, les fleurs, le vin, sont des choses agréables; mais, en l'absence de ce qu'on aime, le vin, les fleurs, les jardins, perdent tout leur prix.

« Près du teint éclatant d'une jeune beauté, les couleurs les plus vives qu'emploie un peintre habile perdent tout leur prix.

« Notre vie, ô Hafiz[1] ! est comme une vile pièce de

---

[1] Ordinairement la dernière strophe renferme le nom du poëte qui a composé la ghazel.

monnaie; si nous ne la dépensons (en des fêtes), elle perd tout son prix. »

Aux chants succédèrent de nouvelles danses. Des courtisanes, légèrement vêtues, les exécutèrent au son du tambour de basque. Si, comme nous l'avons dit, les lois de la décence étaient peu respectées dans ces ballets, du moins étaient-ils dessinés avec une sorte de grâce, et l'on ne pouvait y méconnaître les premières règles de l'art[1]. Ces danseuses se nomment raccass ou a'liméh[2] dans une grande partie de l'Orient. Le nom de bayadères, sous lequel on les connaît dans l'Inde, est portugais.

Pendant ce ballet, Baba-Khan fit un signe, et une vingtaine d'esclaves entrèrent, portant chacun un plateau couvert de fruits. Je vis avec surprise, réunies dans une saison si peu avancée, des mûres et des grenades, des cerises et des oranges; on m'assura même qu'il était possible de se procurer des melons conservés de l'année précédente. On en compte plus de soixante variétés à Ispahan, et sur mille, dit le proverbe, il n'en est pas un de mauvais.

---

[1] Voy., pour plus de détails à ce sujet, le *Voyage à Chirâz* de M. Scott-Waring, t. III, p. 184, de la traduction française.

[2] C'est-à-dire *savantes*.

CHAPITRE XXIV

Manière de vivre de Baba-Khan. Caractère de Mehemed-Aly-Mirza, fils aîné du schah de Perse. Jalousie conçue par ce prince contre Abbas-Mirza son frère. Brouillerie entre la cour de Perse et Aly, pacha de Bagdad, au sujet du pacha de Suleïmaniéh. Mehemed-Aly-Mirza est mis à la [tête d'une armée destinée à marcher contre Aly-Pacha. Départ de Cazbïn.

Assis dès le matin sur le balcon[1] de son palais, Baba-Khan donnait audience aux habitants de la ville et des campagnes; il écoutait leurs réclamations, faisait droit à leurs demandes et recevait leurs présents. Il traitait aussi avec eux de tout ce qui était relatif à l'approvisionnement de sa maison. A midi, il sortait accompagné, selon l'usage, d'une foule d'amis et de serviteurs. Il allait faire sa cour au prince, puis il rentrait dans ses appartements pour se livrer au sommeil. A son réveil, il faisait sa prière, après laquelle il se rendait au bain en attendant le châm ou le repas de la soirée.

[1] Ce mot, tiré de la langue persane, dans laquelle on le prononce *bal-khâun*, signifie habitation supérieure *.

* M. Langlès, dans ses notes sur le voyage pittoresque de Hodges, t. II, p. 149, dit que le mot balcon est évidemment la corruption de deux mots persans : de *bala*, qui signifie haut, et *khauneh*, qui veut dire maison, édifice. C'est une étymologie incontestable.

Telle était la manière de vivre de ce Sybarite persan. Constamment occupé de plaisirs, il ne pensait à acquérir des richesses que pour les dissiper dans des fêtes. Tous les jours il trouvait de nouveaux prétextes pour se livrer à de folles profusions. On le vit même plusieurs fois illuminer son palais, le remplir de convives, brûler des parfums et faire couler à grands flots les vins les plus exquis au moment où l'on venait de recevoir la nouvelle d'une défaite. Ce portrait de Baba-Khan exige que nous disions par quel motif le schah avait donné pour gouverneur à son fils un homme si peu propre à former le cœur et l'esprit d'un jeune prince.

Mehemed-Aly-Mirza, que les partisans de son compétiteur appellent Myr-Aly-Khan[1], fils aîné de Feth-Aly-Schah, est né d'une esclave khouarezmienne, et la férocité du sang tartare qui coule dans ses veines s'est fait reconnaître en lui dès son enfance[2]. Il ne s'est pas moins signalé par une bravoure qui a devancé les années. A l'âge de six ans il montait à cheval et maniait

[1] Qualification moins honorable.

[2] On lit dans la *Notice chronologique de la Perse*, publiée par M. Langlès, qu'Aga-Mehemed, qui avait beaucoup d'amitié pour Myr-Aly-Khan, son neveu, lui demanda un jour ce qu'il ferait s'il était roi. « Je « te ferais périr, » répondit sans hésiter le jeune prince, qui n'avait alors que cinq ou six ans. Aga-Mehemed, transporté de colère, ordonna d'étrangler un enfant d'un caractère si féroce, et l'arrêt aurait été mis à exécution, sans la mère de Feth-Aly-Schah, qui obtint la grâce du coupable. (Nouvelle édit. de Chardin, t. X, p. 238.)

la lance; il fit à quatorze ans ses premières armes. Le schah, qui voyait avec plaisir les inclinations belliqueuses de son fils, lui donna un commandement dans l'armée que Hosseïn-Khan devait conduire contre les rebelles du Khoraçan. Le jeune prince s'y fit remarquer autant par un courage téméraire que par une excessive rigidité. Un jour qu'il était à la chasse, un de ses gens vint lui dire qu'on avait vu un grand nombre d'Uzbeks dans les environs et qu'il serait prudent de se retirer. L'avis s'étant trouvé faux, Mehemed-Aly voulut que sur-le-champ on arrachât les yeux à la personne qui l'avait donné. Quelqu'un de sa suite s'étant hasardé à faire au schah-zadéh quelques représentations sur la rigueur d'un pareil ordre : « Traître ! s'écria-t-il transporté de fureur, pourquoi hésitez-vous à m'obéir? Oubliez-vous que le ciel m'a donné sur vous une autorité sans bornes? » Les paroles des grands, dit un proverbe persan, ne tombent jamais à terre. Celles de Mehemed-Aly-Mirza furent recueillies et rapportées d'une manière équivoque à Feth-Aly-Schah, qui déjà commençait à concevoir quelque inquiétude sur les dispositions farouches de son fils. Il le rappela de l'armée et lui donna des esclaves, cherchant à lui inspirer l'amour des voluptés plutôt que celui de la gloire et à lui faire perdre le goût des armes dans les délices d'un harem.

Depuis quelques années la cour de Perse paraît avoir pour système de ne confier qu'à des princes du sang royal le gouvernement des villes principales de l'empire. A l'époque de mon voyage, Mehemed-Aly-Mirza commandait à Cazbïn, Abbas-Mirza à Tauris, Mehemed-Vely-Mirza à Mechehed, Hosseïn-Aly-Mirza à Chirâz, Hassan-Aly-Mirza à Téhéran, Mehemed-Couly-Mirza à Sary, et Ibrahim-Khan, neveu et gendre du roi, à Kerman.

La faveur dont jouissait Abbas-Mirza excitait au plus haut degré la jalousie de Mehemed-Aly, qui, selon l'ordre de primogéniture, se considérait comme l'héritier présomptif du trône. S'il faut en croire les rapports multipliés et uniformes qui m'ont été faits à ce sujet, ce prince faisait entendre fréquemment des plaintes amères : « Est-ce ma faute, disait-il, si je ne suis point né d'une femme de distinction ou d'une esclave favorite? Pense-t-on que je sois moins que mon frère capable de défendre contre quelques milliers de Russes l'empire persan, moi qui en ai reculé les limites jusqu'au Djihoûn[1]. Quels sont donc les exploits de cet Abbas-Mirza dont le nom odieux retentit sans cesse à mes oreilles? Où sont les armées qu'il a vaincues, les provinces qu'il a conquises? Tous les printemps il s'avance vers les rives du Kour[2] : il va, dit-il, repousser l'ennemi jusque dans ses ténébreuses et froides demeures. Tous les automnes il repasse l'Araxes sans avoir combattu; et à l'approche de l'hiver il revient se délasser à Tauris

_____

[1] Le Djihoûn est l'Oxus des anciens, mais il est facile de reconnaître ici une exagération persane.

[2] Le Cyrus.

des fatigues d'une si glorieuse campagne[1]. Ah! que ne m'est-il permis d'aller jusqu'aux Portes de Fer[2] cher-cher les noirs[5] habitants du Nord et leur faire éprouver la force de mon bras! Ils briseraient peut-être le cime-terre entre mes mains, mais du moins ils ne me ver-raient jamais donner le signal de la fuite. »

C'était donc en vain que le gouverneur de Mehemed-Aly-Mirza essayait de le distraire en introduisant chaque jour dans son harem les esclaves les plus belles et en attirant à sa cour une foule de poëtes et de musiciens renommés par leurs talents. La passion que la guerre inspirait à ce prince était si violente, qu'elle absorbait toutes les autres. Suivi d'une troupe de cavaliers, on le voyait quelquefois errer dans les déserts qui environ-nent Cazbïn, y poursuivre les daims et même y cher-cher les loups et les tigres. C'était là son unique plaisir.

Malgré le soin que, pour l'éloigner des affaires, la cour de Perse prenait de tenir Mehemed-Aly dans une ville riche, voluptueuse, voisine de la capitale, et dans laquelle il semblait ne devoir contracter que l'habitude de la mollesse et le goût des choses frivoles, il ne pou-

---

[1] Cet usage de ne faire la guerre que durant la belle saison est très-ancien en Perse. « Il n'y avait rien, dit Plutarque, que les Parthes ne fissent, plus tost que de tenir camp et de demourer hors du couvert l'hyver. » (Plut., *Hommes illustr.* Vie d'Antoine, t. VIII, p. 536.)

[2] Derbent.

[5] Rousiah signifie en persan *figure noire*. Ce mauvais jeu de mots était usité pour désigner les Russes durant la guerre.

vait s'accoutumer à la vie oisive à laquelle on paraissait vouloir le condamner. Il sollicita et obtint, après de vives instances, le commandement d'une armée qu'on se proposait de faire marcher contre Aly, pacha de Bagdad, ville importante que les Persans considèrent comme comprise dans l'Iran [1], quoique depuis le règne du sultan Mourad elle fasse réellement partie de l'empire ottoman. Le schah, toutes les fois qu'il écrit, soit au begler-beg, soit aux pachas kurdes qui commandent sur la frontière au nom de la Sublime Porte, emploie les termes impératifs usités dans tous les firmans. Aly-Pacha, peu sûr de l'appui de son gouvernement et tremblant au nom seul de Feth-Aly-Schah, évitait avec soin d'indisposer un voisin si redoutable. Il envoyait fréquemment à la cour de Perse des agents décorés du titre d'ambassadeur, titre que les Orientaux confèrent très-facilement. Il les chargeait de présents magnifiques et leur prescrivait de ne rien négliger pour lui concilier la faveur du schah et la bienveillance des personnages principaux de la cour de ce prince. Ils y étaient parvenus.

Le begler-beg de Bagdad, supposant donc qu'il n'avait rien à craindre du côté de la Perse, crut pouvoir imposer aux pachas ses voisins, sujets comme lui de la Porte Ottomane, des tributs exorbitants. Il se persuada aussi que le temps était arrivé où il pourrait

---

[1] Nom que les habitants ont donné de tout temps à la Perse.

se venger d'Abdul-Rahman, pacha de Suleïmaniéh, son ancien ennemi. Vers la fin du mois d'août 1805, il s'éleva entre eux une querelle violente qui fut suivie de plusieurs combats. Abdul-Rahman, ayant été complétement défait et destitué de son emploi, se rendit à Téhéran pour y implorer la protection du schah, en présence duquel il parut vêtu d'habits conformes à sa triste position, tenant ses deux jeunes fils par la main et suivi d'un grand nombre d'esclaves.

Les Persans mettent un grand prix à l'exercice du droit auquel les Romains donnaient le nom de patronage. Soit qu'une telle prérogative flatte leur orgueil, soit qu'ils comptent sur la reconnaissance de leurs clients, ils aiment, sans considérer si sa cause est juste ou si elle ne l'est pas, à se montrer les protecteurs du faible. Rarement ils refusent leurs secours à un hôte malheureux, lorsque, comme ils disent, il est venu se mettre à l'ombre de leur puissance. Abdul-Rahman fut accueilli avec l'intérêt le plus vif. Sa demande devint l'affaire principale de la cour de Perse, et la vanité publique fut flattée lorsqu'on vit un officier de l'empire ottoman, un sunny [1] venir implorer l'assistance du grand roi. Dans cette circonstance, Feth-Aly-Schah fit dépêcher courrier sur courrier au pacha de Bagdad, pour le sommer d'évacuer le pachalic de Suleïmaniéh et de restituer à Abdul-Rahman tout ce qu'il lui avait

[1] Sectateur d'Omar.

enlevé. Le schah annonçait en même temps qu'en cas
de refus une armée formidable marcherait contre Bagdad, en ravagerait le territoire et laverait dans le sang
l'affront fait au pacha de Suleïmaniéh. Aly-Pacha répondit à toutes ces menaces en protestant de son respect pour les ordres du grand roi. Il prétendit que la
déposition d'Abdul-Rahman devait être attribuée à la
rigueur des ordres de la Sublime Porte; et il déclara
que, par égard pour le schah, il pardonnerait volontiers au rebelle; qu'il lui permettrait même de revenir
à Suleïmaniéh, mais que son sort devait dépendre de
la volonté de son légitime seigneur, le sultan Sélim.
Une telle réponse fut loin de satisfaire l'orgueil irrité
du roi de Perse, aux yeux de qui Aly-Pacha, gouverneur d'une province étrangère, ne parut plus qu'un
vassal révolté. On considéra comme de vains prétextes
les raisons qu'il allégua. La guerre fut résolue; et,
quoique cette détermination, blâmée par les Ulemas,
fût de nature à occasionner une rupture entre les
cours de Constantinople et de Téhéran, et que les meilleures troupes persanes fussent employées contre les
Russes et les Bactriens, on rassembla une armée qui
eut ordre de s'avancer vers le Tigre, sous le commandement de Mehemed-Aly-Mirza, ainsi que nous l'avons
dit plus haut.

Les choses en étaient à ce point, lorsque je passai
par Cazbïn. Les amis du jeune prince y disaient
tout haut que la guerre qu'on allait entreprendre

rendrait les Persans maîtres de Bagdad, qu'elle mettrait sous leur domination la plaine de Kerbelah, où les cendres d'Aly et celles de Hassan son fils reposent, renfermées dans de superbes monuments, et qu'enfin elle ferait tomber sur les Wahabis qui infestaient la voie sacrée de la Mecque, le châtiment dû à leur impiété.

L'armée se mit en marche dans les derniers jours du mois de mai 1806; des renforts considérables s'y réunirent, tant à Hamadan qu'à Kermanchah. Un khan rebelle, nommé Hassan, alla avec douze ou quinze mille hommes se joindre aux troupes ottomanes. La fortune se déclara tantôt pour l'un, tantôt pour l'autre parti. Mais au commencement du mois d'octobre de la même année, Mehemed-Aly-Mirza remporta, comme on l'a su depuis, sur les troupes d'Aly-Pacha, une victoire assez signalée pour que ce dernier fût forcé d'avoir recours aux négociations. Il s'ensuivit un traité dont les conditions principales furent qu'Abdul-Rahman-Pacha serait rétabli dans son gouvernement de Suleïmaniéh, qu'on remettrait le rebelle Hassan-Khan entre les mains du schah de Perse, son souverain, et que le pacha de Bagdad payerait les frais de la guerre. La première de ces conditions fut seule remplie, Aly-Pacha ayant été, peu de temps après la conclusion de la paix, assassiné par son kiahia, qui s'empara de l'autorité, et ne voulut point exécuter les autres articles du traité. Ainsi, les Persans, malgré les succès de leurs armes, ne purent réaliser les grands projets qu'ils avaient conçus.

Je ne passai que deux jours à Cazbïn, et je quittai cette ville le 2 juin.

———

CHAPITRE XXV

Arrivée à Téhéran. Mirza-Chéfy.

Après trois jours de marche nous parvînmes à un iman-zadéh. On nomme ainsi des espèces de chapelles qu'on rencontre fréquemment dans toute la Perse. Celle dont je viens de parler se trouve dans le désert, à deux parasanges de Téhéran. Arrivés là, nous vîmes un gros de cavalerie qui s'avançait vers nous, et dont les armes réfléchissaient les rayons du soleil. Cette troupe, qui dans sa course rapide élevait un épais nuage de poussière, marchait sans ordre. Bientôt j'en fus entouré; la simplicité de mon habit français faisait un contraste saillant avec les vêtements tissus d'or que portaient les Persans. De riches Arméniens d'Ispahan et de Bagdad, appelés à Téhéran par leurs affaires de commerce en pierreries, s'étaient joints à la cavalcade; le principal officier me complimenta au nom du Schah, et il me dit que ce prince m'attendait impatiemment. Bien que ses discours fussent loin d'être exempts d'exagérations orientales, je reconnus sans peine qu'après le malheureux événement[1] qui avait mis un terme

---

[1] La mort de M. Romieu. Voy. chap. 1er, p. 5.

aux jours de mon prédécesseur, on voyait avec plaisir
arriver à Téhéran un nouvel envoyé français. La sensa-
tion avait été assez grande dans cette capitale, pour que
divers Arméniens et Persans, agents secrets de l'Angleterre, eussent cru devoir répandre des doutes sur l'au-
thenticité de ma mission. Ils disaient que le prétendu
sefir[1] n'avait rien d'européen, ni dans les traits, ni
dans les manières, et qu'il ne savait guère parler que
le turc et que le persan; mais ces insinuations mensongères n'avaient produit aucun effet.

J'entrai à Téhéran le 5 juin, au milieu d'une grande
foule. La chaleur était étouffante. On me fit passer par
des rues tortueuses et non pavées, où s'élevaient de tels
nuages de poussière, qu'il était impossible de discerner
les objets. Arrivé au palais du vizir Mirza-Riza-Couly, je
trouvai, dans un salon très-orné, l'intendant de ce ministre, entouré d'esclaves. Selon la coutume, il ne
manqua pas de me dire que dans cette demeure tout
était à moi. Le soir, il me conduisit près du vizir, qui,
dès le premier entretien que j'eus avec lui, me parut
plus instruit des affaires de l'Europe que nous ne
le sommes ordinairement de celles de l'Orient. En re-
tournant à l'appartement que j'occupais, je rencontrai
un grand nombre de personnes attirées par la curiosité
et par le désir de s'entretenir avec un Français qui parlait le persan. Elles m'adressèrent avec beaucoup d'em-

[1] Envoyé.

pressement diverses questions auxquelles, malgré la
fatigue et le sommeil qui m'accablaient, je fus obligé
de répondre avec quelque détail.

Selon l'étiquette très-rigoureuse de la cour de Perse,
il me fallut consacrer à faire des visites les jours qui
précédèrent la première audience que j'obtins de Feth-
Aly-Schah. J'allai d'abord chez le premier ministre,
Mirza-Chéfy, à qui l'on donnait le nom de vizir by na-
zir (ministre sans pareil) et celui de père des Français,
à cause de l'affection qu'il leur portait[1]. C'était un
homme âgé, très-spirituel, et beaucoup plus sincère
que la plupart des Persans avec qui j'avais causé jusqu'alors. J'eus avec lui plusieurs conversations dont
je pris note, selon ma coutume; en voici la substance :
« Nous sommes loin sans doute de la civilisation européenne, me disait Mirza-Chéfy; tandis que les Occiden-
taux reculent de plus en plus les bornés des connaissances humaines, les Persans, soit que les décrets de
la Providence aient pour jamais fixé le terme de leurs
progrès dans les sciences et dans les arts, soit que de
tout temps la douceur du climat ait inspiré avec
l'amour du repos celui des voluptés, les Persans sont
encore aujourd'hui ce qu'étaient leurs aïeux du temps
d'Alexandre. Ils ne peuvent s'enorgueillir d'aucune
invention utile; et les découvertes modernes qu'on leur

---

[1] Ce ministre est mort en 1818, durant le cours d'une expédition des
Persans dans le Khoraçan.

a transmises ont été pour eux des plantes transportées dans un pays où elles ne peuvent fructifier. Les Russes, que naguère nous méprisions à cause de la profonde ignorance où ils étaient plongés, nous sont devenus supérieurs en beaucoup de points. Mais, si nous n'avons point leur énergie et leurs connaissances, peuvent-ils nous le disputer sous le rapport des dons naturels de l'esprit et sous celui de l'industrie? Vous avez lu sans doute les écrits de Ferdoussy, de Saady et de Hafiz? Les vers de ces poëtes célèbres, de ces hommes remplis d'enthousiasme et pénétrés de l'amour du vrai et du beau, ne sont-ils pas aussi agréables que le parfum de la rose? Ne sont-ils pas disposés avec une harmonie égale à celle qui règle les mouvements des astres? Et, en fait d'industrie, peut-on voir rien de plus parfait que les lames tranchantes et légères, que les émaux, les étoffes brillantes, les tissus et les tapis qui sortent des mains de nos ouvriers? Avez-vous remarqué avec quelle intelligence sont cultivés nos jardins, avec quel art sont creusés ces canaux profonds qui conduisent au loin les eaux destinées à fertiliser un sol ingrat et nitreux? Vous avez pu voir comment, à l'aide d'écluses et de pentes insensibles, on fait parvenir les eaux jusqu'aux champs qu'on veut cultiver. Faibles et superstitieux, les Persans sont, dit-on, de vieux enfants. Ce reproche peut, à quelques égards, être fondé; mais les cadjars qui gouvernent aujourd'hui l'Irân ne descendent point des Perses des siècles anciens; ce ne sont pas même les fils des Persans du temps des sophis. Issus des hommes du Nord, ils en ont encore, en grande partie, le caractère âpre et belliqueux. Les Russes étendent leur influence depuis les rives du Niémen et du Danube jusqu'à celles de l'Araxes, et depuis les steppes de la Crimée jusqu'aux montagnes de la Géorgie. Ce n'est plus par des irruptions soudaines qu'ils s'avancent vers nous; c'est par une marche assurée et lente. Leurs invasions progressives nous indiquent assez ce que nous avons à faire. Vainement opposerions-nous une digue au torrent. Si les bornes de notre empire sont moins reculées du côté du Nord, reportons-les à l'Orient jusqu'au delà du Candahar. Nous sommes relativement aux Hindous ce que les Tartares ont été par rapport à nous. Le Nord a pesé sur la Perse; que la Perse pèse sur l'Inde. Passionnés et braves, amoureux de la nouveauté et avides de conquêtes, pourquoi les Persans ne brilleraient-ils plus sur cet hémisphère? S'ils se considèrent quelquefois comme les maîtres de l'Inde, c'est que souvent ils ont porté dans cette riche contrée leurs armes victorieuses. Que dis-je? ils y ont porté leur langue, et la gloire de leur nom s'y est maintenue longtemps après qu'ils ont eu cessé d'y régner. »

CHAPITRE XXVI

Première audience accordée à l'auteur par le Schah de Perse ; description
d'une partie du palais, de la salle du trône et des jardins du prince.

Le jour fixé pour la première audience que devait
m'accorder Feth-Aly-Schah étant arrivé, des officiers,
envoyés par ce prince vinrent me prendre au lever du
soleil. Nous montâmes à cheval, précédés d'une cavalerie nombreuse et brillante et de divers esclaves portant sur leur tête, dans des plateaux, les présents que
j'avais été chargé d'offrir à la cour de Perse, et qui
consistaient principalement en armes, en étoffes et en
bijoux. Ces objets étaient couverts et dérobés aux regards du public par de beaux châles de l'Inde. Une
double haie de soldats assis à terre, le fusil sur l'épaule,
bordait les rues, qui me parurent sales, tortueuses et
du plus misérable aspect. Les spectateurs se tenaient
derrière ; les terrasses des maisons étaient couvertes
de femmes et d'enfants.

La porte du palais impérial, à laquelle les Persans donnent entre autres noms emphatiques celui de Deri Sa'a-
det (porte de félicité), bien que tout l'édifice soit à l'extérieur d'une architecture très-mesquine, est, comme

celle d'une forteresse, défendue par un large fossé sur
lequel on laisse tomber un pont-levis. Après avoir passé
ce pont, nous entrâmes dans la première cour intérieure du palais, qui est très-spacieuse; nous y vîmes
des troupes, quelques pièces de canon et des chevaux
blancs appartenant au roi. La crinière, la queue et
les jambes de ces animaux étaient peintes en rouge tirant sur l'orangé. Ce ne fut pas sans surprise ni sans
horreur que je remarquai dans cette cour un mât au
haut duquel était exposée la tête d'un personnage de
distinction qu'on avait mis récemment à mort. Nous
parvînmes ensuite auprès d'une seconde porte construite
en briques peintes et située à l'entrée d'une galerie
obscure qui se prolonge jusqu'au salon des vizirs. Ce
fut là qu'on me fit mettre pied à terre. Je fus reçu par
le techrifatchy-bachy, ou maître des cérémonies, tenant à la main une longue baguette d'or enrichie de
pierreries. Cet officier, nommé Dja'far-Couly-Khan,
m'introduisit dans le salon. J'y trouvai Mirza-Riza-
Couly et plusieurs autres personnages séparés des spectateurs par une simple balustrade. En attendant
l'heure que les astrologues avaient désignée pour
l'audience, on m'offrit le narguiléh [1] et des rafraîchissements. Lorsque cette heure fut arrivée, on me conduisit vers une longue avenue ornée de bassins. Une
terrasse, sur laquelle s'élevait la salle d'audience,

---

[1] Voy., sur ce mot, la note 1 du chap. XXIII, p. 182.

était soutenue latéralement par un mur de huit à dix pieds de hauteur; du côté qui nous faisait face, la salle était ouverte comme le devant d'un de nos théâtres. Nous nous trouvions, le maître des cérémonies et moi, à une telle distance du schah, que nous avions de la peine à le distinguer sur son trône. Nous fîmes le premier salut lorsque la ligne que formaient les bourreaux armés de haches et de cimeterres s'ouvrit pour nous laisser passer. Un peu plus loin étaient rangés en grand nombre des mirzas, des khans, des gholam-schah et d'autres officiers de la cour. Tous étaient vêtus d'écarlate et se trouvaient plus ou moins près de la salle d'audience, selon le plus ou moins d'importance de leurs fonctions. Avant que nous fissions le second salut, Dja'far-Couly-Khan quitta sa chaussure, puis, élevant la voix, il dit : « Prince plus grand que la terre, roi des rois, ombre du Très-Haut sur le ciel, le plus humble de tes esclaves amène au pied de ton trône resplendissant de gloire et refuge des peuples un Français envoyé vers toi pour te présenter le salut et te porter une lettre contenant autant de perles tirées du fond de la mer de l'amitié. » Le schah, qui jusqu'alors était resté immobile, répondit : « Soyez le bienvenu. »

Lorsque Feth-Aly-Schah eut proféré ces mots, l'un des vizirs s'approcha de moi et me fit monter, par un escalier pratiqué sous la terrasse même, à la salle d'audience. Les murs de cette salle, formant un carré long,

étaient ornés d'arabesques et d'inscriptions en lettres
d'or appliquées sur un fond blanc. Deux hautes colonnes torses et de marbre vert soutenaient, du côté de
l'avenue, le faîte de l'édifice. Le jour pénétrait, de
l'autre côté, au travers de vitraux de couleur offrant
divers dessins d'une élégance et d'une délicatesse remarquables. Tout le parquet était couvert d'un tapis
de Kachemyr qui, par la finesse du tissu et l'éclat des
fleurs dont il était orné l'emportait infiniment sur les
plus beaux châles qui nous viennent de cette célèbre
vallée. Le trône était porté sur plusieurs colonnes de
marbre de sept à huit pieds de hauteur. Quatre autres
colonnes revêtues de plaques d'or et d'émail étaient
placées au-dessus des premières et soutenaient un dais.
Des milliers de diamants, de rubis, d'émeraudes et de
saphirs étincelaient de toutes parts. Un soleil, figuré
par un très-grand nombre de gros diamants, brillait
derrière le schah, qui était assis le dos appuyé sur un
coussin de satin blanc brodé en perles, vêtu d'une
robe de même étoffe sur laquelle retombait la longue
barbe de ce prince. Des parements formés par un tissu
de perles bordé de rubis et semé de roses ou de pierres
de couleur remontaient presque jusqu'aux coudes. Les
épaulettes et la moitié du corps de la robe étaient couverts d'un tissu du même genre. Deux grands bracelets
de forme ronde, travaillés en pierres précieuses, ornaient la partie supérieure de chaque bras. Le diamant
auquel les Persans donnent le nom de Kouhi-Nour (mon-

tagne de lumière), était enchâssé au milieu de l'un de
ces bracelets; et celui qu'ils appellent Deryaï-Nour (océan
de lumière) enrichissait l'autre. Ces deux belles pierres
ont appartenu à Mohammed-Schah, à qui Nadir les enleva lors de la prise de Delhi ou Schah-Djehân-Abad.
Au lieu de turban, le schah portait une espèce de tiare,
dont un tissu de perles, semé de rubis et d'émeraudes,
formait le rebord. Une aigrette en pierreries était placée sur le devant de cette coiffure et surmontée de trois
plumes de héron. Un collier composé de perles grosses
comme des noisettes, les plus égales et de la plus belle
eau qu'il soit possible de voir, croisait par-devant sur
le corps et en faisait deux fois le tour. Un poignard
enrichi de pierreries était passé dans un ceinturon
orné de belles émeraudes auquel était suspendu un
sabre entièrement couvert de perles et de rubis[1].

Au pied du trône étaient rangés trois fils du schah
et plusieurs jeunes pages, vêtus aussi de robes de satin et portant à leur ceinture des poignards enrichis de
diamants. Chacun tenait à la main un des divers
attributs du pouvoir suprême, qui étaient le sabre, le
poignard, la massue, le javelot, le bouclier, l'aiguière
et le bassin pour les ablutions.

---

[1] Le lecteur est prié de remarquer, relativement à la profusion de
perles et de pierres précieuses dont il est ici question, que les Persans,
faisant plus de cas de la quantité que de la qualité, emploient indistinctement les belles, les médiocres, et celles qui, en Europe, n'ont, pour ainsi
dire, aucune valeur.

Parvenu à l'entrée de la salle d'audience, je saluai de nouveau le roi de Perse. La lettre dont j'étais porteur, renfermée dans un sac de brocart, lui fut ensuite présentée sur un plateau d'or. Le grand vizir, après avoir déployé cette lettre, en lut la traduction en modulant sa voix de façon à faire sentir le rhythme des phrases. Le schah, par une bienveillance toute particulière, me permit de garder mes bottes et même de m'asseoir à la persane vis-à-vis de lui. L'audience dura plus d'une heure, soit à cause du désir qu'éprouvait ce prince d'être exactement informé de l'objet de ma mission, soit parce qu'il lui était agréable de pouvoir s'entretenir avec un Européen sans secours d'interprète.

Avant la fin de cette audience, Feth-Aly-Schah ordonna qu'on me fît voir les jardins de son palais, faveur dont aucun étranger, m'assura-t-on, n'avait joui jusqu'alors. J'y fus conduit à l'instant même. Une haie très-épaisse et des murs construits en briques les entourent. Je ne vis, de quelque côté que je tournasse mes regards, que des arbres ou des arbustes chargés de fleurs. Tout flatte les sens dans ces jardins délicieux. De belles allées de platanes, entremêlées de buissons de rosiers et de jasmins, serpentent en tous sens. Elles sont ornées de grands bassins de marbre, du milieu desquels s'élancent perpétuellement des jets d'eau qui retombent en pluie sur des plates-bandes de fleurs. Le platane, l'ormeau, le lilas et l'hortensia,

croissant pêle-mêle, forment divers bosquets. Des ruisseaux dirigés avec art entretiennent sans cesse une végétation vigoureuse. Des volières cachées sous un feuillage épais recèlent une multitude d'oiseaux. Enfin,
les tulipes, les narcisses, les anémones, les œillets et
diverses fleurs rares dans nos climats, éparses comme
au hasard au milieu du gazon qui forme des tapis de
verdure, réjouissent les yeux par l'éclat de leurs couleurs et embaument l'air de leurs suaves parfums.

Le premier objet qui s'offrit à ma vue fut un kiosque
d'une construction légère et hardie. Il était peint en
bois des couleurs les plus vives et garni de treillis do-
rés qui réfléchissaient au loin les rayons du soleil.
Des peupliers verdoyants l'entouraient d'un autre côté.
On découvrait à travers un massif d'aubépines et de
saules, une petite mosquée dont le minaret, d'une
forme déliée, s'élançait au-dessus de ces arbrisseaux.
Le soleil était au point le plus élevé de son cours. Les
oiseaux, à cette heure brûlante, avaient suspendu leurs
concerts, et l'on n'entendait plus que ces cris du
muezzin de la mosquée : « Il n'y a point d'autre Dieu
que Dieu ! Mahomet est son prophète ; Aly est le lieutenant du prophète ! Musulmans, accourez à la prière !
Omar, Othman et Abou-Bekre, que vos noms soient
maudits ! » Les vizirs qui me conduisaient, me quittant
alors pour peu de temps, dirigèrent leurs pas vers une
petite fontaine qui coulait près du lieu où nous étions;
ils firent les ablutions prescrites par le rit des chi'ïs.

Des esclaves étendirent dans la direction du sud-ouest, c'est-à-dire de la Mecque, des tapis consacrés dans cette ville, et posèrent dessus des amulettes pétries avec de la terre de Kerbelah, de cette terre qui fut jadis arrosée du sang d'Aly. Ces préparatifs terminés, les deux ministres s'acquittèrent de leurs devoirs religieux. Ils me menèrent sur le bord d'un bassin près duquel on remarquait une tente dont les rideaux de soie étaient relevés et attachés aux branches des saules qui l'environnaient. « C'est ici, me dit Mirza-Riza-Couly, que le schah vient ordinairement fumer le narguiléh et jouir de la fraîcheur de l'ombre et du repos si nécessaire vers la sixième heure du jour; c'est ici que des musiciennes habiles dans l'art d'exciter des sensations voluptueuses viennent quelquefois s'exercer sous ses yeux. Amant des plaisirs, continua le vizir, Feth-Aly-Schah se pique peu de constance. Il aime à changer de demeure et se transporte chaque nuit dans un nouveau pavillon. Toutes les femmes de son harem ambitionnent l'honneur de l'accompagner, et ne négligent aucun moyen pour obtenir une préférence aussi flatteuse. Habiles dans l'art de séduire les eunuques les plus insensibles, elles prodiguent souvent les soins, les promesses, les présents, pour se les rendre favorables. Elles font venir à grands frais des fleurs et des fruits de Chirâz, des brocarts de Yezd, des armes du Khoraçan et des perles de l'île de Bahhreïn. Les eunuques sont chargés de mettre ces divers présents sous les yeux du monarque; il choisit, et l'heureuse beauté dont l'offrande est agréée le matin jouit le soir de la présence du successeur des Khosroës. »

Les portraits de toutes les femmes qui avaient su plaire à Feth-Aly-Schah ornaient le premier pavillon où je fus introduit. C'étaient des miniatures peintes d'une manière assez agréable. Il y en avait un nombre considérable. Je fus frappé de la magnificence des tapis et des coussins. Je vis dans un autre kiosque le portrait en pied d'Abbas-Mirza. Trois autres princes de la famille royale y étaient aussi représentés. Au sortir de ces jardins immenses, dont je n'ai fait qu'esquisser la description, on me conduisit à la bibliothèque du roi, où l'on me montra plusieurs manuscrits précieux, et entre autres un poëme composé par Feth-Aly-Schah lui-même. De là je fus introduit dans l'atelier des peintres, qui me semblèrent cultiver leur art avec plus de zèle que de succès. Enfin, les yeux éblouis de toutes les beautés soit naturelles, soit artificielles, qui s'étaient offertes à mes regards, je retournai au palais de Mirza-Riza-Couly.

CHAPITRE XXVII

Portrait et caractère de Feth-Aly-Schah. Difficultés que ce prince a vaincues pour consolider son autorité. Origine de la dynastie qui règne sur la Perse. Cour du Schah. Audience appelée le selam.

Feth-Aly-Schah[1], qui règne aujourd'hui sur la Perse, était âgé d'environ quarante ans lorsque j'arrivai à Téhéran. Il est d'une stature élevée et d'une constitution très-forte. Sa physionomie offre le caractère de celle des hommes du Turkestan, dont il est issu et dont il parle la langue; ses yeux vifs et enfoncés sont ombragés par des sourcils très-épais. Il porte une barbe longue et touffue, que, comme tous les Persans, il fait peindre avec soin, pour la rendre encore plus noire qu'elle ne l'est naturellement[2]. Ce prince est affable, généreux, mais sévère à l'excès et implacable dans sa colère. Il aime à interroger tous ceux auxquels il suppose de l'instruction, et surtout les en-

[1] Le nom de Feth-Aly signifie victoire d'Aly. Le prince de qui nous parlons le prit en montant sur le trône. Jusqu'alors il s'était appelé Baba-Khan.

[2] C'est principalement le hennéh que les Persans emploient pour se peindre la barbe. Il la rend d'un noir de jais, lorsqu'elle est naturellement brune ou noirâtre; mais, lorsqu'elle est blanche, il la teint en rouge, ce qui produit un effet assez singulier.

voyés, les voyageurs et les derviches, qui, de diverses parties de l'Asie, arrivent journellement à sa cour. Il a du goût pour les lettres et les cultive avec succès. Enfin il est habile à manier la lance; il excelle à tirer au vol et parle volontiers de son adresse dans les exercices de ce genre.

En succédant à son oncle, le fameux Mehemed-Khan, Feth-Aly-Schah trouva l'empire encore ébranlé des secousses qu'il avait ressenties après la mort de Tahmas-Couly-Khan. Les provinces orientales de la Perse, sans lui contester sa qualité de souverain, n'obéissaient point à ses lois; et Hosseïn-Khan, son frère, semblait vouloir lever l'étendard de la révolte. Feth-Aly-Schah sut, par une conduite à la fois vigoureuse et sage, apaiser tous les troubles. Il reconquit une grande partie de Khoraçan, et parvint à faire reconnaître généralement son autorité. Il fit venir à sa cour un grand nombre de personnages de marque, qui, pendant que je me trouvais à Téhéran, étaient encore retenus dans cette capitale et obligés, chaque jour, de se présenter devant le schah. Ils étaient responsables de la moindre atteinte qui aurait pu être portée à l'ordre public dans leurs provinces respectives. Aussi la plus grande tranquillité régnait-elle dans tout l'empire. Les ordres du prince y étaient exécutés ponctuellement; le voyageur pouvait parcourir en sûreté toutes les routes. On n'avait plus à redouter, comme autrefois, la rencontre de ces hordes errantes d'Arabes et de Kurdes qui le dévastaient, et qui sont encore l'effroi des campagnes de l'Anatolie. La sévérité du gouvernement a inspiré à ces nomades une crainte salutaire. Ils ont repris les habitudes de la vie pastorale, et, lorsque l'hiver les force à se réfugier dans les villages, ils y vivent paisiblement. Ils payent même un tribut au trésor du schah, qui, pour tirer parti de leur activité et de leur caractère belliqueux, les emploie dans toutes ses expéditions militaires; ils font aujourd'hui la force principale de l'armée.

Les vizirs ne sont point en Perse investis de toute l'autorité du monarque comme ils l'étaient au commencement de ce siècle en Turquie, où le poids du gouvernement pesait presque en entier sur eux. Feth-Aly-Schah dirige tout par lui-même. Ses ministres ne sont chargés que du détail des affaires; et, pour qu'ils ne puissent tourner contre lui la puissance qu'il leur confie, il a soin de ne les choisir que parmi les mirzas ou les gens de loi.

C'est l'ancienne et puissante tribu des Cadjars, naguère descendue des montagnes voisines d'Aster-Abad, qui, depuis environ trente ans, donne des souverains à la Perse. Aussi les Cadjars jouissent-ils d'une grande faveur dans le royaume. Seuls ils ont droit aux emplois importants, au commandement des armées et au gouvernement des provinces. Leurs khans composent avec ceux des Afchars, des Zends, des Chaghaghis et des autres grandes tribus, ainsi qu'avec les otages dont nous

avons parlé plus haut, la cour qui se rassemble tous les
jours, dans le palais du schah, au lever du soleil. Rangés à la suite les uns des autres, dans une vaste enceinte, debout, les yeux baissés et les mains croisées
sur la poitrine, tous attendent, dans un respectueux silence, l'arrivée du souverain, qui est annoncée par la
voix d'un héraut. Le schah monte sur un trône élevé;
on lui apporte un narguilèh enrichi de pierreries. Les
principaux courtisans s'avancent alors jusqu'à environ
cent pas du trône et s'inclinent profondément. Parvenus à une moindre distance, ils font une seconde pro-
sternation; ils quittent leur chaussure avant de faire la
troisième. Les yaçaouls[1], les gholamschah[1], viennent
ensuite rendre les mêmes hommages au prince, qui
reste dans une immobilité parfaite. A la fin de cette
audience, qu'on appelle le selam, le monarque prononce sur les diverses demandes qui lui sont adressées,
et ses ministres font connaître les grâces qu'il lui a plu
d'accorder.

Une cérémonie qui diffère peu de celle qu'on vient
de décrire a lieu, dit-on, dans l'intérieur du harem.
Dès l'aube du jour, et après la prière, les femmes, au
nombre de plus de trois cents, se réunissent dans un
vaste jardin pour saluer le roi. Là elles attendent, aussi
en silence, qu'il daigne leur exprimer sa volonté. Ordinairement il donne aux plus nobles et aux plus dis-

[1] Gardes d'élite.
[2] Esclaves du roi.

tinguées d'entre elles la permission de s'asseoir. Des esclaves apportent alors des plateaux destinés à soutenir les chevelures longues et tressées de perles des favorites. Toutes offrent ensuite au monarque l'hommage de leurs vœux pour la conservation de ses jours et la prospérité de son règne. Les femmes, les eunuques et les jeunes garçons qui servent le schah dans l'intérieur du palais sont vêtus des étoffes les plus riches. La plupart des objets qui composent l'ameublement du sérail sont d'or massif ou ornés de perles et des productions les plus rares des mines de l'Inde.

Feth-Aly-Schah, accompagné d'une partie de sa cour, quitte souvent sa capitale pour se livrer au plaisir de la chasse qu'il aime passionnément. Il préfère à toute autre celle du cerf, de la gazelle ou des oiseaux de proie. Plusieurs Persans m'ont assuré l'avoir vu souvent, poussant son cheval à toute bride, atteindre d'une balle un aigle au haut des airs. Il a des faucons dressés à planer sur les lacs, pour y tenir en arrêt les oiseaux aquatiques; à fondre sur la tête des gazelles pour leur arracher les yeux, et même à attaquer les milans et les aigles. Ce prince venait d'interdire cette dernière chasse à tous ses sujets lorsque j'étais en Perse. « Je ne veux pas, avait-il dit, que, par l'exemple de ces faucons, le faible apprenne à attenter aux jours d'un être puissant. L'aigle, ce roi des airs, ne doit tomber que sous les coups d'un souverain. »

CHAPITRE XXVIII

Le climat de l'Asie Mineure et celui de la Perse varient selon la direction que prend la grande chaîne de montagnes dont il a été question dans les chapitres III, X et XIII du présent ouvrage. Cette chaîne arrête les nuages qui viennent de la Méditerranée, et les fait retomber en pluie dans la partie septentrionale de l'Anatolie. Le Diarbekir et l'Irâc arabique, se trouvant de l'autre côté, ne participent point à cet avantage, et par conséquent la chaleur et la sécheresse caractérisent le climat de ces contrées. En traversant la Perse, les montagnes dont nous parlons se prolongent vers le sud-est; n'opposant plus alors aucune barrière aux vents de l'ouest, elles les laissent courir sans obstacle jusqu'au plateau du Penjâb et jusqu'aux lieux élevés d'où sortent le Djihoûn (l'Oxus des anciens), l'Indus et le Gange[1]. Le Daghestan, la Géorgie, le Chirwan, l'Ar-

---

[1] Nous savons que cette opinion est contraire à celle de plusieurs marins qui ne pensent pas que les vents soufflent ordinairement dans une même direction sur un espace de plus de deux cent cinquante lieues;

ménie, une partie du Kurdistan et de l'Aderbaïdjan, la
Géorgie, le Ghilan, le Mazenderan et la province d'Aster-Abad doivent donc être considérés comme des pays
très-humides. Ils sont couverts de neige en hiver, et arrosés, en automne, par des pluies abondantes. Aussi le
sol en est gras et fertile, et plusieurs arbres de l'Europe non-seulement y croissent, mais s'y élèvent à une
grande hauteur. Au sud du Taurus, au contraire, il
est rare qu'aucune vapeur obscurcisse l'air, qui par
conséquent est fort sec[1]; la plupart du temps on n'y
voit que quelques légers nuages qui fuient épars en se
dirigeant vers le Candahar et le Kaboulistan, sans jamais se résoudre en eau. Le sol de cette vaste étendue
de pays, sur une partie de laquelle le vent empoisonné
du désert souffle par intervalles au printemps, est donc
sablonneux et aride.

Les fleuves ou rivières de la Perse qui se rendent

---

mais, dans l'Asie occidentale, l'existence de ce phénomène nous paraît
incontestable. On sait d'ailleurs que le vent du nord parcourt chaque année toute la vallée de l'Égypte, et va porter dans l'Abyssinie une prodigieuse quantité de nuages. (Volney, *Voyage en Égypte et en Syrie*, t. I,
p. 50.)

[1] La sécheresse de l'air est telle, selon M. Olivier, que depuis les
montagnes du Ghilan et du Mazenderan jusqu'au golfe Persique, et depuis les environs du lac de Van et d'Ormiah jusqu'au pays de Kachemyr,
il n'y a l'été aucune rosée sur les plantes, aucune vapeur un peu sensible
dans l'atmosphère, aucun brouillard sur les monts les plus élevés, aucun
nuage dans les airs. (*Voyage en Perse*, t. III, chap. vii, p. 117-118, édit.
in-4.) Néanmoins, sur les bords du golfe Persique, la pluie tombe quelquefois par torrents en mars et en avril. (Voyage de Chard., t. IX, p. 228,
édit. in-12.)

vers la mer Caspienne sont extrêmement rapides, ce qui provient du volume considérable de leurs eaux et de la pente du terrain ; mais ceux qui arrosent les plaines de Kachan, de Coum, d'Ispahan et de Chirâz, coulent avec moins de vitesse, et, à mesure qu'ils s'éloignent de leurs sources, ils diminuent au lieu de grossir. Il en est peu même qui parviennent jusqu'à l'Océan ; la plupart se perdent au milieu de plaines sablonneuses[1]. Leur diminution progressive provient principalement des saignées qu'on y fait pour arroser les jardins et les champs. Les habitants des provinces dont le sol est aride s'appliquent avec succès à l'irrigation. Ils pratiquent des aqueducs souterrains appelés kehridjs, qui conduisent les eaux jusqu'en des lieux qu'il serait impossible de rendre fertiles sans ce moyen. Il est de ces canaux qui se prolongent sur un espace de plusieurs lieues, et dont la largeur est telle, que trois hommes peuvent y marcher de front. On peut y descendre de distance en distance au moyen d'ouvertures qui donnent entrée à l'air et à la lumière. Le plus souvent ces canaux sont creusés dans un sol argileux, et, malgré l'état de dégradation où ils se trouvent actuellement, ce sont encore de très-beaux ouvrages.

La terre une fois imbibée d'eau, l'herbe, le blé, le

---

[1] Les plaines ou les déserts de sable, qu'on rencontre si fréquemment dans presque toute la Perse, rendent applicable à cette contrée ce que dit Strabon de la Libye, lorsqu'il la compare à *une peau de panthère*. (Strab., liv. II, p. 564.)

riz, les plantes potagères, le cotonier herbacé, les arbustes, les arbres à fruits, les arbres d'agrément destinés à procurer de l'ombrage, tels que le saule, le peuplier, le platane, l'ormeau, croissent à vue d'œil, et présentent une verdure d'autant plus fraîche, d'autant plus agréable, qu'elle contraste avec la couleur du sable des déserts. Des habitations riantes, des kiosques des mosquées, des palais, s'élèvent au milieu de ces vergers immenses; mais les Persans payent cher les douceurs dont ils jouissent dans ces retraites. Tantôt elles sont infectées par une foule de reptiles venimeux qui s'échappent du désert et vont se reproduire dans les lieux habités; tantôt on n'y trouve que des eaux qui ont contracté des qualités malfaisantes ou un goût désagréable en passant sur des sables imprégnés de sel [1]. Enfin on y est exposé à tous les inconvénients qui, en été, résultent de la rareté de l'air et des exhalaisons d'un pays humide. Tout ceci peut expliquer, du moins

---

[1] Le sel est si abondant dans toute la Perse, qu'il est charrié par les eaux de pluie dans les bas-fonds, ce qui fait que partout où les eaux séjournent l'hiver le terrain devient salé. Tous les lacs de ce pays sont salés; tous les grands amas d'eau le deviennent de même au bout de quelques années. Les étangs qu'on a formés en divers endroits, dans les vallons ou dans les gorges des montagnes, deviendraient également salés, si le besoin d'eau pour l'arrosement des terres ne les faisait vider chaque année.

Toute la Perse offre de grandes plaines dont les eaux se sont emparées l'hiver, et dont le sol nu et salé devient brûlant l'été. Tel est le désert qui se trouve à l'orient de Coum, et qui a plus de soixante lieues d'étendue; tels sont ceux du Kerman, du Ségestan, du Khoraçan. (M. Olivier, *Voyage en Perse*, t. III, chap. VII, p. 122, édit. in-4.)

en partie, pourquoi les habitants de plusieurs provinces de la Perse sont en général d'une complexion
maladive; pourquoi ils passent une grande partie de
leur vie à changer de place; pourquoi ils font un si
grand usage de thériaque et d'autres drogues médici-
nales; pourquoi la médecine est si fort en honneur
parmi eux, et pourquoi enfin, lorsqu'ils veulent faire
l'éloge d'un pays, ils se bornent à dire que l'air et
l'eau en sont bons.

CHAPITRE XXIX

Division du peuple persan en nomades et en tadjiks Différence qui subsiste entre les nomades de la Perse et ceux de l'Asie Mineure. Rapports qu'ils ont entre eux. Caractère et dispositions belliqueuses des nomades persans. Leurs tribus principales. Agriculteurs persans. Esprit qui les caractérise. Formation des villes.

En réfléchissant tant sur la nature du climat et du sol de la Perse que sur les effets qu'ont dû produire les usurpations et les désordres presque continuels qui ont réduit à six ou sept millions d'âmes au plus la population d'un pays si vaste, on conçoit facilement que cette population a dû se disperser dans les diverses provinces de l'empire, selon le plus ou le moins de sûreté qu'elle a espéré y trouver. Il est résulté de là une division du peuple en deux classes d'individus, dont l'une, celle des nomades, habite les montagnes ou parcourt les déserts, tandis que l'autre, connue sous le nom de Tât ou de Tadjik, vit dans les champs et les lieux arrosés, ou réside dans les villes.

Il n'en est point de la Perse comme de l'Égypte, où l'Arabe du désert croirait se mésallier en donnant la main de sa fille au Fellah, où le Mamlouk meurt sans avoir vu renaître sa race, ou le Copte nestorien déteste

le Maronite, et où toutes les classes d'habitants, ennemies entre elles, conquérantes ou soumises, ne se con-
fondent jamais. En Perse, au contraire, le nomade ne
répugne pas à se neutraliser dans une cité; l'agricul-
teur embrasse, s'il veut, le genre de vie et les habitudes pastorales des nomades. Le musulman, loin de
mépriser les chrétiens, répandus, quoique en petit
nombre, dans diverses parties de l'empire, ne se fait
pas scrupule de professer la tolérance la plus complète
à leur égard, et il n'est pas rare de voir le fils d'un
simple mirza épouser la fille d'un prince.

A ne considérer les nomades persans que sous le
rapport de leurs habitudes et de leurs mœurs, on serait
tenté de les confondre avec les hordes de Turkomans et
les tribus d'Arabes qui parcourent les montagnes, les
bords des fleuves ou les sables de l'Asie Mineure et de
la Mésopotamie. Les uns et les autres sont également
accoutumés à la vie errante, également enclins au vol
et susceptibles de passions violentes. Mais les premiers,
soumis au prince, quel qu'il soit, qui règne sur la
Perse, contractent même au milieu des camps quelque
chose de la douceur et de la politesse des habitants
des villes, tandis que les autres, ne supportant aucun
joug, tiennent à honneur de vivre indomptés et farouches.

Les nomades persans, ainsi que ceux de l'empire ottoman, préfèrent les vastes landes, les hautes montagnes, au séjour des lieux les plus favorisés par la na-

ture. Quand on leur demande pourquoi ils ne veulent pas s'affranchir des craintes et de l'incertitude qui assiégent sans cesse leur existence précaire, ils répondent : « Nos pères vivaient ainsi. » Changer de temps en temps de place, respirer un nouvel air, éprouver, pour ainsi dire à chaque instant, le sentiment de leur indépendance, telle est pour eux la félicité suprême. L'habitant d'Ispahan passera ses journées assis dans un jardin, au bord d'une fontaine, ne songeant qu'à jouir de la fraîcheur de l'air, du parfum des fleurs et du murmure de l'eau. L'Afchar, au contraire, préfère à cette vie oisive, qu'il regarde comme honteuse, le mouvement et les voyages : « Pour goûter les douceurs du repos, dit-il, il faut les avoir achetées par le travail et la fatigue. » Aussi c'est des tentes des nomades que sortent les hommes les plus robustes et les plus beaux, et presque tous les gens de guerre[1]. Les habitants des villes, indolents et efféminés, ne prennent les armes que dans un danger pressant et dans le cas où ils font partie d'une tribu foraine[2]. Ceux des déserts sont toujours armés et prêts à repousser leurs ennemis.

Ces troupes mercenaires, combattant uniquement pour la solde qu'on leur paye ou pour le butin qu'on

---

[1] Nadir-Schah était de la tribu des Afchars.

[2] Dans plusieurs villes de la Perse les habitants sont censés faire partie d'une tribu [*].

[*] Les villes de Kachan, de Coum, d'Ispahan et d'Yezd sont exemptes de fournir des gens de guerre. Les provinces du Ghilan et du Mazenderan jouissent du même privilége.

leur fait espérer[1], sont les seules sur le courage desquelles le schah de Perse puisse compter. Au printemps
elles quittent leurs retraites, se rassemblent dans les
lieux désignés par les firmans du souverain, et s'enrô-
lent seulement pour une campagne, l'hiver les rame-
nant toujours vers leurs tribus respectives.

Les plus importantes dans les tribus qui parlent la
langue turque sont celles des Afchars, des Cadjars, des
Turkomans, dss Beïats, des Talidjs, des Cara-Tchorlus,
des Cara-Gheuzlus (aux yeux noirs) et des Schah-Sevens
(amis du roi); parmi les Kurdes, les Rechvends, les
Chaghaghis et les Erdilanis; parmi les Loures, les
Zends, les Feïlis et les Bakhtiaris; et parmi les Arabes,
les Bestamis, les Beni-Kiabs et les Beni-Houls.

On en compte aussi beaucoup d'autres qui sont dis-
persées dans les différentes provinces de l'empire. Les
unes sont issues des Mèdes, des Parthes ou des Bactriens;
les autres, des Dahes, des Mardes ou des Hyrcaniens.
Le guerrier qui sort d'une de ces tribus se considère
toujours comme en faisant partie. S'il est interrogé sur
son pays, il ne dit pas : « Je suis Persan, » cette dénomination générale étant inconnue en Perse; mais il
dit : « Je suis Afchar, Zend ou Bakhtiari, » selon la
tribu à laquelle il appartient.

---

[1] M. Scott-Waring dit (A tour to Shiraz, p. 326) qu'une armée persane n'est qu'une bande immense de brigands que l'espoir du butin tient
seul réunis. La première partie de ce reproche nous semble au moins
exagérée.

Les Afchars habitent Selmas, Ormiah et Tauris, dans l'Aderbaïdjan, ainsi que les environs de
Cazbïn, de Sultaniéh, de Zenghian, de Coum et
de Kachan, dans l'Irâc persique, et ceux de Dam-
ghan (Hécatompyle) et de Mechehed, dans le Khoraçan.

On trouve des Cadjars auprès de Téhéran et d'Érivan, dans le Mazenderan et dans le Khoraçan, entre
Hérat et Merw el Nahar (l'ancienne Transoxane[1]).

Les Turkomans parcourent les pays compris entre le
littoral sud-est de la mer Caspienne et la vallée de
Bokhara. On en rencontre aussi dans l'Aderbaïdjan et
dans le Fars.

Les Beïats campent dans le voisinage de Nichapour,
de Téhéran et de Chirâz.

Les Talidjs et les Cara-Tchorlus habitent le Mazenderan et le Cara-Bagh, province située au confluent de
l'Araxes et du Cyrus.

Les Cara-Gheuzlus sont établis près de Hamadan,
et les Schah-Sevens dans les environs d'Ardebil.

Indépendamment du Kurdistan persan, les Kurdes,
et notamment les Rechevends et les Chaghaghis, parcourent l'Aderbaïdjan jusqu'aux confins de l'Irâc, du
Chirwan et du Moghan.

Les Zends, les Feïlis et les Bakhtiaris forment trois
puissantes tribus qui sont répandues dans le Lourestan

---

[1] *Histoire de Nadir*, traduct. de sir William Jones, p. 49.

et dans le Fars, entre Ispahan et le pays de Chuster ou l'ancienne Suziane[1].

Les Bestamis, les Beni-Kiabs et les Beni-Houls, et en général les Arabes Scénites habitent la province anciennement connue sous le nom de Paretacène de Médie, le Kerman et le Khoraçan. Ces peuples, quoique d'origine étrangère, ne parlent que le persan ; et le wahabisme[2], dont les progrès se sont étendus pour ainsi dire jusqu'aux portes de Bagdad, n'a point encore fait de prosélytes parmi eux[3].

Ces tribus diverses ne se bornent pas à camper dans les contrées ci-dessus désignées, elles en parcourent aussi beaucoup d'autres. Nous n'entreprendrons point d'énumérer les causes de ces sortes de migrations, dont l'histoire présente des exemples fréquents. En effet, elle nous montre des Chaldéens[4] dans la Paphlagonie, des Chalibes sur les bords de l'Euxin et dans l'Ibérie, des Phasiens dans la Colchide et dans l'Albanie,

---

[1] D'Anv., *Géogr. anc.*, t. II, p. 270.

[2] Au jugement de l'un de nos plus savants orientalistes (M. Silvestre de Sacy), les Arabes qui professent le wahabisme sont un rejeton des Karmates, secte ancienne et puissante qui se mit en révolte ouverte contre l'autorité des khalifes dans le dixième siècle [*].

[3] On trouvera plus de détails sur les tribus nomades de la Perse dans le *Précis de Géograph. univ.*, t. III, p. 187 et suiv., et surtout dans le chap. LII, p. 452 du voyage fait en 1807, 1808 et 1809, cité plus haut (p. 118).

[4] Strab., liv. XII, p. 555.

[*] Voyez le *Magasin encyclop.*, t. IV, p. 55 et suiv.; la *Bibliothèque orientale*, au mot *Carmate*, la *Notice sur les Wahabis* et leur histoire, publiées à Paris en 1809 et 1810. [V. aussi Sédillot, *Histoire des Arabes*, 1854, p. 454.]

des Mardes dans l'Arménie et dans la Médie[1], et des Carduques[2] jusqu'auprès de Suze. Peut-être n'y avait-il d'autre identité que celle du nom parmi des tribus qui habitaient des contrées différentes. Ne voit-on pas la même dénomination donnée à des montagnes[3] et à des fleuves très-éloignés les uns des autres? Les anciens comptaient trois Araxes : l'un, qui prenait sa source dans la grande Arménie; le second, qui avait la sienne dans la Parétacène et dont les eaux se perdaient dans le sable non loin de Persépolis; et le troisième, qui coulait entièrement dans la Sogdiane[4]. Ils avaient aussi deux Phases[5] : l'un qui arrosait la Colchide et l'autre l'Arménie. Ce dernier était le même que l'Araxes véritable. Enfin on voyait aussi plusieurs villes du même nom en des pays divers. On comptait plusieurs Héraclée et un grand nombre d'Alexandrie[6]. Mais revenons à notre sujet.

Vers le Newrouz, qui est le premier jour de l'année

---

[1] Strab,, liv. XI, p. 507, note 3.

[2] D'Herbelot, *Bibl. orient.*, au mot *Curde.*

[3] On connaît encore aujourd'hui trois monts Elbours : le premier situé dans le Caucase, et que nous avons eu l'occasion de voir durant le cours d'un voyage plus récent; le second auprès de Téhéran, et le troisième dans le Kouhestan à l'est de Hamadan *.

[4] Carte des marches et de l'empire d'Alexandre, par M. Barbié du Bocage.

[5] Ibid.

[6] *Examen critique des historiens d'Alexandre*, p. 401 et suiv.

* Voyez les cartes françaises les plus estimées, et celle d'Arrowsmith, intitulée *Asia.* January, 1801.

persane (le 21 ou le 22 mars), des courriers partent
de Téhéran et vont porter aux chefs des tribus la désignation du lieu que le souverain a choisi pour faire la
revue de ses troupes. Tantôt c'est dans le Khoraçan,
tantôt dans le Fars, mais le plus souvent dans l'Irâc
persique. La cour actuelle ne s'éloigne guère de la capitale à la distance de plus de dix journées de chemin;
elle va passer dans les ieïlaks (lieux frais) les ardeurs
de la canicule. C'était ainsi que, dans la belle saison,
Sémiramis quittait les jardins de Babylone pour les
montagnes de la Médie, et que les rois parthes se trans-
portaient avec leur cour et leur armée de Ctésiphon à
Ecbatane et d'Ecbatane à Ctésiphon, fuyant en hiver
les neiges de l'Elvend et de l'Elbours, et en été le
souffle brûlant du vent de sud.

Les habitants de la Perse ont de tout temps aimé à
changer de place, et il paraît qu'autrefois ils transpor-
taient, pour ainsi dire, leurs villes avec eux. Il en est à
peu près de même aujourd'hui; j'ai vu, dans le camp
de Sultaniéh, des places publiques, des bazars, des mosquées et même des écoles. Si quelqu'un m'invitait à
lui faire visite sous sa tente, il me disait : « *Be khâneï
ma techrïf bekun*, viens honorer ma maison. »

Ce camp présentait un assemblage bizarre d'hommes
appartenant aux tribus mentionnées ci-dessus, ou venant de pays fort éloignés de la Perse. Quelquefois on
trouvait réunis dans un même groupe l'Uzbek, appuyé
sur sa lance, et excitant le rire par la difficulté qu'il

éprouvait à prononcer le persan ; l'Arabe, au teint brûlé par le soleil, maniant sa barbe rare et poudreuse, et portant sur tous les objets des regards vifs et pénétrants ; l'Indien, parlant toujours avec volubilité, mais à voix basse et la tête penchée vers la terre; et enfin le Persan écoutant tout le monde avec un air d'approbation et un sang-froid inaltérable. L'habitant des forêts était vêtu d'une étroite tunique. Un manteau de laine enveloppait le pasteur du désert. Les haillons qui composent les vêtements du Guèbre laissaient à découvert une grande partie de son corps basané. Le mollah était coiffé d'un turban de mousseline, et le simple mirza d'un bonnet de peau d'Astracan. Si quelque khan s'approchait du groupe, tous se levaient et se retiraient à une distance respectueuse.

Quoique les tribus nomades de l'empire entendent presque toutes le persan, qui est pour elles la langue savante, elles ont des idiomes particuliers qui diffèrent beaucoup entre eux : ce sont le djagathaï, le turk, le kurde et le loure. On peut sous ce rapport les considérer comme des peuples à part. Voyageant toujours sans s'inquiéter de l'avenir, ces nomades parviennent au terme de leur vie sans avoir vu la fin de leurs courses vagabondes. Étrangers dans tous les pays, mais peu fanatiques quoique ignorants, ils affichent un grand zèle pour l'islamisme ; cependant, dans le fond de l'âme, ils pensent que toutes les religions qui commandent l'amour et l'observation des vertus hospitalières sont

également respectables; opinion qui probablement est
le résultat de leurs habitudes cosmopolites. « Parcourir le monde, disent-ils, c'est acquérir une existence
nouvelle. L'eau qui séjourne dans les étangs est amère
et insalubre. C'est en courant qu'elle acquiert une douceur salutaire et une agréable limpidité. »

La classe des agriculteurs persans, par son état et
par les habitudes qui en résultent, tient le milieu entre
celles des nomades et des citadins. Ceux qui cultivent
la terre jouissent, s'ils sont musulmans, de quelques
priviléges, dont le plus important est de ne pouvoir
être vendu ; cette prérogative est consacrée par le
Coran.

Le cultivateur en Perse est dans une dépendance absolue du gouvernement. Il obéit et souffre sans murmure, tant que le mal n'est pas porté jusqu'à l'excès ;
mais, si les dépositaires de l'autorité publique l'oppri-
ment d'une manière trop forte, il fuit ses champs, il
abandonne le toit paternel et rentre dans la classe des
nomades. Cependant, pour peu que l'espérance d'un
avenir plus heureux vienne luire à ses yeux, il re-
prend ses travaux et les poursuit avec autant d'activité
que d'intelligence. Lorsque rien ne le trouble dans
l'exercice de son industrie, il s'enrichit facilement ;
après avoir acquis de la fortune, il ne change plus
d'état ni de lieu, il ne va point dissiper son or dans les
villes; il augmente la somme de ses jouissances ; il
embellit sa demeure, prend de nouvelles épouses,

achète de nouveaux esclaves, et naturalise dans ses
champs le luxe et les agréments que les autres recherchent dans les cités. C'est pour cette raison que souvent on voit dans les villages les plus médiocres de la
Perse de grandes et belles maisons renfermant toutes
les superfluités que procure l'opulence.

D'après ces divers traits du caractère national, voici
comment il est permis de croire que se formèrent ou
s'agrandirent plusieurs villes de la Perse.

Lorsque, las d'errer de désert en désert, de traîner
après lui une multitude d'hommes, de femmes et d'enfants, et tout l'attirail d'une caravane immense, le
chef d'une tribu puissante s'arrête dans une vallée fertile dont il veut prendre possession, il fait construire,
pour le besoin du moment, des maisons de terre aussi
peu solides que les tentes qu'elles doivent remplacer. Il
indique à chacun le terrain qu'il doit cultiver, et il règle
le genre de travail qu'il a droit d'attendre de ceux qui
lui sont subordonnés. Les uns plantent des jardins, les
autres creusent des réservoirs; ceux-ci se livrent, dans
l'intérieur de leurs demeures, à des occupations qui
n'annoncent qu'une industrie peu avancée; ceux-là
veillent au dehors à la conservation des troupeaux.
Enfin les femmes vaquent aux soins du ménage, pétrissent le pain, filent la laine, foulent des feutres et
tissent des tapis. Si l'établissement prospère, si le chef
inspire de la confiance, des marchands attirés par l'appât du gain accourent de toutes parts; aux huttes suc-

cèdent des habitations propres, commodes, mais ouvertes, aérées, et rappelant par leur structure la forme
des tentes primitives; on voit s'élever des mosquées,
des bazars, des fontaines, et bientôt le camp des pasteurs présente l'aspect d'une ville.

CHAPITRE XXX

Considérations sur l'état ancien et sur l'état présent de la Perse. Population
Revenus et dépenses.

On ne peut douter que Xénophon, Diodore, Quinte-
Curce et d'autres auteurs anciens n'aient fort exagéré
la richesse et la population de la Perse. Chardin lui-
même n'est point à l'abri d'un reproche semblable;
mais, quoique ce vaste empire soit loin d'être aussi florissant qu'il était sous Alexandre, sous les Arsacides, et
même sous les khalifes et les sophis, on ne peut pas
dire non plus qu'il soit dans un état de dépopulation
croissante et dépourvu d'éléments de prospérité, quand
on voit le nombre des habitants d'Ispahan presque doublé depuis vingt ans[1].

Ce qui a pu induire en erreur quelques personnes
qui, vers la fin du siècle dernier, ont parcouru la
Perse, c'est probablement la quantité de ruines qui en
couvrent la surface. Cet état de dégradation a pour

---

[1] « When I went to Persia in 1800, it (the population of Ispahan) was
« not supposed to exceed one hundred thousand; and it is now calculated
« at nearly two hundred thousand. » (*The History of Persia*, t. II,
p. 521.)

cause pricipale la fréquence des tremblements de terre
et l'usage où sont les Persans de quitter la maison paternelle lorsqu'ils se marient, et de se construire des
habitations à leur gré. C'est en partie à la seconde de
ces causes qu'il faut attribuer le nombre et l'étendue
des ruines qui couvrent la plaine de Sultaniéh. L'enceinte de cette ville a été insensiblement portée vers
l'orient, à tel point, qu'aujourd'hui le bourg qui en a
conservé le nom est situé à près de trois lieues de
l'emplacement qu'occupait l'ancienne Sultaniéh. Des
débris d'édifices, des restes de beaux monuments, couvrent cet espace et concourent, avec les témoignages de
l'histoire, à prouver la splendeur passée de cette ville
qui, dans le quinzième siècle, fut l'entrepôt d'un commerce immense avec l'Inde[1]; mais, quelle que soit la
grandeur qu'on lui suppose, il est difficile de croire
qu'une étendue aussi considérable ait été totalement
habitée dans le même temps. Au surplus, il n'est pas
hors de propos de faire observer ici qu'en Perse les
lieux susceptibles de culture présentent trop de chances
de fécondité pour être restés longtemps privés d'habitants. Tauris, Ispahan et Hamadan, dont les environs
sont pourvus d'eau, ont dû être toujours des villes importantes et très-peuplées. La salubrité du climat, la
beauté des sites, la fraîcheur des paysages environnants,
ne doivent laisser aucun doute sur l'existence des an-

---

[1] Ruy Gonzalès Clavijo, cité dans le *Précis de la Géograph. univers.*,
t. III, p. 242.

ciennes cités qu'elles remplacent. Les géographes peuvent bien prendre Gaza pour Ecbatane et Rhagès pour Arsacie, mais ils ne sauraient admettre comme probable que des terrains fertiles qui semblent être des îles délicieuses au milieu des déserts arides aient jamais été totalement négligés.

A s'en rapporter au témoignage des Orientaux, on serait tenté de considérer la population actuelle et les revenus de la Perse comme de beaucoup supérieurs à ce que comportent l'étendue, la nature du sol et le gouvernement de cet empire. Les Persans, même les plus instruits, ont peu de connaissances en fait de statistique, et, ignorants ou non, ils sont toujours disposés à exagérer les ressources de leur pays ; mais, si leurs calculs manquent d'exactitude numérique, ils ne sont point dépourvus d'une sorte d'exactitude relative, et il n'est pas impossible de tirer parti même de leurs contradictions; c'est ce que nous avons tâché de faire en réunissant, dans le tableau suivant, le résultat des informations que nous nous sommes procurées soit en Perse, soit à Constantinople, soit à Astracan, soit à Paris. Nous avons combiné ces données avec celles que fournissent les relations des voyageurs les plus estimés, et nous avons reconnu qu'en géneral leurs évaluations se rapprochaient beaucoup de nos calculs.

TABLEAU APPROXIMATIF

DE LA POPULATION DES ÉTATS SOUMIS A LA DOMINATION
DU SCHAH DE PERSE

NOMS DES PROVINCES.	NOMBRE PRÉSUMÉ.	SOURCES ET AUTORITÉS.
HABITANTS SÉDENTAIRES.		
Érivan. . . .	120,000	Rapports des Arméniens.
Aderbaïdjan. . .	1,400,000	id. des Persans.
Ghilan. . . .	250,000	Mém. manus. de M. Trezel.
Mazenderan. . .	750,000	id.
Irâc.	1,500,000	Rapports des Persans.
Farsistan. . .	700,000	id.
Kurdistan. . . .	mémoire.	
Kerman. . . .	id.	
Khousistan. . .	300,000	id.
Khoraçan. . .	700,000	id.
NOMADES.		
Langue turque. .	420,000	Tabl. des trib. milit. de la Perse[1].
Langue kurde. .	88,000	id.
Langue arabe. .	130,000	id.
Langue loure. .	124,000	id.
Arméniens. . .	70,000 [2]	Tabl. des nat. qui hab. la Perse[3].
Guèbres. . .	20,000	The History of Persia.

RÉCAPITULATION.

Habitants sédentaires ou Tadjiks. 5,720,000
    id.   Nomades 752,000
    id.   Arméniens. 70,000
    id.   Guèbres. 20,000
    id.   Juifs et Zabiens. . . . . mémoire.
    id.   Tribus inconnues [4] . . . . id.

          TOTAL GÉNÉRAL. 6,562,000

[1] D'après les renseignements fournis par M. Jouannin, et insérés dans le Voyage fait en 1807, 1808 et 1809.
[2] M. Malcolm (The Hist. of Persia, tome II, p. 521) ne porte qu'à 12,385 le nombre total des Arméniens de la Perse. Nous sommes d'autant plus porté à croire à la probabilité d'une erreur dans cette évaluation, que tout récemment encore on vient d'être obligé de faire bâtir une église arménienne à Téhéran.
[3] Précis de la Géographie universelle, tome III, p. 286.
[4] On peut, sans crainte d'exagération, porter à 3 ou 400,000 le nombre des nomades inconnus ou omis dans ce tableau.

Les revenus du schah se composent : 1° des produits de ses domaines; 2° des redevances que lui payent les gouverneurs des provinces; 3° des droits de douane qu'il lève sur différentes marchandises; 4° des tributs qu'il impose aux chefs des hordes nomades et aux princes de quelques contrées voisines; et 5° des présents que, pour se concilier sa bienveillance, lui font divers gouverneurs, soit regnicoles soit étrangers, et notamment ceux de la province afghane de Hérat[1], qui sont toujours divisés entre eux. Voici un tableau approximatif de ces revenus :

	tomans[2]
Produits des domaines de la couronne.	700,000
Redevances que les princes, les khans, etc., payent au schah, sur le maliât et autres contributions.	500,000
Droits de douanes et péages.	mémoire
Droits sur les vignes et vergers.	mémoire
Droits sur les maisons, caravansérais, bains, moulins, etc.	Id.
Taxes sur les marchandises mises en vente dans les bazars et sur les fabriques[3]	400,000
	1,600,000

---

[1] La ville de Hérat, très-importante comme place de commerce, a été plusieurs fois prise par les Persans; elle leur fut livrée il y a peu d'années par les habitants, qui ne supportaient qu'impatiemment le joug des Afghans. On ignore s'ils l'ont gardée depuis.

Ce ne sont pas seulement les gouverneurs de la province de Hérat qui envoient des présents ou des tributs au schah. J'ai vu à Téhéran l'ambassadeur d'un fils de Zéman-Schah, qui gouvernait le Kaboulistan, et qui était en guerre avec Melik el Sudjar, son frère, gouverneur du Candahar. Cet envoyé était porteur d'une somme de 12,000 tomans (240,000 fr.), qui fut versée dans le trésor de Feth-Aly-Schah.

[2] Le toman vaut environ 20 fr.

[3] D'après des renseignements très-récents, ces taxes varient depuis 5

	tomans.
Report d'autre part. . .	1,600,000
Contributions de toute espèce payées par la ville et la province d'Ispahan.	700,000
Droits sur les monnaies.	mémoire
Présents faits par les sujets qui sollicitent des grâces, et autres recettes extraordinaires.	600,000
Total.	2,900,000
Ce qui équivaut à fr.	58,000,000

Les chefs des nomades acquittent en chevaux, en bestiaux, en feutres, en tapis et en plusieurs autres objets la plus grande partie de leurs tributs; seulement, depuis quelques années, le schah exige que le cinquième au moins soit payé en argent. Ce tribut, joint aux sommes que nous avons spécifiées ci-dessus et à diverses rentes omises, peut faire monter les revenus de la Perse de soixante-dix à quatre-vingts millions de francs[1]; somme qui se trouve presque doublée par l'énormité des frais de perception, et sur laquelle le

---

jusqu'à 8 pour 100 du revenu présumé. M. Malcolm les porte à 20 pour 100.

[1] Ce résultat de nos informations s'accorde, à peu de chose près, avec les évaluations présentées (t. II, p. 443) par l'auteur du Voyage fait en 1807, 1808 et 1809, et avec celles de M. Malcolm (t. II, p. 471); mais il n'est qu'approximatif, et nous sommes tenté de le croire un peu élevé. En effet, si, comme nous le pensons, il est permis de comparer entre elles deux contrées régies par les mêmes dogmes religieux et soumises à un même mode d'administration, nous rappellerons au lecteur qu'avant l'expédition des Français en Égypte le montant du miry ou de l'impôt sur les terres dans cette dernière province était évalué, par un voyageur très-exact [*], de 46 à 50 millions, tandis qu'on sait aujourd'hui qu'il ne

[*] Volney, *Voyage en Égypte et en Syrie*, t. I, p. 204.

roi doit entretenir son armée, payer les dépenses de sa maison et donner à ceux de ses sujets qui les ont méritées par leurs services des gratifications souvent considérables. Quant aux établissements publics, tels que les colléges, les mosquées, les fortifications, les aqueducs et les ponts, ils sont pour la plupart à la charge des provinces, et par conséquent mal entretenus, les gouverneurs ne songeant qu'à entasser des richesses, tant pour leur avantage particulier que pour satisfaire l'avidité des grands et celle des gholam-schah ou porteurs d'ordres qui leur sont envoyés; car ceux-ci exigent toujours un salaire proportionné à l'importance de la mission dont ils sont chargés, et qui, fort souvent, est réglé d'avance[1].

Si les sommes que l'on verse dans le trésor du schah ne sont pas exorbitantes comparativement à l'étendue et à la population de la Perse, elles n'en sortent non plus que pour des dépenses indispensables qui n'en absorbent pas la moitié. Le reste est converti en lingots, en pierreries et en divers objets d'une grande valeur et d'un transport facile en cas d'événement; ce qui doit suffire pour empêcher qu'on ne trouve exagérés les rap-

---

s'élevait réellement pas au quart de cette somme, et que le revenu propre du sultan n'était, en 1797, sans y comprendre les charges, que de 4,114,699 fr. 47 c. *

[1] *Voyages de Chardin*, t. II, p. 201, de l'édition publiée par M. Langlès.

* *Mémoire sur les finances de l'Égypte*, p. 368.

ports que tous les voyageurs ont faits de la magnificence de la cour de Perse. Ces richesses, il est vrai,
pourraient être employées d'une manière plus utile
pour le pays et pour le prince lui-même; mais on sait
que dans les États despotiques l'intérêt public n'est
compté pour rien, et que les mots d'économie politique, de sagesse d'administration, d'ordre et de pré-
voyance, y sont pour ainsi dire inconnus et impossibles
à traduire littéralement.

Les Persans se trouvent donc sans cesse exposés aux
exactions et aux violences des agents subalternes du
gouvernement. Assez clairvoyants pour pénétrer les
motifs réels qui portent Feth-Aly-Schah à thésauriser, ils
sentent tous les inconvénients attachés au système actuel,
et n'envisagent l'avenir qu'avec un sentiment d'effroi
trop justifié par les événements précédents. De cet état
d'inquiétude résulte un défaut de confiance, un esprit
de vénalité et de corruption qui se manifeste de toutes
parts. Il y aurait toutefois de l'injustice à ne pas reconnaître que le prince régnant fait tous ses efforts pour
prévenir ces maux ou pour les réparer. Il ne néglige
aucun des moyens propres à laisser parvenir la vérité
jusqu'à lui, et, loin de rester renfermé dans les murs
d'un harem, on le voit journellement passer de six à
sept heures en public, accessible à tous ses sujets et
disposé à faire droit à leurs justes réclamations.

CHAPITRE XXXI

Discipline, solde et nombre approximatif des troupes qui composent l'armée
du schah de Perse. Manière dont ce prince en passe la revue.

Après avoir indiqué d'une manière générale les diverses classes d'individus qui composent en grande partie l'armée du schah de Perse, jetons un coup d'œil rapide sur leur discipline, leur solde et leur nombre présumé.

Les troupes persanes, lorsqu'elles sont en marche, vivent presque toujours aux dépens du pays qu'elles traversent; les nazirs (intendants de l'armée) se contentent de donner aux kelanters ou ketkhodas (maires) de chaque village une reconnaissance des denrées qui ont été consommées, et de la valeur desquelles il doit être tenu compte sur le montant des contributions; mais, comme la déduction se fait rarement, les provinces qui se trouvent sur le passage des troupes n'ont guère moins à souffrir que si elles étaient occupées par l'ennemi. Lorsqu'un khan arrive, on lui désigne un ou plusieurs vergers pour y dresser ses tentes. Des esclaves munis de pieux et de haches ne se font aucun scrupule de renverser une partie des murs de clôture,

qui sont ordinairement de terre, et les troupes entrent
par la brèche comme dans une ville prise d'assaut. En
Turquie, les Arméniens ont soin de ne pratiquer dans
leurs demeures que des ouvertures très-basses, afin que
les Turcs ne puissent y entrer à cheval. En Perse, les
enclos sont entièrement dépourvus de portes, à cause
de la rareté du bois, et les jardiniers s'y introduisent,
la plupart du temps, à l'aide d'échelles; mais toutes
les clôtures sont à peu près inutiles, rien ne pouvant
résister à l'indiscipline du soldat ni à la violence des
chefs. Cependant Feth-Aly-Schah ne voit qu'avec peine
les vexations qu'on fait éprouver à ses sujets; il ne
souffre pas qu'on enlève rien de vive force pour son
service particulier, persuadé de la vérité de cette
maxime de Nouchirvan : que lorsque le prince cueille
un fruit, l'esclave arrache l'arbre. En 1805, il ordonna que tous les villages par lesquels l'armée avait
passé fussent exempts de contributions.

Ces troupes sont armées à la légère et d'une manière assez appropriée au service militaire. La guerre
ne se faisant guère qu'en été, elles marchent souvent de
nuit, à la clarté des flambeaux et au son d'une musique bruyante[1]. L'espace qu'elles parcourent en un

---

[1] Quelques-uns des détails qu'on vient de lire se trouvent déjà dans
un *avis du libraire* placé au commencement du *Voyage en Perse* de
M. Olivier. Nous avons cru devoir les insérer ici, parce qu'ils sont extraits de diverses notes qui sont notre ouvrage, et dont quelques fragments furent imprimés en 1807 dans les journaux.

jour est d'environ six parasanges, c'est-à-dire d'un tiers plus long que la traite habituelle des caravanes. Cependant, en des occasions extraordinaires, elles en font à peu près le double. En 1795, Mehemed-Khan se rendit, avec sa cavalerie, de Téhéran à Tiflis[1] en quinze jours; ce qui fait onze parasanges ou près de dix-sept lieues par jour. Il s'en faut de beaucoup que la marche des troupes ottomanes soit aussi rapide. Youssouf-Pacha mit quatorze mois à se transporter avec son armée de Constantinople en Égypte.

Les lieux de campement et de séjour sont assignés par les firmans du prince. On dépêche préalablement des officiers qui ont ordre de choisir les positions convenables et de faire préparer les vivres et les fourrages. Les bagages précèdent presque toujours les troupes. Avant l'arrivée de celles-ci, on dresse les tentes, on construit des cuisines, et, s'il se peut, on conduit des rigoles jusque dans le camp; ouvrages qui exigent un grand concours de valets et d'esclaves. Depuis le règne de l'eunuque Mehemed, les femmes, excepté celles du prince, ne marchent plus à la suite de l'armée, et l'abrogation de cette coutume, qui était suivie de temps immémorial, a été un pas de fait vers le perfectionnement de la discipline militaire. D'autres usages, que les Persans conservent avec obstination, ne contribuent

---

[1] Mehemed-Khan prit cette ville, la livra au pillage, et en ramena quinze mille esclaves.

pas médiocrement à faciliter contre eux les surprises
nocturnes. Par exemple, ils mettent des entraves aux
pieds de leurs chevaux, ils n'ont point de gardes avan-
cées, et leurs camps, presque toujours ouverts, ne
présentent aucun obstacle aux attaques de l'ennemi.
Xénophon[1] relève avec autant de sagacité que de raison les inconvénients attachés à la première de ces
coutumes des anciens Perses. On pourrait s'étonner
que l'expérience n'ait point fait sentir aux Persans le
vice de cette partie de leur système militaire, si l'on ne
voyait d'autres peuples repousser obstinément des inventions d'une utilité évidente, telles que la baïonnette, les pompes, les moulins à vent, etc., etc.[2].

La guerre, considérée comme un art, est une chose
dont les Persans n'ont aucune idée, et pour laquelle
leur langue manque d'expression. Leurs troupes ne
conservent aucun ordre, et ce qui caractérise principalement leur manière de combattre, c'est d'en-
foncer l'ennemi du premier choc ou de fuir avec la
rapidité de l'éclair. Parmi les tribus nomades, le cavalier qui tombe de cheval est considéré comme vaincu :
on le désarme; on ne lui fait aucun mal. L'objet principal, dans une action, n'est pas de rester maître du

---

[1] Xénoph., *de Expedit. Cyri*, lib. III, § 22.

[2] Les Français ont eu de fréquents exemples de cette répugnance durant le cours de leur expédition en Égypte. Les ouvriers employés aux
travaux publics portaient, en chantant, sur leurs têtes, la terre, les pierres, le bois; on ne parvint jamais à leur faire adopter l'usage de la
brouette.

champ de bataille, c'est de faire le plus de butin qu'il est possible. Si des armées composées comme le sont celles dont nous parlons sont incapables de soutenir un choc violent et prolongé de la part d'un corps de troupes quelconques, à plus forte raison sont-elles hors d'état de tenir tête à des soldats disciplinés, combattant en ligne et commandés par des chefs versés dans l'art de la guerre. Aussi plusieurs fois a-t-on vu, de nos jours, quelques poignées d'Européens dissiper des armées d'Ottomans, et le feu réglé et soutenu de l'artillerie et de la mousqueterie paralyser tous les efforts des milices orientales.

Il n'y a en Perse ni casernes, ni hospices militaires, ni magasins pour l'approvisionnement de l'armée. Chaque fantassin ou cavalier est obligé, au moyen de la solde qu'il reçoit du souverain, de se fournir de tout. Cette solde, payée régulièrement aux troupes présentes à la revue, varie selon le genre de service, et peut aller de 6 à 7 tomans (de 120 à 140 francs) par soldat, et de 20 à 30 tomans (de 400 à 600 francs) par officier, pour toute la campagne [1]. Le gouvernement donne aux troupes un peu de grain et remplace à ses frais les chevaux qui viennent à manquer. Quant aux chefs de tribus, ils reçoivent un traitement moins proportionné à leur rang qu'au nombre d'hommes qu'ils amènent.

---

[1] Les gholam-schah reçoivent une paye annuelle de 20 à 30 tomans (de 400 à 600 fr.), sans compter diverses gratifications.

L'armée persane se compose : 1° des gardes du roi
et des princes ; 2° des troupes fournies par les tribus
nomades ; 3° des milices provinciales, qui ne font aucun service régulier ni permanent ; 4° de divers corps
d'infanterie, de cavalerie et d'artillerie exercés et ha-
billés à peu près à l'européenne, sans compter un corps
de mauvaise artillerie nommée Zembourek.

D'après les calculs présentés par M. Malcolm[1], le
nombre des cavaliers nommés gholam-schah s'élevait,
en 1810, à environ.   4,000
. Celui des nomades à.   80,000
Les milices enregistrées à.   150,000
Et les troupes exercées à l'européenne à.   20,000

                                              _____

                         Total.   254,000

Sur les vingt mille hommes de troupes régulières,
neuf mille, appelés djn-bâz, étaient particulièrement
attachés à la personne du souverain ; le reste, aux ordres du prince Abbas-Mirza, se composait de douze bataillons d'infanterie nommés ser-bâz, d'un escadron de
cavalerie, et d'un nombre d'artilleurs suffisant pour la
manœuvre de vingt pièces de canon. Il paraît que, depuis cette époque, le prince Mehemed-Aly-Mirza, aujour-
d'hui gouverneur de Kirmanschah, a suivi l'exemple
de son frère, et est parvenu à discipliner à l'européenne quelques bataillons ; innovation dont les Persans sont redevables d'abord à la France, puis à l'An-

[1] T. II, p. 495 et suiv.

gleterre, mais à laquelle la religion et les mœurs opposent trop d'obstacles pour qu'il soit permis d'en attendre des résultats durables et importants. Déjà l'on sait que, malgré les soins des officiers anglais chargés de discipliner les troupes d'Abbas-Mirza à Tauris, le zèle de ce prince s'est refroidi d'une manière si sensible, que le nombre des ser-bâz a considérablement diminué; et, s'il faut s'en rapporter au témoignage des Arméniens d'Astracan, un corps de ces troupes, à nombre égal, a été vaincu durant la campagne de 1818, dans les provinces orientales de la Perse, par les bandes indisciplinées des Turkomans et des Bokhars.

Le schah passe la revue de ses troupes au moins une fois tous les ans. Chaque soldat, appelé par son nom, passe rapidement devant le souverain; s'il est agréé, on lui paye sa solde. On conçoit que rien n'est plus mal imaginé ni plus long qu'une pareille méthode. Aussi le prince inspecte-t-il rarement plus de cinq cents hommes par jour; il est, dans ces sortes d'occasions, assis sur un trône portatif moins élevé mais non moins riche que celui dont la description a été mise sous les yeux du lecteur dans le chapitre xxvi du présent ouvrage.

CHAPITRE XXXII

Causes qui empêchent le commerce de la Perse de prospérer. Antipathie des Persans pour l s voyages maritimes. Importations et exportations de la Perse. Productions de l'industrie française qu'on pourrait introduire avec avantage dans ce pays.

Voyageurs par habitude et par goût, spéculateurs intelligents, communicatifs, infatigables, les Persans s'adonnent au commerce avec ardeur. Placés entre l'Europe et l'Inde, ils en importent par terre et à peu de frais les productions, et se contentent ordinairement d'un gain médiocre, espérant étendre leurs affaires par ce moyen.

Cependant trois causes principales concourent journellement à diminuer les avantages que le commerce procure en Perse aux négociants de profession. La première est l'usage qui permet à chacun d'acheter et de vendre pour son propre compte. Comme il n'y a point de noblesse proprement dite dans ce pays, et que tous les états qui conduisent à la fortune y sont également honorés, nul ne croit s'abaisser en vendant, sans l'entremise de personne, les fruits de ses champs et de ses jardins, ou les productions de son industrie. Aussi les khans du rang le plus élevé ne rougissent point de se rendre au bazar pour y faire des échanges, et souvent le monarque lui-même marchande, du haut de son trône, des étoffes et des pierreries.

La deuxième cause est l'aversion très-marquée, sinon invincible, que les Persans ont toujours eue pour la mer. Ils la portent à un tel point, qu'ils préfèrent le passage des déserts les plus arides et les plus dangereux à la plus courte navigation. Si l'on ne savait que cette répugnance tient à des préjugés très-anciens et très-enracinés[1], on aurait peine à concevoir comment des hommes aussi braves sentent défaillir leur courage lorsqu'il s'agit d'entreprendre un voyage maritime. Le manque de marine, résultat d'une telle antipathie, a été doublement funeste à la Perse en ce qu'il lui a fait perdre, d'un côté, les nombreux et riches établissements qu'elle avait sur la mer Caspienne, et de l'autre les îles de Kharek, de Kichmich, d'Ormuz et de Bahhreïn[2], dans le golfe Persique, îles dont se sont rendus maîtres les Arabes et les Wahabis, très-disposés à mépriser une puissance dont le pavillon ne flotte presque plus dans leurs parages.

La troisième cause est le manque de change. Bien que l'invention des lettres de change et que celle du

[1] Hérodote, *Hist.*, liv. IV.

[2] Il existait en 1806 à Bassora ou Bassrah un Arabe nommé Abdul-Rizak, qui faisait presque tout le commerce des perles et qui avait des correspondants à Bagdad, à Constantinople et à Ispahan. Il envoyait de ses perles jusqu'à la Chine et avait fondé une petite ville sur la rive gauche de l'Euphrate.

papier-monnaie[1] ne soient point inconnues en Perse,
une méfiance générale et la crainte qu'on y ressent de
faire connaître, même indirectement, la fortune qu'on
possède, concourent, avec l'éloignement des lieux, à
empêcher de traiter autrement que par voie d'échange.

Toutefois le génie industrieux des Persans et l'avantage que leur procure la situation de leur pays, qui se
trouve placé entre les deux plus riches parties du
monde, joints à la sûreté des chemins de la Perse, à
la facilité, au bas prix du transport des marchandises,
et enfin à l'appât d'un gain qui ne laisse pas d'être considérable, les font à cet égard sortir de l'apathie qui
semble indigène en Asie. Ils portent l'or de l'Europe
au Candahar, à Kachemyr[2], à Caboul et à Delhy, et ils

---

[1] Voyez dans les *Mémoires de l'Institut,* classe de Littérature, t. IV,
p. 115-141, la curieuse dissertation sur les papiers-monnaie des Orientaux, composée par M. Langlès, à qui nous emprunterons la note suivante,
extraite du t. X de son édition de Chardin, p. 417. « Un fragment assez
considérable de l'histoire universelle de Khondémyr, intitulée *Hhabyb
ul Seïr,* forme la base de ce mémoire. On y voit qu'en 1274 et 1275
de notre ère, un prince mogol, Kaï-Khâtoù, qui régnait à Tauriz sur la
Perse septentrionale et occidentale, eut recours à des *cédules* absolument
semblables à nos papiers-monnaie, pour remédier à l'embarras de ses
finances; il ne fut pas l'inventeur de cet expédient, et ne fit qu'imiter
les Chinois. Au commencement du même siècle, et peut-être même à une
époque antérieure, les monarques chinois avaient substitué aux valeurs
métalliques des monnaies fictives de papier, qu'ils nommaient *Tchao,*
parce qu'elles portaient le sceau du monarque. Kaï-Khâtoù adopta jusqu'à
cette dénomination même pour ses papiers-monnaie, qu'il nomma *Djâoù*
ou *Tchâoù.* »

[2] Dans les premières années de ce siècle, le commerce des châles faisait
passer tous les ans deux millions de sequins vénitiens à Bagdad.

en reviennent avec de riches étoffes, des drogues, des pierres précieuses, et entre autres avec des diamants bruts, qui sont transportés et taillés en Hollande, puis revendus dans l'Orient.

ARTICLES PRINCIPAUX DONT SE COMPOSE LE COMMERCE DES PERSANS[1].

IMPORTATIONS.

La Perse tire du Bengale et de la côte de Coromandel toutes sortes de toiles bleues et blanches, des étoffes de soie et de coton, des mousselines, du sucre, de l'indigo, du gingembre, du carthame, du bois de sandal, de l'aloès, du benjoin, de la laque, de l'étain, du plomb et du fer, de la porcelaine et du thé de la Chine, des draps d'Europe, des diamants du Dékan, des rubis, des topazes et des saphirs.

DE LA CÔTE DU MALABAR :

Du cardamome, du poivre, du bois de Thek, et des bambous pour faire des lances.

---

[1] Cette nomenclature est le résultat d'informations prises par nous sur les lieux, de documents tirés de relations modernes, et de rapports de négociants persans. Depuis notre retour en France, divers ouvrages ont été publiés sur l'Orient, et enrichis de détails sans doute plus complets; néanmoins nous avons cru devoir conserver ceux-ci, soit parce qu'ils offrent un moyen de comparaison entre l'état précédent et l'état actuel du commerce de la Perse, soit parce qu'ils paraissent de nature à intéresse plus particulièrement les commerçants français.

DE SURATE :

Des étoffes d'or et d'argent, des mousselines pour des turbans, de l'indigo, et de l'acier pour faire des sabres.

DE CEYLAN :

Des noix de muscade, de la cannelle, du girofle et du café de Java.

DE L'YÉMEN OU DE L'ARABIE HEUREUSE :

Du café de Beït et Fakih, et des dattes.

DU SEVAHIL :

Des esclaves noirs des deux sexes, des eunuques, des émeraudes, de la poudre d'or et de l'ivoire.

DE L'ILE DE BAHHREIN :

Des perles.

DU TURKESTAN, DU KACHEMYR :

Des châles, des feutres, des tapis, des fourrures, des rubis balais, des turquoises (de Badakhchan), du lapis-lazuli, de l'amianthe, de la rhubarbe de Chine et du Thibet, du semen-contra, des peaux d'agneaux de Bokhara et des plumes de héron.

DE LA RUSSIE :

Du caviar[1], des cuirs tannés, des draps de la cochenille, de la bijouterie et de la monnaie de cuivre, mal-

---

[1] OEufs d'esturgeon dont les chrétiens du Levant, et surtout les Grecs, font, depuis quelques années, une consommation prodigieuse.

gré la prohibition rigoureuse qui existe en Russie de cette exportation.

EXPORTATIONS.

LES PERSANS PORTENT DANS L'INDE :

Du cuivre de l'Asie Mineure, du blé, du vin de Chiráz, des dattes, de l'assa-fœtida[1], de l'eau de roses, du hennéh pour teindre les ongles et les cheveux, de l'or, de l'argent, de la soie écrue, de la laine, du poil de chèvre, des tapis, des fruits secs, des turquoises, du lapis-lazuli, du soufre, du tunbeki[2] et des roseaux pour écrire.

EN RUSSIE :

De la soie, du coton, du riz, de la noix de galle et des fruits secs[3].

EN TURQUIE :

Les productions de la Perse et des contrées limitrophes, et notamment des moutons, des bœufs, des chevaux, des châles du Kerman, des tuyaux de pipe en cerisier, des peaux d'agneaux, de la laine, du riz, etc.

Parmi les productions de l'industrie française dont

---

[1] L'on sait que les Indiens emploient cette plante dans la cuisine.

[2] Sorte de tabac qui se fume dans le narghiléh. Le plus aromatique vient des environs de Chiráz.

[3] Il est très-remarquable que, durant la dernière guerre entre la Russie et la Perse, le commerce par la Géorgie ne fut jamais interrompu. Les caravanes allaient à Tiflis et en revenaient comme en temps de paix.

on pourrait trouver en Perse un débit facile et avantageux, il faut placer en première ligne l'horlogerie, les
bijoux, et notamment les paillettes d'or et d'argent, les
glaces, les cristaux, les porcelaines, les draps, les soie-
ries (riches) de Lyon, et les toiles peintes des manufactures de Mulhouse et de Jouy[1].

[1] Le commerce des toiles peintes ou indiennes des manufactures de
France a pris depuis quelques années un développement considérable,
à cause de la variété et de la beauté des dessins. Elles étaient très-
recherchées à Astracan en 1821. Un Persan de ma connaissance en a
expédié récemment pour des sommes considérables de Paris à Constantinople et à Tauris. Dans la première de ces villes, ainsi qu'à Bucharest
et à Smyrne, les châles de mérinos et les tissus de cachemire indigène
commencent aussi à obtenir beaucoup de débit.

CHAPITRE XXXIII

Considérations sur les mœurs des Orientaux. Respect des femmes pour leurs époux et des enfants pour leurs parents. Particularités relatives au cérémonial observé dans les mariages chez les Kurdes et chez les Persans. Prosélytisme.

Les mœurs et les habitudes orientales, qui font avec les nôtres un contraste si frappant, sont loin d'être aussi connues qu'elles pourraient l'être d'après le nombre, les lumières et l'exactitude des voyageurs dont nous possédons les relations. Sans doute il est un petit nombre d'hommes doués d'un génie observateur et profond qui ont su saisir les traits caractéristiques de ces mœurs. Chardin, Tournefort et Volney ont habilement traité ce sujet; nous ne croyons pas toutefois qu'ils l'aient entièrement épuisé.

Les nations sont comme les individus; on ne les juge bien que dans les occasions extraordinaires, lorsque l'intérêt émeut toutes les passions, excite toutes les craintes, ranime toutes les espérances. Les Orientaux, par l'effet de l'anarchie despotique où ils vivent, se trouvent presque toujours dans cet état violent. C'est pour l'observateur un avantage considérable, qui cependant ne suffit pas.

La connaissance de la langue d'un pays est stricte-ment nécessaire à ceux qui veulent étudier les mœurs des hommes qui l'habitent. Le langage, étant (pour nous servir d'une expression usitée dans l'Orient) le miroir de la volonté, réfléchit avec netteté la physiono-mie des peuples. Le plus ou le moins de fréquence dans l'expression de certaines idées, dans le retour de cer-tains mots, décèle une manière d'être habituelle et imprime au style un caractère que les hommes les moins exercés saisissent facilement. Cette vérité, que des exemples journaliers rendent sensible, est singu-lièrement frappante dans les langues orientales, où, par exemple, le verbe *ordonner* signifie *faire*, où l'on ne dit point *votre serviteur*, mais *votre esclave*, et où tout enfin fait reconnaître l'esprit des nations qui les parlent[1].

---

[1] Comme la langue turque est écrite et parlée dans plusieurs provinces de la Perse, nous croyons devoir insérer ici quelques réflexions extraites d'une grammaire que nous avons composée il y a quelque temps, et qui s'imprime en ce moment à Paris.

Cette langue, disons-nous, est un dialecte du tartare, apporté par les Ottomans à Constantinople en 1453. Avant et depuis cette époque, elle s'est accrue d'un grand nombre d'expressions tirées de l'arabe et du persan, que la religion musulmane, les besoins du commerce et les guerres fréquentes des Turks en Asie y ont introduites; mais, à la diffé-rence de ce qui se passa d'analogue dans nos idiomes européens, lors-qu'ils s'enrichirent, en se les appropriant, de cette foule d'expressions grecques et latines qu'on y retrouve à chaque instant avec des modifica-tions plus ou moins grandes, la langue turque a reçu, sans les dénaturer, tous les mots étrangers destinés à représenter des idées nouvelles.

Par une conséquence naturelle des causes qui la produisirent, cette heureuse altération du langage national est plus sensible parmi les per-

Nous entendons par Orientaux les Turks, les Arabes et les Persans, qui sont, comme on sait, réunis sous la

sonnes lettrées que chez le bas peuple, et plus dans l'écriture que dans le discours; d'où il suit que, pour parler et surtout pour écrire correctement le turk, il est à peu près indispensable d'avoir d'abord pris quelque teinture du persan, et particulièrement de l'arabe. En effet, c'est des Arabes que les Turks ont emprunté leurs caractères d'écriture, leur système de numération, tous les mots qui expriment des idées morales ou religieuses, et tous ceux qui sont relatifs aux sciences, aux lettres et aux arts, nomenclature très-étendue.

Considérée en elle-même, et d'après l'origine septentrionale des peuples nomades qui la parlèrent les premiers, il est certain que cette langue n'a dans son génie, ses constructions et le tour de ses phrases, pas plus de rapport avec les deux autres que l'allemand n'en a, par exemple, avec le français; mais il convient de dire que, si la langue turque écrite est à quelques égards inférieure à celle de Mohammed, à laquelle elle doit la plupart des expressions qui la relèvent et l'ennoblissent, la langue turque parlée égale et surpasse peut-être le persan sous le rapport du nombre, de l'harmonie et de l'élégance, et qu'elle est une des plus belles et sans contredit la plus majestueuse de toutes celles de l'Orient.

Il faut néanmoins l'avouer, soit que le peu de temps qui s'est écoulé depuis le perfectionnement de cette langue jusqu'à nos jours n'ait pas permis qu'elle prît un caractère classique, soit que les mœurs et les habitudes des Turks les aient portés à dédaigner toute espèce d'étude autre que celle de leur religion, tout genre de gloire autre que celui des armes, ils comptent à peine quelques écrivains distingués; ils n'ont aucun poëte comparable (sinon en mérite, du moins en célébrité) à Ferdoussy, à Saady, à Hafiz; aucun philosophe à mettre à côté d'Averroës et d'Avicenne; ils ne peuvent se vanter d'aucune découverte ni même d'aucune observation un peu importante dans les sciences exactes; et leur littérature ne se compose que d'un assez grand nombre d'ouvrages de théologie, d'histoire ottomane, de géographie, de médecine et de quelques romans en prose ou en vers, traduits ou imités en grande partie du persan.

Mais, si la langue turque est à peine susceptible d'intéresser les philologues et les savants qui s'occupent de l'histoire des temps modernes, elle offre, sous d'autres rapports, des avantages très-précieux, puisqu'elle est la seule langue diplomatique usitée dans le Levant, la seule écrite et

même loi religieuse et gouvernés d'après les mêmes
principes. Bien qu'ils habitent des contrées dont le climat diffère infiniment, et qu'ils parlent des langues
très-distinctes, leurs mœurs ont une ressemblance qui
permet de les considérer à peu près sous le même
aspect. En effet, il y a plus de rapport entre un habitant du royaume de Maroc et un Persan qu'entre le
premier et un Espagnol, quoique l'Afrique et l'Espagne
ne soient séparées que par un espace de quelques
lieues.

Les mœurs des Orientaux d'aujourd'hui ont une extrême analogie avec celles des Orientaux d'autrefois.
Personne n'ignore que le législateur des musulmans
fonda ses lois sur les mœurs qu'il avait trouvées éta-

parlée, dans les parties les plus reculées de l'empire, par les personnes
revêtues d'un caractère public; la plus utile aux personnes qui naviguent
dans la mer Égée, la Propontide et l'Euxin; à celles qui, dans le but
d'assurer le succès de spéculations commerciales ou de préparer de nouveaux progrès à notre industrie, voyagent dans toute la Turquie, soit
européenne, soit asiatique, dans les provinces occidentales de la Perse,
sur les bords de la mer Caspienne, et même à la cour de Téhéran, où le
roi, plusieurs ministres et agents du gouvernement de Perse ne parlent
guère que le turk. Enfin, et ceci n'est point une exagération orientale,
il n'est pas douteux qu'avec le secours de cette langue on peut se faire
entendre depuis Alger jusqu'au Candahar, presque sur les frontières de
l'Inde.

Il serait absurde de supposer qu'une langue répandue sur un aussi
grand espace n'éprouvât pas, selon la diversité des lieux, de nombreuses
variations d'idiomes; aussi le turk qu'on parle dans la Romélie, par exemple, diffère beaucoup de celui de l'Anatolie, et surtout du turk parlé dans
les pays qu'arrose l'Halys, dans ceux que traverse l'Araxes, et dans les
lieux où l'Euphrate et le Tigre prennent leur source. Néanmoins nous

blies. De là vient que la Mecque[1] est une ville sainte, que l'usage de la circoncision a été confirmé et que le pseudo-prophète institua comme une sorte de pâque, qu'il ne pouvait abolir, une fête annuelle dite des sacrifices.

« Indépendamment de ces sacrifices prescrits par la loi pour la fête *Courban Beyram*, dit M. de M*** d'Ohsson, la nation suit encore aujourd'hui l'ancien usage des Arabes d'immoler des victimes à différentes époques et dans divers événements de la vie, tels que la naissance d'un enfant, la cérémonie de la circoncision, le rétablissement d'un malade, la mort même d'un parent, le succès d'un voyage ou d'une entreprise intéressante, le premier et le dernier jour de la construc-

---

pouvons affirmer, d'après notre propre expérience, que cette différence n'est pas comparable à celle qui existe entre les dialectes du français dans quelques-unes de nos provinces. Il faut observer d'ailleurs, qu'en Turquie, comme partout où des conquérants peu éclairés ont porté leurs mœurs et leurs lois, la langue primitive des habitants ne s'est point perdue. Ainsi le peuple parle l'arabe à Alger, à Tunis, en Égypte et en Syrie; divers dialectes du slave en Bosnie, en Illyrie, en Bulgarie, en Servie; le valaque au delà du Danube; le grec en Morée, dans l'Archipel, à Constantinople et à Smyrne; enfin l'arménien et le kurde en Asie : et néanmoins, dans toutes ces contrées, on ne rencontre pas un homme tant soit peu instruit qui n'entende et ne parle le turk. Mais c'est à Constantinople, centre des affaires de ce vaste empire, et surtout parmi les personnes de la cour et les dames turques de cette capitale, qu'il faut chercher la pureté, la douceur et l'élégance du langage.

[1] L'usage de tourner le visage vers la Mecque a précédé l'établissement de l'islamisme; il rappelle que, durant la captivité de Babylone, les Juifs se tournaient du côté de Jérusalem, lorsqu'ils adressaient à Dieu leur prière. *Proph. Dan.*, chap. VI, v. 10.

tion d'un hôtel, d'un édifice, d'une mosquée, d'un bâtiment quelconque. Toutes les personnes opulentes sont attentives à satisfaire à cette pratique, qui est d'ailleurs consacrée par l'exemple du prophète. A la naissance d'*Ibrahim*, son fils, il s'empressa d'immoler un certain nombre de victimes; il fit même présent d'un esclave à la sage-femme, et distribua aux pauvres de grandes aumônes et de l'or pur, du poids des cheveux de l'enfant, qui avaient été coupés, dit *Ahmed-Effendy*, et cachés soigneusement dans la terre. Cet acte superstitieux, respecté sans doute de son temps, n'est plus en usage chez les musulmans de nos jours.

« Le gouvernement lui-même observe aussi cet acte important de l'islamisme dans les événements publics, tels qu'une victoire remportée sur les ennemis, le commencement d'un siége, la prise d'une ville, la cessation d'une calamité, etc. Anciennement, lorsque les sultans marchaient en personne à la guerre, on faisait également des sacrifices et le jour de leur départ et celui de leur retour à la capitale. Dans ces occasions, les habitants de toutes les grandes villes se faisaient aussi un devoir d'immoler des victimes au milieu des rues, des chemins publics, et, pour ainsi dire, aux pieds du monarque. En général, tous ces sacrifices sont accompagnés de libéralités immenses[1]. » (*Tableau général de l'empire ottoman*, t. Ier, p. 279, in-fol.)

---

[1] Une grande partie des coutumes retracées dans le passage qu'on vient de lire sont communes aux Persans et aux Turks.

Les Orientaux ont eu de tout temps une horreur invincible pour les animaux immondes. « Si quelqu'un
en touche un, seulement en passant, dit Hérodote, il
va, pour se purifier, se plonger dans l'eau avec tous ses
vêtememts. » L'antiquité de diverses cérémonies et des
processions, parmi les peuples de l'Orient, est également confirmée par cet historien, qui attribue leur in-
stitution aux Égyptiens. De nos jours, les fêtes des deux
Beyrams sont célébrées avec la plus grande solennité
et à peu près comme l'étaient celles que probablement
elles remplacent.

Les individus qui composent l'association que nous
appelons famille sont, parmi les Orientaux modernes,
comme étaient chez les anciens Romains, le père, la
mère, les enfants, les clients, les domestiques et les
esclaves. Dans l'Orient, lorsqu'un homme a plusieurs
épouses, ordinairement il a plusieurs maisons; mais il
n'a qu'une seule famille. Les femmes, on ne le sait
que trop, sont dans ce pays les premières esclaves de
leur mari; elles le considèrent comme leur maître,
leur protecteur et leur appui. Jamais elles n'en parlent qu'avec respect; et, absent comme présent, elles le
traitent de seïd ou de seigneur. Lorsqu'il rentre dans
sa maison, elles viennent à sa rencontre, lui baisent
les mains, essuient la sueur qui coule sur son visage,
lui ôtent ses armes et le dépouillent des vêtements
qu'on ne porte que hors de chez soi. A leur tour, elles
exigent de leurs enfants, de leurs esclaves, même de

celles que le mari distingue plus particulièrement, ces marques de soumission et ces soins. L'autorité paternelle étant plus étendue chez ces peuples que parmi nous, les fils se conduisent de la même manière à l'égard de l'auteur de leurs jours. Ils s'accoutument de bonne heure à un respect si profond, qu'un étranger pourrait les prendre pour de simples serviteurs de la maison. Debout en présence de leur père, ils attendent ses ordres en silence. Ils ne sont point admis à sa table; ils ne font que le servir. Le jour même où ils se marient, ils sont exclus du repas de noces; c'est ce que nous avons vu de nos propres yeux.

Après avoir lu les relations de certains voyageurs, on serait tenté de croire que la stupidité, la bassesse et la fausseté sont les traits caractéristiques des femmes orientales; mais nous osons le dire à l'honneur du sexe en général, une telle opinion serait mal fondée. Soit qu'elles ne désirent pas une liberté qui ne présente à leur imagination aucun charme, soit qu'elles aient appris de bonne heure à se soumettre à l'empire de la nécessité, ces femmes ne se considèrent point comme opprimées. On peut leur reprocher de la nonchalance et trop de goût pour la parure, les bijoux et les choses futiles; mais, en général, elles sont aimables, douces et modestes. Le voile de la pudeur, qui prête tant d'attraits à ce qu'il couvre, supplée souvent en elles aux grâces que donnent aux Européennes la liberté et l'usage du monde. L'appartement qu'elles habitent est ordinairement la partie supérieure de la maison. On le nomme harem, c'est-à-dire lieu respecté, lieu sacré. Les femmes sont tellement exclues de la société des hommes, qu'il n'est ni permis ni décent à ceux-ci d'en prononcer le nom. Il faut, quand on parle d'elles, se servir d'une circonlocution ou du mot *famille*. Dans les villes, elles se visitent réciproquement, et alors la porte de l'appartement est interdite à l'époux. Lorsqu'une dame arrive chez son amie, celle-ci va au-devant d'elle et la dépouille de son voile et d'une partie de ses vêtements; toutefois cet usage n'a lieu qu'entre les personnes d'un rang égal. Lorsqu'il y a de la supériorité dans celle qui reçoit la visite, elle se fait suppléer par son intendante.

Parmi les choses propres à donner une idée nette de l'état des femmes, le cérémonial observé pour les mariages tient sans doute le premier rang. Voici à ce sujet quelques particularités qui s'appliquent aux Kurdes et aux Persans[1].

Lorsqu'un homme veut marier son fils, son neveu ou son pupille, il charge quelques femmes d'aller voir celle qu'il se propose de lui donner pour épouse. À leur retour, elles doivent en faire un portrait fidèle.

---

[1] Voyez, pour les autres espèces de mariages par louage (mutah ou kabïn), et par achat, les *Voyages de Chardin*, t. II, p. 217; t. VI, p. 50 et suiv., et *the History of Persia*, t. II, p. 591.

Quelquefois même elles facilitent au prétendu les moyens de monter sur la terrasse d'une maison voisine pour voir furtivement la personne dont il veut demander la main.

Les deux familles étant d'accord, on fixe un jour pour les fiançailles, qui quelquefois ont lieu plusieurs années avant la célébration du mariage, et même dans l'enfance des futurs époux. L'accomplissement de cet acte est constaté par l'envoi qu'on fait à la fiancée d'un anneau, d'une pièce de monnaie et d'un mouchoir brodé, uniquement destiné à cet usage[1]. Cette promesse est sacrée. Mais quelquefois, à l'instant où la cérémonie est sur le point d'avoir lieu, la prétendue est enlevée par ordre du prince[2].

---

[1] C'est peut-être là ce qui a donné lieu à l'opinion généralement répandue que, dans leurs harems, les Turks et les Persans jettent un mouchoir à celles de leurs femmes auxquelles ils accordent la préférence.

[2] En 1805, le Schah de Perse fit publier que, passé l'âge de quinze ans, toutes les filles qui ne seraient point fiancées seraient considérées comme propriété du souverain, et qu'on en choisirait un certain nombre pour le harem impérial. Mais il paraît que cet ordre n'était que comminatoire, et qu'il n'a jamais été exécuté. Ce même prince, voulant favoriser les mariages, régla aussi par une loi somptuaire la dépense qu'on pourrait faire aux noces. Au lieu de recevoir une dot, le futur époux donne au père de celle qu'il doit épouser un cheval, des armes et de l'argent, usage qui tient à la simplicité des mœurs et peut-être à l'influence des institutions féodales qui prévalent toujours dans l'Orient*.

---

* Un écrivain célèbre, le président Hénault, a fait à ce sujet une remarque que nous allons transcrire, parce qu'elle nous semble présenter un rapprochement assez curieux.

« La grande union des mariages d'alors pourrait venir principalement de ce que

Le contrat est dressé par un magistrat civil ou par un mollah[1]. La signature ou plutôt l'apposition des sceaux sur cette pièce a lieu devant témoins; on y stipule toujours un douaire payable, soit après la mort du mari, soit en cas de divorce; les filles n'apportent point de dot, mais seulement quelques objets mobiliers et quelques présents[2].

La nuit fixée pour le mariage, la jeune épouse est conduite avec pompe par ses parents et ses amis dans la maison de celui à qui elle va unir sa destinée. Elle marche couverte d'un voile épais, soutenue par sa mère et par quelques-unes de ses compagnes. Sur son chemin, elle entend les vœux qu'on adresse au ciel pour que son hymen soit heureux. Les maisons qui se trouvent sur son passage sont presque toutes illuminées. C'est un usage pour ceux qui les habitent de l'inviter à prendre quelques rafraîchissements qu'on a soin de tenir prêts. La marche dure fort longtemps, soit à cause

---

[1] *Voyages de Chardin*, passage cité.

[2] En Perse et en Arménie, la fille n'emportait rien de la maison que des meubles; coutume qui est encore gardée en tout l'Orient et presqu'en toute l'Afrique, quoique l'empereur Justinien, ou plutôt sa femme Théodora, ayant toujours favorisé son sexe, réforma la coutume d'Arménie, l'appelant barbare, sans avoir égard à l'intention des anciens législateurs. (Bodin, liv. V, chap. ii, p. 499, in-fol.)

les maris ne recevaient point de dot de leurs femmes. Dans l'origine elles leur apportaient quelques armes, présent militaire qui se ressentait de la rudesse de ces premiers temps. Mais il n'était question pour le mari ni de terres ni d'argent. Bien plus, suivant l'usage de la loi salique, loin que les femmes apportassent rien en partage à leurs époux, c'étaient eux au contraire qui les dotaient. »

de ces fréquentes haltes, soit parce que le cortége n'a-
vance qu'avec une extrême lenteur.

Chez les Kurdes, lorsque l'épousée arrive au seuil
de la porte, le nouvel époux se présente à elle, la saisit entre ses bras, la place sur ses épaules et la porte
jusqu'à son appartement. Cette coutume est établie
pour que les jeunes filles n'aient point à rougir en
voyant l'une d'elles entrer de son plein gré dans une
maison jusqu'alors étrangère.

Cependant l'époux n'a point encore vu les traits de
celle à laquelle il est uni par le nœud le plus solennel.
Il a pu la ravir à ses parents, mais il ne peut lui enlever
le voile. Ce droit est réservé à la mère ou à une parente
de l'épousée, et exercé par elles comme le dernier acte
de leur autorité. Alors les gémissements simulés des
femmes se changent en félicitations qu'elles adressent
à l'époux. On prépare un repas, après lequel on chante
des vers (*carmina fescennina*) souvent de nature à
blesser les oreilles chastes.

Dix jours après leurs noces, les nouveaux époux doivent visiter les parents de la femme qui leur font des
présents, car il faut toujours qu'une personne qui fait
visite à une autre en reçoive quelque chose. L'achat de
vêtements neufs, les repas et ces présents rendent très-
dispendieuses toutes ces cérémonies.

Ce sont les femmes qui dans l'Orient sont les interprètes de l'allégresse ou de la douleur publiques. S'il
arrive un événement heureux, elles poussent des cris

de joie modulés par un mouvement rapide de la langue que nous ne pouvons spécifier[1] d'une manière précise. Si, au contraire, il survient quelque malheur, elles jettent des cris lugubres qui toutefois ne diffèrent des autres qu'en ce qu'ils sont plus prolongés et plus aigus.

Les femmes ont coutume d'aller le vendredi dans le lieu où reposent les cendres de leurs proches ou des personnes qui leur ont été chères. On y voit souvent des épouses éplorées, à genoux près du tombeau d'un époux, preuve certaine que les Orientaux ne traitent pas leurs femmes aussi mal qu'on le croit communément.

Lorsqu'en Perse un homme acquiert, par son crédit, sa fortune ou son savoir, un haut degré de considération, sa maison est fréquentée par une foule de clients et de parasites qui sont regardés comme faisant partie de sa famille. Ils le quittent à peine un seul instant; et quelque part qu'on le rencontre, il en est toujours accompagné. Est-il puissant et riche, ses protégés deviennent ses esclaves; car il n'est point de pays où l'abaissement qui résulte de tout genre de supériorité soit plus révoltant. Le dévouement le plus absolu est exigé de celui à qui un homme puissant accorde sa protection. On partage la bonne et la mauvaise fortune

---

[1] Ces cris s'appellent zeghar, et remplacent les applaudissements qui, en Europe, s'expriment par des battements de mains; chose qui n'a lieu dans l'Orient que lorsqu'on veut appeler les domestiques.

de son patron. S'il s'élève, on s'élève avec lui; s'il
tombe en disgrâce, on est perdu. Les disciples d'un savant n'ont pas les mêmes chances à courir; mais
l'instruction qu'ils peuvent acquérir se réduit à bien
peu de chose.

Les Orientaux professent néanmoins une admiration
sans bornes pour ceux à qui ils supposent des connaissances qui leur manquent. L'humilité surtout est, à
leurs yeux, le plus bel apanage du savoir; et c'est à
un poëte persan qu'on doit cette comparaison vraiment ingénieuse : « L'homme qui joint aux avantages
que produisent les talents le mérite de la modestie
ressemble à une branche d'arbre surchargée de fruits,
qui courbe sa tête vers la terre. »

Leurs lois civiles sont fondées sur celles qu'ils considèrent comme émanées de la Divinité; d'où il suit
que l'étude du code religieux est la seule qui n'ait
point encore dégénéré parmi eux. Durant les premiers
siècles de l'hégire, on vit les musulmans divisés par un
esprit de controverse sur la création ou l'incréation du
Coran, de l'âme du prophète, etc., qui leur fit verser
beaucoup de sang. Ces disputes n'ont pas entièrement
cessé; mais l'autorité du gouvernement en prévient les
fâcheux effets. Au surplus, loin d'exclure le prosélytisme, leur religion, quoi qu'on en ait dit dans ces
derniers temps, le favorise à un haut degré; les doc-
teurs de la loi sont entourés de disciples fanatiques
qui embrassent aveuglément leurs opinions et leurs

dogmes, et l'on voit arriver aujourd'hui même, parmi les peuplades les plus sauvages de la Circassie, des derviches turcs qui prêchent le mahométisme avec succès.

CHAPITRE XXXIV

Suite des considérations sur les mœurs des Orientaux. Préjugés divers. Hospitalité. Ces peuples ne connaissent ni le duel, ni le suicide, ni la passion du jeu. Conteurs et bouffons.

Deux écrivains diversement célèbres, Cicéron et Helvétius, ont émis des opinions très-opposées au sujet de l'amitié. Le premier a cru avoir trouvé ce sentiment dans la nature de l'homme[1], l'autre le présente comme le résultat d'un besoin qui se modifie selon les siècles, les mœurs, les gouvernements, les caractères et les conditions[2]. Sans examiner cette question étrangère au sujet qui nous occupe, nous nous bornerons à faire remarquer que, soit que les passions aient généralement plus d'empire dans l'Orient que dans les contrées où le christianisme domine, soit que les particuliers s'y trouvent dans le cas de s'unir plus étroitement pour opposer à la tyrannie une résistance plus forte, l'amitié véritable paraît être moins rare parmi les Orientaux qu'elle ne l'est parmi nous. Deux Arabes se retrouvent-ils après une longue séparation, ils sont comme en

---

[1] *De Amicit.*, cap. viii.

[2] *De l'Esprit,* troisième discours, chap. xiv.

extase; ils gardent pendant plusieurs minutes un silence absolu. Ouvrent-ils la bouche pour se féliciter réciproquement, pour s'informer de ce qui les concerne l'un l'autre, ils ne se donnent d'autre nom que celui de frère, ils se servent de phrases, de questions, de formules absolument pareilles; et souvent ils se quittent sans s'être dit autre chose que ces mots : « Je te salue! Te portes-tu bien? Loin de toi je me croyais retranché de la société des hommes. » Mais quelle que soit l'amitié qui puisse unir un chrétien et un sunny, ce dernier ne se servira point à l'égard de l'autre des termes qu'il emploierait avec celui qui professe sa croyance.

Les Orientaux se prennent, se serrent la main en signe d'amitié, ils la portent à leurs lèvres, puis la pressent sur leur cœur. Rien de plus multiplié que leurs formules de politesse; rien de plus bizarre que celle que les Persans emploient pour s'informer de la santé de quelqu'un[1]; rien de plus ampoulé que leur style épistolaire. Souvent dans une longue lettre ils consacrent à peine deux lignes à l'affaire qui en est l'objet principal.

En Europe on a coutume de féliciter ses amis et les personnes de sa connaissance sur tous les événements heureux qui leur arrivent; il n'en est pas de même dans l'Orient. Voit-on une mère tenir son enfant entre

---

[1] Ils lui demandent des nouvelles de l'état de sa cervelle.

les bras, il faut se garder de lui en vanter la beauté;
la fortune sourit-elle à quelqu'un, on doit éviter de le
lui dire. Telle est la force du préjugé, qu'on croirait
porter malheur à ceux à qui l'on adresserait de tels
compliments. Il serait trop long d'énumérer ici tous
les préservatifs que leurs charlatans ont mis en vogue
pour détourner les effets de ce qu'ils appellent *na-
zâr* (regard envieux ou *cattivo occhio* des Italiens).
Lorsqu'une femme vient de se montrer en public, elle
ne manque pas, en rentrant, de se purifier par l'eau et
les parfums pour détruire les sortiléges qu'on aurait
pu employer contre elle. Telle autre place parmi les
joyaux qui ornent sa tête une amulette composée de
quelque chose de singulier[1], afin de détourner par là
l'attention de ceux qui voudraient lui porter envie.
C'est par ce motif que les Arabes sont dans l'usage de
suspendre au cou de leurs chameaux une chaussure
déchirée qu'ils appellent le soulier de Hosseïn, et que
les Levantins qui naviguent dans la mer Noire et dans
la mer de Marmara attachent à la poupe de leurs vaisseaux des chapelets de grains de verre coloré, persuadés que c'est un sûr moyen de mettre le navire à l'abri
des tempêtes.

Il n'est personne qui ne sache que l'hospitalité[2]

---

[1] Voyez, au sujet de ces antiques superstitions, la sixième scène de
l'ouvrage de M. Boettiger, intitulé : *Sabine, ou Matinée d'une dame ro-
maine,* p. 281.

[2] Hôte en français, comme *hospes* en latin, signifie également celui

est la vertu que les musulmans honorent le plus. L'exercice n'en est pas moins sacré pour ceux qui vivent dans les villes que pour les tribus ou les hordes qui parcourent les déserts. Tout ce qui peut servir d'asile est ouvert à l'étranger. Celui-ci arrive-t-il à l'heure du repas chez un personnage éminent, chez quelqu'un qu'il n'a jamais connu, on lui adresse cette invitation, digne sans doute de peuples moins barbares : « Au nom du Dieu clément et miséricordieux, prends place parmi nous; » et elle suffit. Un suppliant vient-il se jeter aux pieds d'un homme puissant et lui dire : « Je me prosterne sur votre terre, » il est sûr d'être favorablement écouté[1].

Bien qu'il soit vrai, comme l'a dit l'illustre auteur de l'*Esprit des Lois*, que l'honneur soit inconnu aux États despotiques, où souvent on n'a pas de mots pour l'exprimer, il est assez remarquable que ce mot nous soit venu de l'Asie et qu'il dérive du persan (huner), langue dans laquelle il signifie vertu, industrie. Toutefois, si le mot existe, le sentiment du point d'honneur, telle qu'on l'entend en Europe et surtout en France, est totalement étranger aux musulmans et le duel n'est point en usage parmi eux. Quelqu'un a-t-il été tué dans

---

qui donne l'hospitalité et celui qui la reçoit; il serait philosophique et curieux d'examiner les motifs de cette homonymie, qui n'existe, je crois, ni en turk, ni en arabe, ni en persan.

[1] Lorsque les Orientaux ont quelque chose à demander à une personne pour laquelle ils ont du respect, ils portent la main vers la terre, comme le faisaient jadis les Grecs en pareil cas.

une rixe ou autrement, ses parents ou ses femmes
exigent que le meurtrier soit livré. Les lois remettent
son sort entre leurs mains. Ils peuvent le réduire en
esclavage, l'immoler comme une victime expiatoire ou
lui faire racheter sa vie à prix d'argent; mais rarement
écoutent-ils d'autre sentiment que celui de la vengeance. Ordinairement des vieillards s'interposent
entre eux et les parents du coupable. S'ils consentent
à transiger, on jure solennellement de part et d'autre
d'oublier le passé; mais au bout de quelques années
et quelquefois même d'un demi-siècle, il se présente
un vengeur ou plutôt un parjure. Les lois, sans égard
pour la paix jurée, ne punissent point ce nouveau
meurtrier; et l'opinion, loin de condamner ces repré-
sailles subversives de tout ordre public, tristes résultats de passions haineuses, les tolère, les approuve ou
du moins les excuse le plus souvent.

Les peuples de l'Orient doivent à l'islamisme, dont
la doctrine s'accorde si parfaitement avec leur indo-
lence naturelle et dont les lois prescrivent une entière
résignation à la volonté de Dieu, l'avantage, quelque
grands que soient leurs maux, de ne se croire jamais
réduits à la nécessité, pour s'en délivrer, de recourir
au suicide. Cet acte leur inspire une juste et profonde
horreur.

Ils ne sont point tourmentés par la passion du jeu[1].

---

[1] Le Coran, dans le même verset, défend de consulter le sort, de boire
des liqueurs fermentées et de se livrer au jeu.

Ce n'est pas que leur caractère ardent et leur avidité habituelle ne les rendent susceptibles de concevoir les dangereuses chimères qu'enfante l'appât du gain. Mais la défense que la religion fait de se livrer au jeu est soutenue par la nature du gouvernement. Chacun ayant intérêt à conserver les apparences de la misère ou du moins celles de la médiocrité, on craint de s'abandonner à une passion qui peut faire supposer de la fortune à celui qui s'y livre et dont le moindre châtiment serait la confiscation des sommes qu'on aurait exposées [1].

L'espèce de plaisir que procure le jeu est remplacé chez les Orientaux par celui qu'ils prennent à entendre des conteurs ou des bouffons. Les premiers sont des espèces d'improvisateurs qui se piquent de parler en public avec grâce et de mêler à propos des sentences morales en prose ou en vers dans leurs narrations; les seconds, plus particulièrement attachés au service des grands, cherchent à exciter le rire par des anecdotes plaisantes, par de vives saillies ou par des railleries dirigées contre quelque ennemi du maître de la maison. Tantôt le mime se lève et contrefait, à s'y méprendre, la voix, le geste et la démarche de l'homme qu'il veut tourner en ridicule; tantôt, prenant un accent étran-

---

[1] C'est spécialement des jeux de hasard qu'il s'agit ici. Les Persans jouent aux échecs et à quelques-uns des jeux où le corps s'exerce. On peut en voir la description dans les *Voyages de Chardin*, t. III, p. 453, édition de M. Langlès.

ger ou désagréable à l'oreille, il débite sérieusement
des facéties plus ou moins spirituelles, plus ou moins
piquantes, mais trop souvent dépourvues de sens, de
décence et de goût. Ces bouffons sont, dans un ordre
inférieur sans doute, ce qu'étaient les fous qu'on entretenait autrefois en Europe chez les princes et les seigneurs, trait de ressemblance qui, du reste, n'est pas
le seul subsistant entre les Orientaux d'aujourd'hui et
les Européens d'autrefois. Par exemple, les exercices
et les combats réels ou simulés, en usage parmi les gens
de guerre de l'Orient, sont à peu près les mêmes que ceux
qui avaient lieu soit en champ clos, soit dans les tour-
nois, chez nos ancêtres. Les cottes de mailles, les cas-
ques d'acier, les lances et même les masses, dont se
servent encore les Turks et les Persans, la construction
de leurs châteaux et leurs tours crénelées, les grillages
et les vitraux coloriés qu'on voit dans leurs appartements, les vignettes et les arabesques dont ils ornent
leurs manuscrits, mille choses enfin qui frappent l'esprit et les yeux, semblent compléter cette ressemblance et reculer ces peuples sous le rapport de la civilisation à une époque bien antérieure à celle où nous
vivons.

CHAPITRE XXXV

Particularités relatives aux mœurs des Turks, comparées à celles des Persans.

Les Turks portent au plus haut degré le fanatisme religieux. Ils sont hospitaliers et magnifiques par ostentation, graves et sérieux par habitude. On peut leur reprocher d'être dédaigneux, vains et ambitieux; mais, quoique avides de richesses, ils n'ont point l'esprit mercantile. La bonne foi qu'on vante en eux prend sa source dans le sentiment qu'ils ont de leur prétendue supériorité [1], et la libéralité dont ils se piquent a l'orgueil pour base [2]. Au surplus ils sont patients et braves, et par conséquent capables de grandes choses et d'actions généreuses.

---

[1] Les Turks sont fiers d'être nés musulmans; mais, comme il n'existe point de noblesse parmi eux, ils ignorent tout autre orgueil relativement à la naissance. Il leur arrive même fréquemment, comme on le sait, de prendre des surnoms qui constatent l'obscurité de leur origine. Ahmed, pacha d'Acre, était surnommé Djezzar, le boucher. Le gouverneur de Widdin prenait le nom de Paswand-Oglou, le fils de la sentinelle. Le gouverneur de Sivas se nommait Tchapan-Oglou, le fils du coureur, et le gouverneur d'Euniéh, Ot-Iacmaz-Oglou, le fils du non-brûleur d'herbes.

[2] La main qui donne, dit un proverbe turk, est toujours *au-dessus* de celle qui reçoit.

Un voyageur que distinguaient la variété et l'étendue de ses connaissances (Otter) s'est exprimé de la
manière suivante au sujet des Persans : « Ils ont, a-t-il
dit, l'esprit très-délié. Ils réussissent dans les sciences,
dans les arts, et généralement dans tout ce qu'ils en-
treprennent. Ils sont de bonne société, civils et polis
envers les étrangers. Ils aiment le vin, les fêtes et le
luxe, qu'ils ont porté aussi loin qu'aucune autre nation. Ils sont bons connaisseurs en tout, et il est difficile de les tromper : c'est ce qui fait que les juifs, qui
dans la Turquie sont puissamment riches, sont fort
misérables en Perse. »

Nous ajouterons à ce portrait, dont la ressemblance
est encore frappante, quoiqu'il ait été tracé depuis longtemps, que les Persans sont très-superstitieux et qu'ils
poussent jusqu'à la minutie la pratique extérieure des
devoirs prescrits par la religion. L'impureté légale
s'étend extrêmement loin parmi eux. Ils se persua-
dent, par exemple, que, s'ils touchaient un chrétien
après l'ablution, ou une étoffe d'or ou de soie pendant la prière [1], ils seraient obligés de recommencer ces
deux actes religieux. Mais, au fond, peu dévots, ils s'a-
donnent à l'ivresse et à la plupart des vices que pro-
scrit le Coran, jusqu'à l'âge de cinquante ans qu'ils
font ce qu'ils appellent *tubéh*, pénitence. Toutefois ils
n'ont aucune répugnance à donner à ceux qu'ils re-

---

[1] Cette opinion est également répandue dans les États de Maroc.

gardent comme des infidèles des témoignages d'estime,
de respect et même le selam, tandis que les Turks, quels
que soient le rang et la qualité des chrétiens qui leur
font visite, ne se lèvent presque jamais pour les recevoir. Les Persans consentent et se plaisent à discuter les
divers points de leur croyance; c'est chez eux un sujet
inépuisable de conversation; les Turks évitent comme
une impiété de laisser mettre en question ce qu'il leur
est ordonné de croire. Enfin les premiers ne prononcent
jamais une parole offensante pour des chrétiens; les
autres affectent de mêler dans leurs discours des expressions choquantes à leur égard.

Bien que les Turks et les Persans croient également
à la prédestination, ceux-ci n'en suivent pas le dogme
aussi aveuglément que ceux là, qui en conséquence
demeurent toujours dans l'apathie et l'inaction[1]. Les
Persans, ne se persuadant pas qu'il soit impossible de
détourner les coups du sort, montrent, pour y parve-

---

[1] J'ai vu, en 1806, dans l'incendie qui réduisit en cendres une grande
partie du vaste faubourg de Galata, un exemple frappant de cette inertie.
J'étais monté sur la tour que les Génois ont construite autrefois au milieu
de ce faubourg, et au sommet de laquelle il y a un café. Les flammes répandaient la plus vive lumière sur la ville et sur le port : on aurait cru
voir une mer en feu. Je me plaçai près de deux Turks qui s'entretenaient
sur l'incendie, dont rien ne pouvait arrêter les progrès. Tout à coup un
des deux interlocuteurs s'aperçoit que les flammes gagnent son quartier;
et, sans quitter la tasse qu'il tient à la main, il envoie un domestique vérifier le fait. Celui-ci revient promptement et annonce à son maître que
sa maison est toute en feu.« La chose était écrite, répond tranquillement
« le Turk; je ne saurais qu'y faire. Dieu est généreux! »

nir, une extrême activité. Quoique la divination, les
sortiléges et la magie soient condamnés d'une manière
positive et avec sévérité par le Coran, l'art supposé de
lire dans l'avenir est en grand honneur en Perse. Le
roi, les princes et les personnes considérables ont toujours des astrologues près d'eux, et tous croient ferme-
ment que la volonté du ciel se manifeste souvent par
des signes visibles et certains. On ne pousse pas en
Turquie l'extravagance à ce point.

Quant à l'amour-propre national, il est également
vif chez l'une et l'autre nation. Un Turk exaltera la
grandeur, la puissance, la magnificence ottomane. Jamais il ne manquera de dire que la justice divine s'est
manifestée en donnant aux musulmans la plus belle
partie de la terre. Le Persan vantera la beauté, la fertilité des jardins de Chirâz, les fruits délicieux de
Yezd et les monuments d'Ispahan, ville qu'il appelle
encore avec emphase, *noussfi djihân,* moitié de l'univers.

Les Turks, quoique absolus et jaloux de leur autorité, semblent disposés à rester pour jamais dans une
sorte de dépendance, et pour ainsi dire sous la tutelle
des étrangers. Ils souffrent que ceux-ci usurpent non-
seulement le maniement des deniers publics, mais encore la plupart des dignités et des places. En effet un
grand nombre de pachas ne sont point Turks d'origine. Ce sont des mamlouks vendus à Anapa ou dans
quelque autre port de la mer Noire, des esclaves qui

ont su se concilier la bienveillance de l'époux et de l'é-
pouse, et qui, à l'aide du crédit qu'elle leur a pro-
curé, sont parvenus à obtenir les emplois les plus importants; les précédents pachas d'Alep, de Bagdad, de
Damas, de Nissa et de la Morée, ne s'étaient pas élevés
différemment.

Les Persans, au contraire, s'occupent avec intelligence de leurs affaires d'intérêt local. Il est rare
qu'un étranger obtienne aujourd'hui en Perse un
emploi de quelque importance. Le vizirat, le commandement des troupes, le gouvernement des provinces, l'administration de la justice et celle des
finances, sont toujours confiés à des hommes nés dans
le pays.

Cependant il est en Perse des êtres privilégiés qui,
quoique étrangers par leur naissance, acquièrent souvent une grande influence dans les affaires. Ce sont les
jeunes filles qu'on fait venir de la Géorgie, de la Circassie et de la Mingrélie. Plus belles que les Persanes,
elles inspirent un amour plus vif, et sont d'autant plus
recherchées qu'on espère obtenir de l'union que l'on
contracte avec elles des enfants qui leur ressemblent.
Ainsi ces vierges chrétiennes, d'abord victimes de la
barbarie de spéculateurs avides, arrachées des bras de
leurs mères éplorées, sont transportées des rivages de
l'Euxin jusqu'à ceux de la mer Caspienne, et de là sur
les rives de l'Araxes. Accablées de fatigues, et portant
des vêtements grossiers qui les défendent à peine des

injures de l'air[1], elles arrivent en Perse, y trouvent, au
lieu des montagnes stériles de leur patrie, des jardins
délicieux et fertiles, et, au lieu de leurs féroces compatriotes, un peuple affable, voluptueux et poli. En général, assez heureuses pour se concilier la bienveillance de leurs nouveaux maîtres, elles ne tardent pas
à prendre un grand empire sur eux. Il en est même qui
ont acquis à la cour une autorité presque sans bornes,
et dans ces lieux où elles vinrent pour ainsi dire chargées de chaînes, il n'est pas rare qu'elles reçoivent un
tribut de respect et d'hommages de ceux même qui les
vendirent comme de viles esclaves.

Les idées que les Turks se font de ce qui constitue la
beauté dans les femmes diffèrent infiniment de celles
que nous en avons. Plutôt émus par des sensations
fortes que par des sensations délicates, ils préfèrent les
formes massives aux formes élégantes. Les Persans,
au contraire, aiment les tailles déliées, et, lorsqu'ils
veulent vanter celle d'une jeune beauté, ils la compa-
rent à un cyprès. Un regard doux et caressant est
moins propre à enflammer les uns et les autres qu'un
regard vif et animé. C'est par cette raison que leurs
femmes font usage de poudre d'antimoine qui donne à
l'œil une sorte de langueur voluptueuse, sans toutefois en trop amortir l'éclat. Des sourcils noirs, bien

---

[1] J'ai rencontré dans mes voyages quatre Géorgiennes dans un tel état
de dénûment que, quand elles voulaient dormir, l'une d'elles était obligée
de servir de coussin aux trois autres.

arqués, et se joignant l'un l'autre, étant considérés comme une très-grande beauté, elles ont également recours à l'art pour les faire paraître tels. Enfin, elles peignent, après le bain, leurs ongles avec une couleur jaune ou rouge, préparation cosmétique dont tout le monde fait usage, et sans laquelle il serait peu décent de se présenter[1].

Les dames turques ont coutume de se surcharger de vêtements; les Persanes négligent extrêmement leur parure dans l'intérieur du harem. Les unes et les autres portent ordinairement une chemise de gaze, une robe de soie et des bas d'une ampleur démesurée. En hiver, elles font usage d'étoffes ouatées et de châles. Hors de leurs maisons, elles ont, comme on le sait, la tête couverte[2] et un voile qui leur tombe jusqu'aux pieds.

Bonheur et repos sont synonymes pour les Turks et pour les Persans. A leurs yeux le plaisir n'est que l'absence de la douleur. Insouciants et dissipateurs, ils

---

[1] Les femmes nomades, dans plusieurs parties de la Turquie, sont dans l'usage d'imprimer sur diverses parties de leurs corps des signes indélébiles, et de percer leurs lèvres et leurs narines pour y passer des anneaux. En Perse et dans le Kurdistan nous n'avons rien vu de pareil.

[2] On sait que ce n'est point l'usage en Turquie ni en Perse de se découvrir la tête, soit pour saluer, soit autrement. On y quitte sa chaussure en signe de respect, et l'on baise, ou l'on fait semblant de vouloir baiser, la main ou le pan de la robe de la personne à qui l'on désire témoigner de la déférence. Les Turks ne s'inclinent presque jamais pour donner ou pour rendre le salut. La contenance la plus respectueuse parmi eux est de se tenir debout, les mains croisées sur la poitrine. Les Persans, au contraire, s'inclinent profondément et laissent retomber leurs bras en saluant.

s'occupent peu des intérêts de leur famille et encore moins de ceux d'autrui. Le laboureur ne sème de grain que ce qu'il lui en faut pour ses besoins de l'année, et le citadin ne construit qu'une habitation temporaire. Ne voyant dans la possession que la jouissance, chacun ne cherche dans son travail qu'un avantage personnel, direct et prochain. Nul ne s'applique à acquérir des connaissances purement spéculatives. Vivre ou ne pas vivre est une chose à peu près indifférente, et l'on peut dire que les peuples dont nous parlons craignent moins la mort que d'autres ne craignent l'infamie. Comme la honte n'est point attachée au châtiment, on ne redoute que la violence et la durée de la douleur. Aussi les supplices sont-ils toujours atroces. Le prince ne voit dans ses sujets que des esclaves, et dans leurs propriétés que des dépouilles dont il peut s'emparer. De là provient cette apathie universelle qui anéantit en quelque sorte toutes les facultés de l'âme.

Persuadés que la justice n'a d'autre règle que la volonté du prince, les Persans courbent la tête sous le joug, et ne conçoivent pas même qu'il soit permis de s'y soustraire. Ils combattent par obéissance ou pour changer de maître, mais non pour la liberté, mot qui n'a point d'équivalent dans leur langue[1]. Ils flattent

---

[1] Le mot *serbest* ne signifie proprement qu'affranchi, exempt, libre de certaines obligations.

sans pudeur l'homme puissant qui les opprime, et
mettent souvent en pratique cette maxime odieuse, qui
est devenue proverbiale chez eux : « Baise la main que
tu ne peux couper. » A leurs yeux le droit n'est rien,
la force est tout. Le succès justifiant toujours l'entreprise, ils comptent pour peu de chose le choix des
moyens. La perfidie, la trahison, le parjure, n'ont
rien qui leur paraisse répréhensible : il faut réussir.
Dissimuler, renier même sa religion dans un danger
pressant, n'est point un crime à leurs yeux. Je les ai
entendus se glorifier comme d'une action héroïque
d'avoir fait assassiner lâchement un général ennemi [1].
Cette morale affreuse fut de tout temps celle des habitants de la Perse. Alexandre, écrivant à Darius après la
bataille d'Issus, lui reproche l'assassinat de Philippe,
crime dont le monarque persan s'était vanté dans des
lettres écrites pour soulever les Grecs [2]. Enfin les
princes qui régissent aujourd'hui cette vaste partie de
l'Asie ne rougissent pas, dit-on, de confier à l'un des
principaux personnages de leur cour la garde des poi-
sons.

[1] Le prince Tzizianow, officier russe d'une rare distinction, qui fut poi-
gnardé sous les murs de Bakou peu de temps avant mon arrivée en Perse,
au moment où il négociait un traité.

[2] Arrien, liv. II, chap. xiv.

CHAPITRE XXXVI

Manières de voyager. État des chemins. Tableau d'une caravane en marche
et faisant halte.

Ce qui est le plus nécessaire au voyageur qui veut
parcourir l'Orient, c'est la patience. En vain porte-
rait-il de grosses sommes avec lui, en vain serait-il
doué de mille connaissances utiles, s'il ne savait assu-
jettir ses habitudes à celles des hommes du pays, il ne
parviendrait qu'avec beaucoup de peine à sa destination. Il faut qu'il s'attende à rencontrer à chaque pas
des difficultés imprévues et des obstacles en apparence
insurmontables. Il doit éviter également de prendre un
ton d'autorité qui semblerait étrange dans sa bouche,
et d'affecter une douceur qui ressemblerait à de la ti-
midité; enfin il doit ne jamais se laisser rebuter par
des refus (les Orientaux aimant qu'on transige avec
eux), ni éblouir par des promesses qui sont presque
toujours trompeuses. Quant aux choses matérielles,
un bagage considérable a le double inconvénient
d'être difficile à transporter et d'être un objet de cupi-

dité tant aux yeux des brigands du désert qu'à ceux de
quelques habitants des villes. Avant de se mettre en
route, le voyageur doit donc songer plutôt à ce dont il
pourra se passer qu'à ce qui lui serait commode ou
même simplement utile.

C'est par de tels moyens qu'on peut espérer de parcourir l'Orient, et principalement l'Asie Mineure, avec
quelque sûreté. Quant à l'agrément, il faut peu y songer. Des sentiers étroits et impraticables pour des voitures sont les chemins qui conduisent d'une ville à
l'autre et même de Constantinople à Ispahan. Si de
temps en temps on rencontre une fontaine, un abreu-
voir, un khan ou caravansérai, ce n'est point aux
soins du gouvernement, mais à la piété, à la charité des particuliers qu'on en est redevable; encore ces constructions tombent-elles le plus souvent
en ruine.

Dans l'Orient, on voyage presque toujours à cheval ;
les chameaux servent au transport des marchandises
et des bagages, et les litières, sortes de voitures aussi
dangereuses qu'incommodes, sont réservées pour les
gens malades et pour les femmes. En Turquie, il y a
des relais de poste où l'on peut se procurer des chevaux de louage, mais en Perse il faut en avoir à soi.
L'orge, qui fait leur nourriture principale, étant fort
rare en beaucoup d'endroits, il est convenable d'en
être pourvu constamment. Dans le premier de ces
pays, on peut faire marché avec un Tartare qui se

charge de vous fournir tout ce qui est nécessaire; mais il faut se garder de le payer d'avance en totalité. En Perse, cet usage est inconnu.

La meilleure manière de voyager est d'aller en caravane. Tous les âges et presque tous les états sont confondus dans les réunions de ce genre. On y voit des enfants en bas âge placés dans des paniers sur la croupe des chameaux, que des femmes mènent en laisse tout en filant au fuseau. Les marchands vont à cheval sans s'écarter de leurs bagages. Les faquirs, les derviches et d'autres voyageurs vont à pied. Enfin les caravanes sont quelquefois accompagnées de troupeaux qui paissent chemin faisant.

Lorsqu'on est arrivé à l'endroit où l'on doit passer la nuit, la plupart des voyageurs se dispersent pour aller chercher de l'eau, du bois et du fourrage. Les plus riches de la troupe se tiennent hors du camp et se reposent sur des tapis jusqu'à ce que leurs bagages soient mis à terre et que les tentes soient dressées. Après le repas du soir, on se livre au sommeil sans placer de sentinelles, sans prendre aucune précaution contre les attaques nocturnes. Aussi est-on souvent réveillé aux cris que poussent les voyageurs alarmés par un danger réel ou imaginaire. La plus grande confusion règne alors, chacun court aux armes, et, dans l'obscurité de la nuit, les gens de la caravane fondent quelquefois les uns sur les autres.

En Perse on fait ordinairement de cinq à six para-

sanges par jour; les guides ne se prêteraient pas facilement à faire une plus longue traite. On trouve à la vérité des caravansérais où il est permis de passer la
nuit; mais telle en est la malpropreté, qu'on ne
peut trop conseiller de les éviter. En général, il vaut
beaucoup mieux coucher sous la tente ou même en
plein air, que de chercher des abris dans les habitations des hommes.

A la suite des caravanes marchent ordinairement de
pauvres vieillards qui vivent des aumônes qu'on manque rarement de leur faire. Il en est à peu près de
même des religieux européens qui parcourent l'Orient
dans le dessein de propager le christianisme, et qui
n'ont guère, pour soutenir leur existence, d'autres
ressources que celles que leur fournit la charité publique. La morale touchante qu'ils puisent dans l'Évan-
gile leur concilie tous les cœurs, et c'est sur elle que
leur sûreté repose. Parlant avec facilité les langues
orientales, ils pénètrent dans les contrées les plus barbares. En tous lieux ils donnent des consolations aux
malheureux, des remèdes aux malades et des conseils
désintéressés aux faibles comme aux hommes puissants. Si, malgré tous leurs efforts, ils font peu de prosélytes, du moins ils procurent aux chrétiens de nombreux amis. Les Persans et même les Turks les
choisissent souvent pour arbitres des différends qu'ils
ont entre eux, et les considèrent à l'égal des derviches.
Ces religieux ont le bon esprit de ne jamais se mêler

des affaires publiques. Nulle part ils ne recherchent la faveur des grands : ils ne demandent que du pain; on ne leur en refuse jamais.

CHAPITRE XXXVII

Séjour à Téhéran. Description de cette ville et de ses environs. Château de Cassri-Cadjar. Départ de la cour pour le camp de Sultaniéh. Particularités relatives à la mort de M. Romieu. Arrivée au camp de Sultaniéh.

Tout le temps que je passai à Téhéran, j'habitai le palais de Mirza-Riza-Couly, où j'étais descendu. Un grand nombre de seigneurs persans et d'Arméniens, guidés par la curiosité et principalement par le désir de faire une chose agréable au schah, me rendirent visite. Les ministres donnèrent, à l'occasion du prochain départ de la cour, des fêtes brillantes qui, vu la chaleur, eurent toujours lieu de nuit. Elles consistèrent en concerts, en déclamations de vers et en collations servies, soit sur des terrasses, soit dans des salles ouvertes donnant sur des jardins illuminés[1].

La ville de Téhéran est bâtie sur un terrain bas, au pied de la chaîne du mont Elbours, à dix lieues du pic de Démavend et à vingt-cinq ou trente de la mer Cas-

---

[1] Les Persans d'aujourd'hui ne réussissent pas moins que ceux du temps de Chardin dans l'ordonnance des feux d'artifices et des illuminations. Un nombre prodigieux de lampions, fixés au moyen de petites cordes sur des charpentes légères, figurent des festons, des guirlandes et différentes sortes d'ornements.

pienne. Le désir de se rapprocher du centre de la
Perse, sans trop s'éloigner du Mazanderan, province
dont les habitants sont très-dévoués à la dynastie actuelle, détermina, en 1794, Mehemed-Khan à fortifier
Téhéran et à fixer sa résidence dans cette ville, quoique l'air qu'on y respire soit très-malsain en été, et que
le séjour d'Ispahan eût dû lui paraître plus agréable.
Ce n'est pas la première fois qu'en Perse des motifs de
politique ont fait changer le siége du gouvernement.
Suze, Persépolis, Ecbatane et Gaza dans les temps anciens, Reï, Cazbïn, Sultaniéh et Tauris dans les temps
modernes, ont été successivement décorées du titre de
capitale de cet empire.

Les fortifications de Téhéran m'ont semblé fort médiocres, et l'on n'y voit aucun édifice comparable à
ceux qui, dit-on, embellissent Ispahan. Le palais et les
jardins du schah couvrent un emplacement considérable; mais les maisons des grands n'ont aucune apparence, les Persans aimant mieux orner le dedans que
le dehors de leurs habitations. Les mosquées, les bazars, les caravanséraïs de Téhéran sont encore dans leur
ancien état. Cependant il est permis de croire que cette
ville, qui, lorsque je la visitai, était peu florissante, et
dont les habitants n'étaient pas au nombre de plus
de trente mille, acquerra par la résidence du souverain
un surcroît de population et de richesses, qui la rendra
digne d'être la capitale de l'un des plus vastes États de
l'Asie. Feth-Aly-Schah s'occupait des moyens d'y ame-

ner une rivière[1] qui coule à l'ouest à la distance de deux parasanges, et où les personnes aisées envoyaient puiser de l'eau, celle qu'amènent des canaux mal entretenus étant détestable.

Le sol des environs de Téhéran, tant du côté de l'est que du côté de l'ouest, est pierreux et stérile; mais les eaux qui découlent des montagnes situées à quelque distance au nord de cette ville, arrosant la plaine intermédiaire, la rendent susceptible de quelque culture. C'est sur une de ces montagnes que s'élève le château de Cassri-Cadjar (le palais des Cadjars), bel édifice construit en briques et entouré d'un grand parc. Un courant d'eau traverse l'intérieur de ce château, y forme divers bassins et jets d'eau, puis va se perdre dans la plaine. Les appartements de Cassri-Cadjar sont ornés avec beaucoup de magnificence, et l'on y remarque des arabesques peintes avec une grâce et une légèreté parfaites. Le schah passa en ce lieu les trois premiers mois de l'année persane correspondants aux mois de mars, avril et mai de l'année 1806[2].

Le temps où le schah a coutume de quitter sa capitale pour aller passer la revue de ses troupes étant arrivé, et le jour du départ ayant été fixé par les astrolo-

---

[1] Celle de Keretch.

[2] Depuis la réforme qui fut faite au onzième siècle dans le calendrier des Persans, par ordre de Melik-Schah-Djelaleddin, leur année civile commence à l'équinoxe du printemps. (*Mémoires de l'Académie*, t. LV, p. 121; d'Herbelot, *Biblioth. orient.*) *V.* aussi Sédillot, *Matériaux pour servir à l'histoire des sciences chez les Orientaux*, t. Ier, p. 237.

gues, toute la cour fut avertie de se tenir prête. Vingt femmes du prince, accompagnées d'autres femmes, pour les servir et de plusieurs eunuques, se mirent en route les premières. On avait eu soin de faire publier sur le chemin un couïrouc (ordonnance) qui enjoignait à tout musulman et à tout ghiaour ou infidèle de se tenir éloigné du lieu de leur passage, d'un demi-parasange au moins. Deux jours après, les marchands, les ouvriers, les artisans et les autres personnes inscrites chez le darogha (lieutenant de police) comme devant se rendre au camp pour y exercer leur profession, partirent en caravane, sur des chevaux, des chameaux, des mulets et des ânes, chacun portant avec soi sa tente, ses tapis et ses ustensiles. Au milieu de ce rassemblement d'individus d'états divers, on voyait des femmes placées dans des litières couvertes ou dans des paniers suspendus de chaque côté des chameaux. Plusieurs étaient à cheval, se tenant à la manière des hommes, et cachées sous de grands voiles blancs qui de loin les faisaient ressembler à des fantômes. Enfin, les chevaux du schah, quelques éléphants destinés au service de ce prince [1], et un nombre prodigieux de bêtes de somme employées à porter les mâts, les cordages et les toiles de ses tentes, marchaient dans cette caravane.

Feth-Aly-Schah, accompagné de cinq de ses fils, de plusieurs ministres et d'un corps considérable de cava-

---

[1] A l'époque du newrouz et en quelques autres occasions, le trône où s'assied Feth-Aly-Schah est placé sur un éléphant.

lerie, quitta Téhéran le 24 juin. Il montait un cheval richement caparaçonné et marqué de tous les signes réputés heureux chez les Persans. Douze officiers marchaient à pied autour de lui; il était précédé d'une troupe d'esclaves portant des réchauds remplis de bois résineux qu'on allumait pendant la nuit. La première marche fut de cinq parasanges, et l'on demeura deux jours à Aly-Schah-Abbas, afin de donner à l'avant-garde le temps d'arriver au camp; d'Aly-Schah-Abbas, la cour se rendit à Hadji-Abad, où elle séjourna le 28; le 29 elle gagna Cazbïn, où elle passa la journée du 30; de Cazbïn, elle alla camper dans les vergers de Sihadéhoun, où elle fit séjour le 2 et le 3 juillet; elle arriva le 4 à Saïn-Caléh, et le 5 à Sultaniéh, terme du voyage. La marche se fit presque toujours de nuit : on se reposait le jour.

Comme je devais suivre la cour, et que l'air malsain de Téhéran m'avait donné plusieurs accès de fièvre, le roi m'envoya un takht-rewan [1], c'est-à-dire une litière portée par deux mulets. La violence du mal me força de m'arrêter à Aly-Schah-Abbas. J'y reçus la visite de Mirza-Ahmed, docteur fameux dans toute la Perse, et premier médecin du schah. Un Mirza nommé Chéfy, comme le ministre de ce nom, et qui en sa qualité de médecin du harem impérial m'avait déjà traité à Téhéran, m'accompagnait dans le voyage. Mirza-Ahmed,

---

[1] Takht-rewan est composé de deux mots persans, et signifie littéralement siége ambulant.

arrivé près de moi, s'assit gravement, et Mirza-Chéfy en
fit autant. Le premier me prit la main gauche, et, sentant mon pouls très-agité, il parut réfléchir profondément pendant quelques minutes. Avant de m'avoir
adressé la moindre question, il se mit à écrire une
longue ordonnance; puis, se tournant vers son confrère :
« Mirza, lui dit-il, je vois ce que c'est. La fièvre est con-
tinue; la peau sèche et le pouls élevé et fréquent. L'in-
dication des remèdes est facile; il convient d'employer
les semences froides et les acides, de faire observer au
malade une diète rigoureuse, et surtout de lui défendre
l'usage du pain. Il faut pour toute boisson qu'il use
d'oxymel[1], de jus de grenade et de citron, et pour toute
nourriture, de pilau, d'herbes amères, de concombres
crus et de fruits verts. Enfin il doit éviter soigneusement de dormir après ses repas[2]; bientôt, avec l'aide de
Dieu et au moyen de ce régime rafraîchissant, il recou-
vrera la santé. Si les paroxysmes se multiplient, nous
ordonnerons la saignée. »

Ayant écouté avec attention cette ordonnance singulière, je me permis de faire quelques observations au
docteur qui, paraissant très-surpris de ce que j'osais
élever des doutes sur l'étendue de son savoir, me dit,
en me regardant d'un air dédaigneux : « Savez-vous
que vous parlez à un homme qui est considéré généralement comme l'Hippocrate de la Perse, à un homme

---

[1] En persan *sekenjebin*.
[2] Cette précaution est réellement très-bonne.

qui veille sur la santé du successeur des Khosroës, ho-
noré de sa confiance la plus intime, et profondément
versé dans la connaissance de l'astrologie médicale?
Votre maladie, n'en doutez pas, m'est parfaitement
connue. Jamais elle ne sera guérie que par les contraires. La violence de ce mal est même un signe favorable. Puisque vous éprouvez une chaleur immodérée,
il est évident qu'il faut vous rafraîchir à proportion.
Confiez-vous aveuglément à nos lumières et à notre
expérience. Faites tout ce que nous vous prescrirons,
et croyez que nous mettons autant d'importance à la
conservation de vos jours qu'à celle des nôtres. »

Mirza-Ahmed laissa, en se retirant, son ordonnance
au vieux médecin du harem; celui-ci, presque cente-
naire, semblait moins présomptueux et moins infatué
de son savoir que Mirza-Ahmed. Sa doctrine était entièrement galénique; il connaissait le système de la
circulation du sang, et n'ignorait point l'usage du
quinquina et de l'émétique, mais ces remèdes, ainsi
que la pratique de l'inoculation, lui paraissaient des
innovations dangereuses. Il avait beaucoup plus de foi
aux prières, aux amulettes et aux talismans. « Recom-
mandez-vous à Aly, me disait-il souvent. Que risquez-
vous? Quoique vous n'ayez pas le bonheur d'être né musulman, ce saint prophète se plaira à vous considérer
comme un prosélyte; il intercédera pour vous. Ne né-
gligez pas de vous concilier la bienveillance d'un si
puissant protecteur. Faites comme ces villageois qui

viennent implorer la miséricorde du schah, et qui n'o-
sant porter leurs prières au pied du trône, dont l'éclat
éblouirait leurs yeux, s'adressent au vizir institué pour
sécher les larmes du pauvre, de la veuve et de l'orphe-
lin. De même Aly est le vizir, le favori et le lieutenant
de Dieu. »

Mirza-Chéfy veillait avec la plus grande attention sur
ma santé, et tous les jours il rendait compte à la cour
de l'état où je me trouvais. Je fus d'abord surpris et
touché de tant de soins de sa part; mais je ne tardai pas
à en connaître la véritable cause. Une forte récompense
lui était promise s'il sauvait son malade, sinon sa tête
était menacée. Aussi tremblait-il en même temps pour
sa vie et pour la mienne. Il ne manquait pas de m'é-
veiller tous les matins à la pointe du jour, uniquement
pour me demander comment je me trouvais. S'il
croyait reconnaître des symptômes de guérison, son
front s'épanouissait. Si au contraire il en remarquait
de fâcheux, il pâlissait. On aurait dit que mon mal
venait de l'atteindre, et c'était à moi de le rassurer.
Toutefois son inquiétude était jusqu'à un certain point
justifiée par un événement funeste sur lequel je crois
devoir rappeler ici l'attention du lecteur.

M. Romieu, de qui j'ai parlé à la fin du chapitre Ier,
était parvenu à Téhéran après avoir échappé dans le
désert d'Orfa aux poursuites des Arabes; Feth-Aly-
Schah lui avait fait un accueil aussi honorable que
celui que je reçus ensuite de ce prince; mais, peu de

temps après son arrivée à la cour de Perse, M. Romieu était mort presque subitement. Un homme de confiance qui l'avait accompagné avait éprouvé le même sort et rendu le dernier soupir en arrivant aux portes de Bagdad. M. Outrey, mon beau-frère, aujourd'hui vice-consul en cette dernière résidence, qui était parvenu à soustraire M. Romieu au premier attentat tramé contre ses jours, tomba également malade, et ne dut son salut qu'à la force de son tempérament.

La valeur s'attire en tout lieu l'estime et l'admiration. Les Persans furent donc extrêmement touchés à la vue du corps d'un guerrier français tout couvert d'honorables blessures. Quoiqu'il fût d'une religion différente, ils lui élevèrent un monument surmonté d'une coupole. Les Français qui visiteront Téhéran ne manqueront pas sans doute d'aller répandre quelques fleurs sur la tombe d'un compatriote qui méritait de finir ses jours au champ d'honneur.

Mirza-Chéfy, qui n'ignorait pas ces détails, craignait que quelque ennemi secret ne m'eût fait empoisonner. Cependant, grâce au régime que je suivis et à l'attention scrupuleuse avec laquelle ce docteur veillait lui-même à la préparation des remèdes qu'il m'ordonnait et des aliments que je devais prendre, je commençai à me rétablir. Sur ces entrefaites, M. Dupré, fils du consul de France à Trébizonde, arriva en Perse. La nouvelle qu'il m'apporta de la paix signée à Presbourg, et les soins qu'il voulut bien me donner concoururent

aussi à hâter ma convalescence. Je poursuivis donc ma
route. Comme les terres basses sont en général sablonneuses et infestées de reptiles, et que l'air qu'on y respire est lourd et malsain, les médecins nous firent
camper constamment sur des éminences, et autant
qu'il fut possible dans des vergers où l'on amenait des
courants d'une eau vive et pure. Des châles et d'autres
étoffes légères suspendues aux branches des arbres
nous procuraient une ombre salutaire. Nous arrivâmes
au camp le 5 juillet.

CHAPITRE XXXVIII

Camp de Sultaniéh. Tentes du monarque et de ses femmes. Partie de chasse. Détails sur les différentes sortes de chasse au faucon. Audience de congé.

La plaine de Sultaniéh forme un ovale de huit à neuf lieues de longueur, dans la direction de l'est à l'ouest, et est environnée de collines pelées et stériles desquelles découlent un grand nombre de ruisseaux. Le sol de cette plaine, étant couvert de prairies et abondamment arrosé, offre à la cavalerie des pâturages excellents.

Le camp était de forme à peu près circulaire. Les tentes du roi étaient placées vers le centre, et s'ouvraient du côté de la Mecque. Le pavillon principal, servant de divan-khânéh ou de salle d'audience, était soutenu par neuf mâts de vingt-cinq à trente pieds de haut, surmontés de boules de cuivre doré, et distants d'environ dix pas les uns des autres. Des étoffes de soie brodées en or formaient les murailles de la tente, et de riches tapis couvraient le sol. Le monarque s'asseyait sur une estrade placée dans le coin du pavillon situé à la droite du spectateur.

Le divan-khânéh, comme la plupart des tentes royales,

a ordinairement trois enceintes. La première ou l'extérieure consiste en une toile grossière fixée au moyen
de cordes et de piquets; la seconde est formée d'un taf-
fetas de tissu serré et susceptible d'être soulevé comme
un rideau; la troisième se compose d'un réseau de ru-
bans et de ganses de soie figurant divers dessins. Au
point du jour on ouvre le côté du pavillon vers lequel
souffle le vent. Nul ne peut pénétrer dans cette espèce
de sanctuaire sans la permission du souverain, dont
les ministres attendent les ordres debout près de l'entrée de la tente; une garde nombreuse veille constamment sur toutes les avenues; l'heure du selam est annoncée par les trompettes et les tymbales. Tous les
grands de la cour s'empressent de se rendre à cette cérémonie; on punirait sévèrement celui d'entre eux qui
négligerait de s'acquitter d'un tel devoir; à peine une
excuse légitime serait-elle admise.

Les tentes du harem sont peu éloignées du divan-
khânéh. On assure qu'elles le surpassent de beaucoup
en magnificence. La garde en est confiée à un certain
nombre d'eunuques dont la surveillance est plus rigoureuse encore qu'en Turquie. On juge combien il est
difficile que ce qui se passe dans cette enceinte par-
vienne jamais à la connaissance d'un étranger. Je me
bornerai donc à répéter ici, sans en garantir l'exactitude, quelques détails qui m'ont été donnés à Sultaniéh par un personnage considérable et digne de foi,
quoique Persan. « Feth-Aly-Schah, me disait-il, ras-

semble sous ses tentes une foule de jeunes beautés.
Les unes, achetées dans le Penjâb, excellent dans l'art
de lire dans l'avenir, en consultant les poésies de Hafiz; d'autres, nées à Chirâz, savent par leurs chants
mélodieux inspirer de douces émotions. La Persane,
la Géorgienne, enrichissent de broderies et de lames
d'or les tissus transparents de l'Inde. L'Arabe prépare
pour le schah les sorbets les plus délicieux et les parfums les plus suaves. Au milieu de la magnificence du
harem impérial, chacune d'elles conserve dans sa parure quelque chose du costume de son pays. Amenée à
Téhéran des bords du golfe Persique, Aïchah garde,
même en présence du monarque, le voile blanc [1] des
femmes de Bahhreïn et de Bender-Abou-Chehr. Fati-
méh, qui a reçu le jour à Bagdad, ne se montre jamais que le front et le sein ornés de perles et de corail.
Djemiléh, enlevée aux siens dans les montagnes de Kachemyr, se revêt ordinairement des beaux tissus de ce
pays, et Zuleïkha, venue du fond du Turkestan, porte
l'aigrette de héron, qui, dans sa patrie, distingue la
femme de qualité de l'esclave. »

Sous les pavillons des camps comme dans les palais
de Téhéran, le seul désir qu'éprouvent les femmes du
prince est de lui plaire. Attentives à dissiper les soucis
inséparables du pouvoir suprême, leur bonheur consiste à contribuer autant qu'il est en elles à celui du

---

[1] Espèce de mezzaro.

souverain. Elles lui prodiguent des soins et des égards
auxquels rarement il se montre insensible. L'estime et
l'attachement qu'il leur témoigne les satisfont autant
que pourraient les flatter en Europe les éloges que l'on
donnerait à leurs qualités aimables; elles ont pour lui
une sorte d'amour qui ressemble à de la piété, et qui
les dédommage de la privation d'une liberté dont elles
ignorent les douceurs et dont elles méprisent l'usage.
Les voyages, la fatigue et tous les genres de privation
leur coûtent peu quand il faut suivre le schah. Si elles
ne se jettent pas au milieu des combattants, si elles
n'imitent pas les Grecques et les Gauloises en excitant
les guerriers par des cris, jamais on ne les vit manquer
de ce courage qui fait envisager la mort sans effroi, ni
de cette dignité qui au sein du malheur commande le
respect. Si un nouvel Alexandre venait encore soumettre la Perse, on y verrait plus d'une Statira préfé-
rer le tombeau à la honte de vivre sous les lois d'un
vainqueur.

Les mêmes attentions qu'on avait eues pour moi,
tant à Téhéran que sur le chemin de cette capitale à
Sultaniéh, me furent encore prodiguées à mon arrivée
au camp. J'y occupai une tente commode placée près
de celle des vizirs Mirza-Chéfy et Mirza-Riza-Couly, avec
qui j'eus de fréquents entretiens. Le roi m'accorda plusieurs audiences particulières auxquelles je fus conduit sans aucun cérémonial, et j'eus l'honneur de
suivre une fois ce prince à la chasse. On avait dressé à

environ deux lieues de Sultaniéh une vaste tente au-devant de laquelle un large bassin avait été creusé et
rempli d'eau pour procurer de la fraîcheur. Le schah,
accompagné de quatre de ses fils et d'une foule de seigneurs, arriva de grand matin à cette tente, puis il se
livra au plaisir de la chasse. On tua plusieurs daims
ou gazelles qui furent ensuite distribués aux principaux
personnages de la cour.

Les Persans ne déploient plus dans leurs parties de
chasse cette magnificence dont Chardin a tracé le tableau. Cependant ils ont conservé la chasse au faucon,
plaisir dispendieux dont le goût leur vient probablement des Tartares. Le schah possède un grand nombre
d'oiseaux de cette espèce, provenant des pays situés au
nord-est d'Astracan, et qui sont dressés avec beaucoup d'art. Chaque faucon a son nom propre et un in-
stituteur particulier. Il n'est nourri que de viande; mais,
à l'approche de la saison de la chasse, on lui fait faire
diète pour mieux exciter sa voracité. Il faut savoir lui
bander les yeux à propos, lui apprendre à fondre sur
sa proie avec avantage ainsi qu'à revenir lorsqu'on le
rappelle, ce qu'on fait en prononçant son nom à haute
voix.

La manière de dresser l'oiseau varie selon l'espèce
des animaux à la poursuite desquels on le destine.
Celui qu'on a lâché pour prendre l'oie sauvage, par
exemple, vole verticalement, mais au-dessous de l'a-
nimal, afin de le pouvoir saisir par le ventre. Au con-

traire, le faucon qui donne la chasse à l'aigle, trace en
volant une ligne diagonale, et, parvenu au-dessus de
son ennemi, il fond sur sa tête et lui crève les yeux.
La chose souvent lui est d'autant plus facile, qu'ayant
de la peine à prendre son essor, l'aigle ne s'élève
qu'avec lenteur et qu'au moyen de plusieurs élans.
Cependant il arrive quelquefois que ce dernier prend
le dessus. Si le faucon ne s'enfuyait alors à tire-
d'aile, il serait mis en pièces indubitablement.

Le faucon dressé pour la chasse à l'outarde, au la-
pin, au lièvre, et même à la gazelle et au daim, fond
aussi sur la tête de l'animal pour lui crever les yeux,
ou du moins pour l'étourdir en battant des ailes jusqu'à l'arrivée du chasseur.

La chasse aux canards sauvages, qui se fait sur les
lacs et les étangs, n'est pas une des moins récréatives.
On y emploie également le faucon qui, de peur d'être
entraîné au fond de l'eau, s'il saisissait l'oiseau tandis
qu'il est à la nage, se borne à l'effaroucher. De son
côté, celui-ci s'obstine à rester à la surface de l'eau,
et ce n'est qu'à force de l'étourdir par le bruit que les
chasseurs parviennent à lui faire prendre son vol.

Les Persans excellent à poursuivre à cheval les perdrix dans la plaine; et plusieurs fois je les ai vus en
prendre au mois d'août des compagnies entières toutes
vivantes.

Au retour de la chasse et avant de rentrer au camp,
Feth-Aly-Schah fit manœuvrer en sa présence trois ou

quatre mille hommes de cavalerie. Le même jour, à trois heures après midi, ce prince m'accorda un long entretien, auquel assista Hadji-Hosseïn-Khan-Merwy, homme spirituel et aimable, qui ayant beaucoup voyagé dans l'Arabie et dans le nord de l'Inde, passait pour être très-instruit des affaires de ces pays, mais courtisan capable, comme celui dont parle Saady, s'il plaisait au roi de soutenir qu'il fait nuit en plein midi, de dire : « En effet, voilà la lune et les pléiades. »

Après avoir fait une résidence d'environ quarante jours, durant lesquels je m'occupai constamment de l'objet de ma mission, je sollicitai mon audience de congé. Le schah parut craindre que je ne fusse pas en état de soutenir la fatigue du voyage et me témoigna le désir de me garder encore quelque temps près de lui. Jugeant que toute prolongation de séjour en Perse ne pourrait être d'aucune utilité, et qu'il convenait au contraire que je m'empressasse de retourner en Europe, j'insistai sur ma demande qui fut enfin favorablement accueillie.

Le 12 juillet, les deux vizirs qui devaient me conduire vers le monarque se rendirent le matin à ma tente. On m'avait envoyé la veille le khalaat ou l'habit d'honneur et divers présents, parmi lesquels étaient un grand portrait du schah et divers manuscrits persans[1], des armes, des étoffes et des chevaux.

---

[1] Les principaux de ces manuscrits ont été déposés à la bibliothèque du roi. Ce sont une histoire de Nadir-Schah (Dourreï-Naderi), estimée sous le

En Turquie, l'habit d'honneur n'est qu'une simple pelisse qu'on jette sur les épaules de celui qui la reçoit; en Perse, c'est un équipement complet de cavalier. Le khalaat qui me fut envoyé se composait d'une veste de brocart, d'une espèce de pelisse de même étoffe, d'une ceinture, d'un bonnet de peau d'agneau d'Astracan, entouré d'un châle, d'un poignard et d'un cheval uzbek richement caparaçonné[1].

Aussitôt après l'arrivée des vizirs, nous montâmes à cheval pour aller au quartier du schah que nous trouvâmes sous une tente assez semblable pour la forme à un grand parasol et dressée au milieu d'un espace découvert sur lequel le soleil dardait ses rayons. Le prince était assis sur un tapis magnifique et appuyé sur un coussin enrichi de pierres fines de diverses couleurs. Quelques officiers se tenaient à une certaine distance en dehors de la tente.

Après les saluts d'usage, j'exprimai au schah, en termes respectueux, ma vive reconnaissance des bontés dont il m'avait comblé. Il me dit à plusieurs reprises qu'il désirait vivement d'entretenir des relations ami-

---

rapport du style, l'histoire de Mehemed-Schah et enfin l'histoire du prince régnant. Il paraît certain que la vérité n'est point assez respectée dans ces ouvrages.

[1] Je suis forcé, bien malgré moi, d'entrer ici dans des détails à peu près indifférents au lecteur. J'ai tâché seulement de les abréger un peu plus que ne l'a fait un voyageur moderne, qui dans sa relation, comptant, pour ainsi dire, « des plafonds les ronds et les ovales, » ne nous fait grâce d'aucune circonstance des réceptions dont on l'honora dans l'Inde.

cales avec la France et de voir arriver en Perse, soit
pour y exercer la médecine, soit pour affaires de commerce, soit pour leur instruction, un grand nombre de
Français; il m'assura qu'ils y recevraient le meilleur
accueil.

L'audience dura plus de deux heures. Pendant tout
ce temps je me tins constamment debout, exposé à
l'ardeur des rayons de soleil du midi; ce qui, joint à
l'état de faiblesse où je me trouvais encore, me causa
un éblouissement tel qu'il me devint impossible de
distinguer les objets environnants et que je fus sur le
point de perdre connaissance. L'officier placé près de
moi, m'ayant vu chanceler, me soutint, puis on me
conduisit à l'ombre où je repris bientôt mes sens. Je
retournai à ma tente; le schah eut la bonté d'envoyer
plusieurs messagers pour s'informer de mon état. Cette
indisposition n'ayant eu aucune suite, je m'occupai des
préparatifs de mon départ. Mehemed-Khan, officier de
l'armée persane, qui avait déjà fait plusieurs voyages
en Turquie, fut nommé pour m'accompagner en qualité de mihmandar. Ses ordres étaient de me conduire
jusqu'à Erzeroum, si j'avais la force de gagner cette
ville; dans le cas où je serais mort avant d'y être parvenu, il devait continuer sa route jusqu'à Constantinople avec M. Dupré, le Tartare, les domestiques et les
bagages, et rendre compte à l'ambassade française du
résultat de sa mission.

CHAPITRE XXXIX

Le 14 juillet au matin je quittai le camp de Sultaniéh, où j'avais été parfaitement accueilli par toutes les personnes avec qui j'avais eu des relations et dont plusieurs me parurent aussi recommandables par leurs connaissances que par leur esprit et leurs qualités aimables. Je ne puis me dispenser de mentionner spécialement ici Mirza-Chéfy, Mirza-Riza-Couly, Mehemed-Hosseïn-Khan, Hadji-Hosseïn-Khan, du pays de Merw, et Dja'far-Couly-Khan. Les témoignages d'amitié et de considération qu'ils m'ont tous donnés ne sortiront jamais de ma mémoire.

Outre le mihmandar Mehemed-Khan, je partis accompagné de M. Dupré, fils du consul de France à Trébizonde, de qui j'ai parlé ci-dessus[1], du médecin Mirza-Chéfy qui traînait quatre ou cinq personnes à sa

---

[1] Chap. XXXVII, p. 299.

suite, du Tartare de Constantinople, du domestique
européen et de l'Arménien qui m'avaient suivi en
Perse après avoir partagé les dangers de ma captivité. Enfin nous avions une escorte composée d'une
vingtaine de Persans et nous étions tous à cheval.

Le premier jour nous allâmes coucher à Zenghian.
Le gouverneur de cette petite ville était absent, mais
nous fûmes reçus dans son palais par son ketkhoda
ou intendant. Les salles de ce palais étaient ornées de
peintures et d'arabesques de très-bon goût. Les grillages[1] des fenêtres étaient garnis de verres de couleurs formant divers dessins. On me fit voir les jardins
peu ombragés, mais réguliers et parfaitement tenus.
Il y avait beaucoup d'eaux, soit jaillissantes, soit renfermées dans des bassins. Je passai les journées du
15 et du 16 à Zenghian.

Le 17 nous nous mîmes en route dès le matin. Ce
jour-là nous déjeunâmes sous la tente chez des nomades de la tribu des Schah-Sevens. Leurs usages me
parurent conformes à ceux des Kurdes; mais ils ne se
livrent point au pillage. Leur principale industrie consiste dans la fabrication de tapis et de toutes sortes de
petits ouvrages de laine, tels que bas, chaussons,
gants, etc., qui sont d'une grande perfection tant pour
le tissu que pour le dessin. Nous passâmes la nuit cam-

---

[1] L'usage de ces grilles est venu de l'Orient, ainsi que l'indique le
nom de *persiennes*. A Constantinople, en Égypte et en Perse, ces grilles,
au lieu d'être mobiles, sont ordinairement fixées dans le mur.

pés dans les jardins du village d'Arman-Khânéh.
Nous couchâmes en plein air pendant tout le voyage,
excepté à Tauris. D'Arman-Khânéh, j'écrivis au
schah-zadéh Abbas-Mirza pour lui demander ses com-
missions, et je lui envoyai une montre enrichie de
diamants.

Nous allâmes coucher le 18 chez un Arkhon ou Ar-
chonte[1], à Ak-Kend (le village blanc). Tout le pays
que nous avions parcouru depuis Sultaniéh jusque-là
était pierreux, plat, et en général peu fertile. Le terrain commence à s'exhausser à Ak-Kend. Parvenu à ce
lieu, on retrouve de l'eau, de la verdure, et l'on rencontre plus fréquemment des villages. Cependant ce
canton est assez mal cultivé, et n'est guère habité que
par des nomades. On n'y voit plus de vignes, plus de
figuiers, plus de pistachiers ni aucun des autres arbres qui embellissent les environs de Téhéran et de
Cazbïn. Ak-Kend est sur la ligne des montagnes nom-
mées Caplan-Kouh, qui séparent l'Irâc persique de
l'Aderbaïdjan ; on n'y parle que le turk.

Le 19 nous traversâmes ces montagnes et nous passâmes le Kizil-Ouzen, rivière qui en cette partie de son
cours est encaissée entre deux rochers fort hauts, dont
la descente est très-dangereuse. Nous allâmes coucher
à Mianéh, ville peu considérable, située dans une
plaine fertile en riz et arrosée par une petite rivière

---

[1] Ce mot grec a passé dans la langue persane ; il signifie magistrat ou
chef religieux.

qui se jette dans le Kizil-Ouzen, et sur laquelle existe
un pont fort étroit qui a vingt-trois arches. Il est en
assez bon état, et aboutit à un chemin pavé d'une construction à peu près semblable à celle des voies ro-
maines qu'on rencontre si souvent en Italie et ailleurs.
C'est, dit-on, un ouvrage de Schah-Abbas. J'ai peine à
croire qu'il ne soit pas plus ancien. Quoi qu'il en soit,
les ravins profonds qui l'entre-coupent le rendent entièrement impraticable aujourd'hui.

Le village de Turkmen, où nous couchâmes le 20,
est habité par des Kurdes très-pacifiques. Le 21 nous
parvînmes à Tikméh-Tach, village qui, comme le précédent, a été reconstruit sous la protection d'Abbas-
Mirza. Nous eûmes ce jour-là de la pluie par un vent
de nord-est. Le 22 nous allâmes coucher à Seïd-Abad.
Le lendemain nous nous rendîmes à Tauris. Je rencontrai, avant d'arriver à cette ville, un officier de l'armée d'Abbas-Mirza, nommé Nedjib-Khan. Il me fit voir
quelques ouvrages relatifs à l'art de la guerre, imprimés en français et en russe. Nedjib-Khan se proposait
de les faire traduire par des militaires russes qui
avaient pris du service en Perse, et que le schah-zadéh
comblait de ses bienfaits.

Le lendemain de mon arrivée à Tauris, Ahmed-
Khan, gouverneur général de l'Aderbaïdjan, qui cam-
pait dans des jardins au dehors de cette ville, m'accorda une audience. C'était un homme âgé d'environ
soixante-cinq ans; il passait pour avoir à la fois beau-

coup d'esprit et de sens, et jouissait d'une grande considération. Dans l'opinion où il était qu'il serait possible d'exercer avec succès l'armée persane aux évolutions de la tactique européenne, il avait commencé la
réforme par débarrasser ses propres troupes de cette
grande quantité de bagages que traînent constamment
après elles les armées des Orientaux. Ahmed-Khan,
malgré son âge, était excellent écuyer. Curieux de
belles armes, il en possédait un grand nombre. Il me
parut dévoué au schah-zadéh. Le 25 j'eus un entretien
particulier avec lui. Je revis aussi le naïb Feth-Aly-
Khan, de qui j'ai parlé précédemment[1].

Le 26 je parcourus les bazars de Tauris qui me semblèrent bien tenus et fournis de belles marchandises,
tant de l'Inde que de la Perse. Ce même jour Ahmed-
Khan me fit présent de plusieurs châles. Il me remit
aussi une lettre que le schah-zadéh m'avait fait l'honneur de m'adresser.

Nous quittâmes Tauris le 27. Je fus accompagné
jusqu'au village de Maïan, situé à deux lieues de cette
ville, par Feth-Aly-Khan et par deux négociants arméniens nommés l'un Mogdès-Avanès d'Hamadan et
l'autre Haretin-Stephan-Oglou.

Nous marchâmes toute la nuit pour éviter la chaleur, et le 28 au matin nous arrivâmes à Dizi-Khalil,
village entouré de jardins immenses et situé sur le lac

[1] Voyez chap. XVII, p 141.

d'Ormiah, à cinq lieues au nord-nord-ouest du lieu où s'y jette la Talkh-Sou (eau amère)[1].

Nous côtoyâmes le lac toute la journée du 29, et nous allâmes coucher à Tessouïdj. Ce lieu est moins un village qu'un groupe d'habitations placées dans une situation des plus riantes, d'où la vue s'étend au loin sur le lac et sur les îles qu'il renferme.

Le lac d'Ormiah est à peu près de la même étendue que le lac de Van, avec lequel on l'a confondu presque jusqu'à ces derniers temps[2], et dont cependant il est éloigné de vingt lieues. Il est entouré, particulièrement au midi et au couchant, de montagnes très-hautes; et quoique les villes importantes d'Ormiah, de Selmas et de Maragha soient situées, ou sur les bords ou à peu de distance de ce vaste bassin, il ne sert aucunement à la navigation. Il a trois îles principales, mais elles sont à peu près incultes. Il n'en est pas de même du pays environnant, qui, outre l'étendue et la bonté de ses pâturages, est très-fertile en blé, en riz, en lin et surtout en tabac d'une excellente qualité.

Le 30 nous dressâmes nos tentes dans une vallée pierreuse située au delà de Seïd-Hadji. Nous arrivâmes le 31 à Khoï. J'y passai trois jours, tant pour prendre du repos que pour aviser aux préparatifs de mon voyage à travers la Turquie d'Asie. Ce fut à Khoï que je pris congé de la plupart des Persans qui m'avaient accom-

---

[1] Nommée aussi Talkh-Tchaï. Voyez chap. xvii, p. 135.
[2] Voyez la carte de Guillaume Delisle, gravée en 1723.

pagné. Le vieux Mirza-Chéfy, mon médecin, ne put s'empêcher, malgré tout l'attachement qu'il m'avait témoigné, de m'exprimer le plaisir qu'il avait à se séparer de moi, à cesser de répondre de ma vie sur la sienne. «Partez, me dit-il, soyez heureux; que les bénédictions d'Aly vous accompagnent! Vous m'avez fait souffrir le martyre durant près de deux mois, et ce n'est que d'aujourd'hui que je commence à respirer, aussi vous tiens-je quitte de tout présent; passez seulement la frontière, et donnez-moi un écrit qui atteste que je vous y laisse en bonne santé. Voilà tout ce que je veux. » Je lui remis, avec l'attestation qu'il me demandait, une somme d'argent proportionnée aux soins assidus qu'il m'avait donnés, et je partis de Khoï le 4 août.

Ce ne fut pas sans éprouver une vive reconnaissance envers un assez grand nombre de ses habitants que je quittai la Perse. Au regret de me séparer d'eux se joignait l'inquiétude que me causaient les désagréments auxquels j'allais être exposé dans les contrées qui me restaient à traverser. En effet, quelles que soient la loyauté, la franchise et l'hospitalité des Turks, un voyageur européen préférera toujours la politesse, l'affabilité et la tolérance religieuse des Persans. Considérés sous le rapport des qualités morales, les premiers forment sans doute un peuple plus estimable ; mais les autres l'emportent infiniment dans tout ce qui concourt à faire le charme de la vie.

CHAPITRE XL

Poursuivant notre route, nous entrâmes le 4 dans l'étroite et sinueuse vallée de Cotourah [1], dont le fond sillonné par un torrent est excessivement pierreux. C'est un défilé des plus difficiles dans lequel notre marche fut très-pénible. Selon la promesse que j'avais faite à Moussa-Beg lors de mon précédent passage, j'allai lui demander l'hospitalité. Je le trouvai tout aussi prévenant que la première fois. Il venait de terminer, contre les Kurdes, une expédition dans laquelle il avait fait sur eux un grand butin. Aussi l'abondance régnait-elle dans son château. Il me demanda comment j'avais trouvé les Persans, et s'égaya extrêmement sur leur compte. Mon mihmandar, homme d'esprit, lui riposta par beaucoup de plaisanteries sur la gravité, la rudesse et la grossièreté des Turks. La soirée se passa

[1] Voyez chap. xvi, p. 126.

fort agréablement. Le lendemain, avant mon départ, je voulus témoigner au beg ma reconnaissance de l'accueil qu'il m'avait fait; mais il refusa toute espèce de présent.

Le 5 nous continuâmes notre marche dans la vallée. Les pâturages excellents qu'elle renferme nourrissent un grand nombre de daims, et nous en vîmes plusieurs troupeaux. Comme Moussa-Beg nous avait donné pour guide un homme de sa tribu, nous ne fûmes point inquiétés par les pelotons de Kurdes que nous rencontrâmes. Nous allâmes coucher à Astourdji, misérable village situé à neuf lieues de Van et à sept de Khoch-Ab (bonne eau), petite ville bâtie sur un plateau où prennent leur source les rivières de Cotourah et de Khoch-Ab, dont l'une, se dirigeant vers le nord-est, arrose les fertiles plaines de Khoï, tandis que l'autre va se perdre dans le lac de Van. Khoch-Ab est dominée par un château qu'habitait un beg assez puissant. Cette ville a une église arménienne, où l'on va de fort loin en pèlerinage, et où, par une singularité remarquable, quoiqu'elle ne soit pas sans exemple, le beg entretenait constamment une lampe allumée devant une image de la Vierge.

Les montagnes dont le plateau de Khoch-Ab fait partie sont dominées par celles des Hékiars, dont on a parlé ci-dessus[1].

Ayant été obligés le 6 de nous arrêter quelques

---

[1] Chap. xvi, p. 124.

heures chez des Kurdes pour donner un peu de repos
à nos chevaux, nous ne pûmes faire ce jour-là que
cinq lieues. Nous allâmes coucher sur les terrasses des
maisons d'Erdjek, village situé à la sortie du défilé de
Mahmoudiéh sur le bord d'un lac salé qui n'a guère
que deux ou trois lieues de tour, et dont il a déjà été
question[1]. Le pays que nous parcourûmes était infesté
par les bandes insoumises de la tribu des Chakakis.

Le 7 nous arrivâmes de très-bonne heure à Van, et
nous campâmes dans les jardins de l'intendant de
Dervich-Pacha. Le lendemain je visitai ce gouverneur
qui me fit l'accueil le plus amical, soit parce qu'il se
piquait d'être hospitalier comme un Kurde, soit parce
que n'ayant pas encore reçu de Constantinople son firman d'investiture, il désirait que j'engageasse notre
chargé d'affaires à représenter sous un jour favorable
la révolution qui avait fait passer l'autorité entre ses
mains[2]. Il m'invita non-seulement à déjeuner avec
lui, mais encore à user de sa propre salle de bain,
sorte de politesse des plus rares en Turquie. Enfin il
me pressa de parcourir les îles du lac et de visiter les
monastères et les antiquités chrétiennes des environs;
ce que je fis le 9. J'admirai le point de vue enchanteur
dont on jouit au couvent des Sept-Églises, situé sur
une hauteur d'où l'on découvre le lac, la ville et les
jardins de Van. Il ne faut pas prendre à la lettre ce

---

[1] Chap. xvi, p. 124.
[2] Chap. xv, p. 119 et suiv.

nom de Sept-Églises, car il n'y en a qu'une dans ce
monastère; mais elle a six chapelles, et par conséquent sept autels. Elle n'est pas très-vaste. J'y remarquai beaucoup de dorures et quantité de tableaux assez
passables pour avoir été peints par des Arméniens. On
me montra les ornements, les évangiles, les missels et
autres livres d'église qui tous étaient manuscrits, et
j'assistai au service divin. Le supérieur du couvent
était un vieillard à barbe blanche. Sa communauté ne
se composait que de quatre ou cinq religieux, les uns
Arméniens, les autres Géorgiens. Il me donna à dîner
du produit des abondantes aumônes qu'il venait de recevoir. J'eus lieu de remarquer que la sobriété n'est
pas la principale vertu dont se pique le clergé arménien. Le repas fut copieux et long, et l'on y but large-
ment du vin et de l'eau-de-vie anisée.

Dervich-Pacha me fit présent d'un beau cheval noir,
et nomma pour m'accompagner un officier kurde, du
nombre de ceux qui avaient partagé sa mauvaise fortune. Nous partîmes le 10. A mesure que nous avancions, les dangers de la route et toutes les autres incom-
modités d'un voyage dans la Turquie d'Asie se faisaient
sentir plus vivement aux Persans de mon escorte. Ils ne
chantaient plus de ghazels[1]; ils regrettaient le tunbeki[2],

---

[1] Les Persans ont coutume, pour charmer les ennuis de la route, de
chanter des vers érotiques, etc.

[2] Voyez, relativement à cette sorte de tabac, la note 2, p. 253 du présent ouvrage.

les sorbets à la glace et en général tous les raffinements de la sensualité de leur pays.

Nous côtoyâmes le lac de Van à plus ou moins de distance toute la journée, en nous dirigeant vers le nord-ouest. Nous couchâmes à Ardjek, hameau dont le nom est à peu près le même que celui du village où nous avions passé la nuit du 6 au 7.

Le 11 nous changeâmes de direction et nous marchâmes vers l'ouest. Nous passâmes une partie de la nuit à Karzou, village d'où nous partîmes le 12 à une heure du matin, à cause du dangereux défilé d'Arnès. Nous couchâmes le 13 à Aganès, village situé près d'Ardjich (l'ancienne Arsissa). Les Kurdes tentèrent, au milieu de la nuit, de s'emparer de nos équipages. Il y eut quelques coups de fusil de tirés, mais nous en fûmes quittes pour la perte d'un mulet chargé d'une partie du bagage du mihmandar Mehemed-Khan, qui ne négligea pas une si belle occasion de maudire la Turquie.

Avant de partir de Van, j'avais écrit à Ibrahim, pacha de Bayazid, pour lui recommander le vieux Mahmoud-Aga, ainsi que les autres personnes qui m'avaient témoigné tant de bienveillance et d'intérêt durant ma captivité, et je lui avais en même temps envoyé quelques présents. Ibrahim me répondit avec politesse. Sa lettre me fut remise le 13 par le Tartare de Dervich-Pacha, qui lui avait porté la mienne. J'appris ce jour-là la triste nouvelle de la mort du gouverneur de la citadelle de Bayazid. Ce respectable vieillard, mon sauveur, avait été tué d'un coup de lance dans un combat contre les Persans.

Le 14 nous passâmes à Horchoun et nous couchâmes à Tachcoun. Ce dernier lieu était la résidence du vieux cheikh musulman qui nous avait servi de guide à mon premier passage[1]. Nous le retrouvâmes dans son monastère et il nous y donna l'hospitalité.

Le 15 nous repassâmes près de Melez-Ghird, le bras méridional de l'Euphrate[2], que nous longeâmes jusqu'à Sultaniéh, misérable village situé dans une vaste plaine qui, du haut des montagnes voisines m'offrit un spectacle nouveau. Elle était traversée par un torrent de feu d'une largeur égale à celle d'un grand fleuve. C'étaient les Kurdes qui, pour amender les pâturages, brûlaient des herbes sèches restées sur pied, en ayant soin de mettre le feu de distance en distance sur deux lignes parallèles. Lorsque le vent est impétueux, la flamme s'étend avec tant de rapidité qu'un homme à cheval a de la peine à la suivre; l'embrasement dure souvent deux ou trois jours.

Le 16 nous passâmes la Touzla, rivière assez considérable, sur le bord de laquelle est une saline[3] qui lui donne son nom. Le passage s'exécute sur des outres enflées. On en attache plusieurs ensemble et on les couvre de paille et de roseaux. Le passager s'assied à l'arrière;

---

[1] Voyez chap. xiv, p. 110.
[2] *Ibid.*, p. 107.
[3] Le sel s'y cristallise par évaporation.

un homme qui tient à la main une sorte de pelle ou
de rame, se place à l'avant et dirige l'embarcation.
Cette manière de passer une rivière est aussi longue
qu'incommode et le plus souvent on a les jambes dans
dans l'eau. Quant aux chevaux, on les met à la nage.
Un de nos Persans, qui n'avait pas voulu descendre du
sien, tomba dans la Touzla; mais on parvint à le sauver
ainsi que sa monture. Nous couchâmes à Cara-Tchoban
(le berger noir).

Le 17 nous passâmes la montagne Blanche (Ak-Dagh).
Le soir nous traversâmes l'Araxes à gué. Nous couchâmes à Kulli, où nous trouvâmes un meilleur accueil
que lors de notre premier passage et plus de vivres que
dans les autres lieux où nous venions de passer, qui
avaient été entièrement dévastés par les Kurdes. On
nous fournit en abondance du pain, du lait et des
œufs.

Le 18 nous couchâmes à Tatou, qui n'est qu'un ché-
tif hameau. Nous traversâmes, le 19, la chaîne du Tek-
Dagh, dont les cimes me parurent fort hautes. Parvenu
au sommet du col, on découvre d'un côté tout le pays
qui s'étend jusqu'à Van, de l'autre et dans le lointain,
les plaines du Diarbékir. Je n'ai vu, ni dans les Alpes,
ni dans les Apennins, ni dans les Pyrénées, ni sur le
mont Hémus, ni dans les autres contrées montagneuses
que j'ai parcourues, de spectacle plus imposant que celui que présentaient ces masses de montagnes qui s'élevaient tout autour de nous, au nord, à l'est et à l'ouest,

et dont les cimes, d'une élévation moindre que celle du point où nous nous trouvions, étaient encore toutes couvertes de neige. C'est dans ces montagnes que le Tigre, l'Euphrate et l'Araxes ont leur source.

Le même jour, 19 nous quittâmes le plateau élevé sur lequel nous avions fait route depuis Melez-Ghird, non sans épouver beaucoup de fatigue, surtout durant les quatre derniers jours, et nous descendîmes enfin dans la plaine d'Erzeroûm. Selon l'ordre que Youssuf-Pacha avait donné, nous n'entrâmes point dans cette ville[1] et nous allâmes loger à Kian, gros village qui en est à un mille de distance.

---

[1] Voyez chap. xiii, p. 102.

CHAPITRE XLI

L'escorte persane retourne dans son pays. Départ de Kian. Eaux thermales d'Ilidjah. Ach-Caléh. Tchiftlik. Rencontre de M. Jouannin. Saman-Souy. Gumuch-Khânéh. Stavros. Montagnes voisines de la mer Noire. Phénomène. Ghevizlik. Arrivée à Trébizonde.

L'escorte qui m'avait été donnée en Perse ne devant pas aller au delà d'Erzeroum, le mihmandar Mehemed-Khan se rendit près du gouverneur de cette ville pour l'informer de mon arrivée et du désir que j'éprouvais de retourner à Constantinople par la voie de Trébizonde. Le gouverneur, qui prétendit avoir reçu l'ordre positif de me faire passer par Cara-Hissâr, où se trouvait alors Youssuf-Pacha, refusa d'accéder à ma demande, et il fut convenu qu'elle serait transmise au begler-beg, à qui nous écrivîmes l'un et l'autre. Nos lettres furent confiées à un Arménien, homme intelligent, qui nous promit de faire la plus grande diligence. Nous devions, à son retour, aller au-devant de lui jusqu'à Tchiftlik, joli village situé à l'embranchement des deux routes dont l'une conduit à Trébizonde et l'autre à Constantinople par l'Asie Mineure. Le mauvais état de ma santé me faisait désirer vivement de prendre la voie de mer. Je me trouvais dans la même

25

situation que le Grec dont parle Xénophon, qui, « las
de préparer son bagage, d'aller, de courir et de porter
ses armes, voulait, arrivé sur ce bord de la mer, s'embarquer près de Trébizonde, et, étendu sur le tillac,
retourner en Grèce comme Ulysse, en dormant[1]. »

Les Persans, après avoir reçu de moi divers présents,
reprirent, le 20 août, le chemin de leur pays. Je remis
au mihmandar des lettres pour les ministres du schah
et pour plusieurs autres personnes avec qui j'avais eu
des relations durant mon séjour en Perse.

Je partis de Kian aussi le 20, accompagné de sept
ou huit cavaliers turks qui m'avaient été donnés pour
escorte. Nous ne fîmes qu'une lieue ce jour-là, afin de
donner à l'Arménien le temps de revenir, et même nous
n'allâmes que fort lentement tout le reste du chemin,
tant à cause de l'apathie naturelle aux Turks que parce
que, lorsqu'ils sont chargés de quelque mission, ils
mettent à contribution les villages qu'ils traversent et
ont ainsi un grand intérêt à demeurer longtemps en
route. Aussi rien n'est-il plus fastidieux que de voyager
avec une escorte de cette espèce.

Nous passâmes la nuit à Ilidjah[2], petit village qui

---

[1] *Retraite des Dix Mille*, liv. V, § 2.

[2] Il est assez singulier que l'ancien nom d'Elegia se retrouve dans celui
de l'Ilidjah, que les Turks donnent généralement à toutes les sources
d'eaux thermales. Arpa-Sou, anciennement Harpassus, est également un
nom composé de deux mots turks, qui signifient eau d'orge[*]. Le Techès

[*] On voit, dans la *Retraite des Dix Mille* (liv. IV, § 26), que la bière était la boisson la plus ordinaire en Arménie. Elle y est inconnue aujourd'hui.

tire son nom d'une source d'eau imprégnée de soufre, dans laquelle nous nous baignâmes. Elle est renfermée dans un bassin octogone de quatre-vingts à cent pieds de circonférence et de douze à quinze pieds de profondeur. On s'assied, pour prendre le bain, sur des bancs de marbre qui règnent tout autour. Ce bassin est fermé de murs d'une hauteur médiocre.

Le 21, au lieu de prendre le chemin de Codja-Pounhar et de Baïbout, nous dirigeâmes notre marche vers Djennès[1] et Ach-Caléh, où est la poste. Ce fut

de Xénophon s'appelle aujourd'hui Tekiéh, monastère. Il serait facile de multiplier des exemples de même nature tendant à confirmer les témoignages de l'histoire sur de très-anciennes invasions des Scythes ou des Tartares dans cette partie du monde [*].

[1] M. Macdonald Kinneir, *Voyage dans l'Asie Mineure, l'Arménie et le Kurdistan,* t. II, p. 130 de la traduct., dit qu'après avoir passé le Tek-Dagh, il atteignit le grand village de Ginnis ou de Khinis, que M. d'Anville *suppose* être le Gymnias dont il est fait mention dans la *Retraite des Dix Mille.*

Le savant voyageur fait remarquer dans une note qu'à cinq journées de Gymnias les Grecs parvinrent à la montagne sainte de Techès, du sommet de laquelle ils aperçurent la mer, et il ajoute qu'ils auraient ainsi fait quarante milles (environ treize lieues et un tiers) par jour chose impossible dans un pays couvert de neige, où ils étaient harcelés de tous côtés par les ennemis. M. Kinneir ne paraît pas avoir fait assez d'attention aux circonstances suivantes :

1° Le village dont il parle n'est point connu dans le pays, ni désigné par les auteurs arméniens et turks sous le nom de Ginnis, mais bien sous celui de Khenès, Khnous et Khnoun[**], qui présente peu d'analogie avec Gymnias;

2° Le Ginnis dont parle d'Anville est situé, sur la carte de sa *Géographie ancienne,* t. II, p. 4, et sur celle de l'Asie Mineure, à environ vingt-

[*] Hérodote, *Clio,* C. 103 et suiv.
[**] Voy. ci-dessus, p. 101, et les *Mém. sur l'Arménie,* t. I, p. 15 et 106.

près de ce lieu que je rencontrai M. Jouannin, qui était envoyé vers moi par M. Ruffin. Je ne puis exprimer le plaisir que j'éprouvai à serrer dans mes bras ce jeune Français qui m'apportait des nouvelles de ma famille et de la situation des affaires en Europe. Il me remit aussi de l'argent, chose dont j'avais grand besoin; car les présents considérables que j'avais été dans le cas de faire, non-seulement aux cavaliers qui composaient mon escorte et au gouverneur d'Erzeroum, mais aussi à beaucoup d'autres personnes, soit en Perse, soit en Turquie, avaient presque épuisé ma bourse.

Après un entretien qui se prolongea fort avant dans

cinq mille toises nord-ouest et non à soixante-neuf mille sud-est d'Erzeroum comme le serait celui de M. Kinneir;

3° De ce Ginnis (que j'écris Djennès et où j'ai passé deux fois) au mont Techès la distance n'est pas de plus de quarante-cinq milles à vol d'oiseau; or, en ajoutant un tiers en sus de la distance pour les détours, on n'aurait guère que vingt lieues, ce qui donnerait bien exactement les cinq jours de marche de Xénophon.

Je n'ignore pas qu'en faisant suivre aux Grecs la route qui, depuis l'Arpa-Sou, passe par le Pasïn et conduit par Djennès et Gumuch-Khânéh à Trébizonde, je n'explique ni la longueur du temps employé par les dix mille à parcourir l'espace qui sépare le Phase de l'Harpassus ni la nécessité de leurs détours. Les conjectures ingénieuses que propose à cet égard M. Rennell [*], l'autorité de ce savant et celle de M. Kinneir lui-même sont sans doute du plus grand poids; mais il m'a paru utile de faire connaître avec précision un nom de lieu qui, par sa consonnance, rappelle plus le Gymnias de Xénophon que les noms de Comasour, de Coumbas ou de Kumakie, et surtout convenable de justifier d'Anville du reproche d'avoir pris Khenès pour Gymnias.

[*] *Retreat of the ten thousand*, p. 222.

la nuit, il fût arrêté entre nous que M. Jouannin[1] se rendrait en Perse et qu'il se chargerait d'une lettre que je me proposais d'adresser au schah, car en Perse il est permis et même d'usage d'écrire directement au souverain, et souvent il répond sans l'intervention des vizirs. Je donnai à M. Jouannin tous les avis qui me parurent nécessaires sur la route qu'il avait à suivre en continuant son voyage à travers le Kurdistan septentrional et sur la conduite qu'il devait tenir à l'égard des Persans, peu avares de protestations amicales. Nous prîmes ensuite quelque repos et nous nous séparâmes le lendemain matin.

Tchiftlik, où j'allai coucher le 22, est bâti dans une plaine riante sur le bord d'une petite rivière que d'Anville nomme Sorman-Soui, mais dont le véritable nom est Saman-Souy[2]. Les eaux de cette rivière coulent vers la mer Noire. J'en fis la remarque avec une vive satisfaction, cette direction étant un signe certain que le terme de mon voyage à travers les régions barbares de l'Asie Mineure n'était pas éloigné. Pour comble de bonheur, je reçus le soir même, des mains de l'Arménien que j'avais envoyé à Youssuf-Pacha, une lettre par laquelle le begler-beg, me témoignant ses regrets de ne point me voir prendre la route de terre, qu'il consi-

---

[1] M. Jouannin a, depuis cette époque, rempli avec distinction les fonctions de premier secrétaire interprète et de chargé d'affaires de France en Perse.

[2] Litt. Rivière de la paille.

dérait, non sans raison, comme la plus sûre, m'accordait la permission de passer par Trébizonde et m'annonçait qu'il avait chargé le gouverneur de cette ville de me faciliter les moyens de me rendre promptement à Constantinople; comme si toutes ces marques de bonté n'eussent pas suffi, Youssuf-Pacha accompagna sa lettre d'un nouveau présent.

Notre traite du lendemain, 25, nous conduisit à Gumuch-Khânéh (la maison d'argent)[1], grosse bourgade peuplée principalement d'Arméniens qui cultivent le vallon agréable et fertile où elle est située. Ils font aussi un commerce avantageux que favorise l'heureuse situation du lieu, et ils se livrent depuis un temps immémorial[2], à l'exploitation de mines considérables qui se trouvent à peu de distance. J'en ai visité les travaux, et, malgré mon peu de connaissances en ce genre, il ne m'a pas été difficile de juger qu'ils sont inhabilement dirigés. Le produit de l'exploitation était évalué anciennement à trente mille piastres par mois; je ne pense pas qu'aujourd'hui il s'élève au quart de cette somme. Les environs de Gumuch-Khânéh offriraient, selon toute apparence, un champ fort riche aux recherches d'un minéralogiste.

[1] D'Anville, *Géographie anc.*, t. II, p. 37, paraît penser que ce lieu répond à l'ancienne Bylæ.

[2] Il est question dans l'*Iliade* d'Homère, liv. II, vers 856 et 857, d'un pays situé à l'extrémité du Pont-Euxin, habité par les Halizones d'Alybé et célèbre par ses mines d'argent. Strabon, liv. XII, p. 549 et suiv., présume que ces peuples étaient des Chalybes, habitant au delà de l'Halys.

De Gumuch-Khânéh nous nous rendîmes le 24 à Stavros (la Croix), qui est le premier village grec qu'on rencontre en allant d'Erzeroum à Trébizonde, tous les autres n'étant peuplés que d'Arméniens et de Turks. Il est dans une situation pittoresque, sur le penchant d'une montagne et au bord d'un torrent dont les eaux fertilisent le fond d'une vallée qui sans cela serait entièrement stérile. Il y a lieu de conjecturer que Stavros était anciennement une dépendance de la colonie de Trébizonde.

Le 25 nous gravîmes la chaîne des montagnes qui forment la ceinture de la mer Noire du côté du midi. Parvenus à la crête de l'une d'elles, nous vîmes sous nos pieds un vaste amas de nuages blancs qui s'entrechoquaient avec violence et que sillonnait la foudre. C'était un orage qui fondait sur Trébizonde et sur les vallées environnantes. Le soleil brillait au-dessus de nos têtes et nous respirions un air vif et pur. Ce phénomène se renouvelle souvent, surtout au commencement du printemps, en automne et en hiver, où les vents poussent les nuages vers les montagnes dont je viens de parler. Elles en sont alors tellement surchargées que, bien qu'on soit fort près de la mer, on ne peut la découvrir du haut de leurs cimes.

Le pays qui depuis le sommet des montagnes s'étend vers le nord est très-boisé. La végétation y est des plus vigoureuses et les arbres y sont d'une grosseur et d'une élévation extraordinaires. Ce sont des chênes, des

hêtres, des frênes, des bouleaux, des érables et quelques sapins. Ce n'est pas seulement le paysage qui
offre un aspect plus riant à mesure qu'on avance vers
Trébizonde; il est facile de reconnaître aussi que les
hommes y jouissent de plus d'aisance que de l'autre
côté des montagnes. Le fond des vallées est semé d'habitations isolées, ce qui annonce une sorte de sûreté;
enfin les sites de cette belle contrée rappellent ceux de
la Suisse et de la Savoie, tandis que du côté d'Erzeroum le haut pays est pierreux, stérile et presque
nu.

L'humidité du sol jointe à la grande quantité des
feuilles tombées ayant rendu plus glissante que de coutume la pente roide des montagnes, nous fûmes forcés
de mettre pied à terre pour descendre. Nous allâmes
coucher le 25 à Ghevizlik (le village des noyers), où,
pour la première fois depuis Erzeroum nous trouvâmes un caravansérai assez commode et un café bien
tenu. J'écrivis de là à M. Dupré, consul de Trébizonde,
qui le lendemain, 26, eut la bonté de venir au-devant
de moi jusqu'au lieu d'où, pour la première fois, l'on
découvre la mer dans une vaste étendue, lieu voisin
sans doute de celui que la retraite des dix mille rendit tellement célèbre, que les Grecs y consacrèrent jadis
un temple et des autels à Apollon et à Mercure. Le
sommet de ces montagnes, visité depuis par l'empereur Adrien, reçut une nouvelle illustration par la sta-
tue que ce prince y fit élever et surtout par la descrip-

tion animée autant que fidèle qu'en a laissée Arrien,
celui des historiens grecs dont la manière et le goût
rappellent le plus l'aimable simplicité et la grâce ini-
mitable du style de Xénophon.

CHAPITRE XLII

Embarquement à Trébizonde. Relâche forcée sur la côte de Vona. Suite de la navigation. Nouvelle relâche. Rembarquement. Violente tempête. Débarquement dans la rade de Coumdjughaz. Plaine du Djanik. Villes principales de cette plaine.

Trébizonde et ses environs, vus du haut des collines qui bordent la mer Noire de ce côté, offrent l'aspect le plus agréable. Toutes les maisons et même les murs d'enceinte de la ville, qui conserve toujours la forme d'un trapèze, sont tapissés de lierre dont le vert sombre contraste avec les couleurs vives et brillantes du paysage et avec l'éclat des rayons du soleil réfléchis par la surface plane de la mer. L'anse qu'on appelle la marine se présente à droite, lorsqu'on y arrive du côté de terre. Il ne peut y entrer que quelques barques de pêcheurs et quelques bateaux destinés à transporter à la ville les marchandises appelées à Platana, véritable port de Trébizonde[1]. C'était là qu'était mouillé le na-

---

[1] La distance entre Hermonassa (lieu situé à quatre milles à l'ouest de Platana) et Trébizonde, est évaluée par Arrien à soixante stades. (Arr., *Peripl. Eux.*, p. 129.) Je l'estime à quatorze milles ou à quatre lieues deux tiers par mer. Quel que soit le stade employé par Arrien, il devient difficile de concilier ces deux évaluations, à moins de supposer qu'il est ici question d'un lieu dont la situation répondrait à celle de Platana ou plus correctement peut-être de Palati-Khânéh.

vire que M. le consul avait bien voulu noliser pour
nous. Il s'y trouvait aussi deux frégates turques, que je
visitai. Le capitaine qui les commandait, et qui devait se
rendre à Constantinople, voulait me retenir sur son
bord; mais la crainte d'éprouver de trop longs retards
me porta à refuser cette offre.

Le fidèle Arménien qui m'avait accompagné depuis
mon premier passage par Erzeroum me quitta à Trébizonde. Ce jeune homme ayant une horreur invincible
de la mer, il me fut impossible de le résoudre à s'embarquer; étant reparti pour se rendre à Marsiwan, il
eut le malheur, ainsi que je l'ai appris depuis, d'être
dépouillé par les Lazes au sortir de Trébizonde. M. Dupré le père me conduisit jusqu'à Platana. Notre navire
était un bech-tchiftéh, du port de quatre-vingts à cent
tonneaux. L'équipage se composait d'une vingtaine de
matelots grecs de nation, commandés par un musulman. Le pilote était un marin assez expérimenté. Je
montai à bord, accompagné de M. Dupré fils et d'un
médecin bergamasque, nommé le docteur Pretta,
homme de beaucoup d'esprit et d'une originalité singulière. Il avait exercé la médecine en Turquie avec
quelque succès près de plusieurs personnages considérables et particulièrement près d'Abdi-Beg, intendant de Ma'aden ou des Mines. Il parlait facilement la
langue du pays, et, usant de l'ascendant que lui donnait sa profession, il traitait les Turks sans le moindre
ménagement.

Nous appareillâmes de Platana le 2 septembre avec
une brise du nord-est qui, si elle avait été plus forte,
nous aurait portés en sept ou huit jours à Constantinople; mais, le vent ayant tourné à l'ouest vers le milieu de la nuit, nous fûmes forcés de gagner la haute
mer et de courir de longues bordées. Nous avions fait
vingt-cinq ou trente lieues dans la bonne route, lorsque,
le vent ayant fraîchi le troisième jour, les matelots,
malgré mes représentations, portèrent notre proue
sous le vent du cap Vona, qu'il leur avait été impossible de doubler. En abordant, on jeta sur le rivage un
cabestan et des cordages, et l'on parvint, non sans
peine, à amarrer le navire. Nous passâmes trois jours
à terre ou plutôt entre les rochers dont cette côte, qui
n'offre aucune habitation, est hérissée. Le vent soufflait toujours avec violence et la pluie tombait fréquemment à fortes ondées. L'agitation de la vague empê-
chait de mettre le canot à la mer; nous ne pouvions
communiquer avec le navire et nous n'avions que des
cavernes pour abri. Ce fut là la première épreuve que
nous fîmes de ces vents d'ouest qui nous contrarièrent
tant durant le reste du voyage.

L'orage s'étant un peu calmé le troisième jour, nous
nous rembarquâmes pour tâcher de doubler le cap
Vona, tentative qui fut également infructueuse. Entraînés par le vent et par les courants qui portaient vers
l'est, nous fûmes forcés de dépasser non-seulement
Iasoun (l'ancienne Jasonium) et Keresoun, mais en-

core Zafra, Tireboli et Buïuk-Liman, lieu au delà duquel nous prîmes terre dans une anse, heureux encore de n'avoir pas été entraînés jusqu'au l'hase. Les tempêtes durent ordinairement trois jours dans la mer Noire; nous fûmes forcés d'attendre toute une semaine que la fureur des flots fût apaisée. Me flattant alors que le coup de vent de l'équinoxe était passé, je pressai les matelots de remettre à la voile, et nous eûmes le bonheur de doubler le cap Vona; mais à peine étions-nous parvenus à la hauteur d'Euniéh, que nous fûmes assaillis d'une nouvelle tempête plus violente encore que la précédente, et que nous eûmes lieu de craindre un véritab'e naufrage. La mer était blanche d'écume, et la vague courte et dure, comme dans toutes les mers méditerranées; les nuages fuyaient avec rapidité vers l'Orient, notre navire n'obéissait plus au timon, les matelots et la plupart des passagers étaient dans l'épouvante; le pilote me reprochait amèrement mon imprudence et me faisait surtout un crime de ce qu'au lieu de me recommander à saint Georges et à saint Nicolas, patrons des navigateurs, je me tenais tranquillement assis, fumant ma pipe, auprès du gouvernail.

Cependant, au milieu de la tourmente, il n'était pas difficile de s'apercevoir que les vents tournaient vers le nord. Vainement eussions-nous fait les plus grands efforts pour nous élever en pleine mer; nous étions poussés avec violence sur les récifs qui bordent la côte au fond du golfe de Samsoun (l'Amisenus sinus). Toute-

fois cette circonstance nous fut favorable, en ce qu'é-
tant abrités par les montagnes qui ceignent ce golfe,
surtout du côté du sud-ouest, nous eûmes un temps à
peu près calme et une mer moins houleuse, ce qui
nous permit enfin de jeter l'ancre dans la rade de
Coumdjughaz[1], à peu de distance de l'embouchure
du Kizil-Ermak. Coumdjughaz n'est ni une ville ni un
village; c'est une grande rade foraine située à quinze
lieues environ à l'ouest du pays de Themiscyre, qui passe
pour avoir été la demeure des Amazones[2], et qui fait
aujourd'hui partie du Djanik. Sur les bords de cette rade
est une vaste plaine qu'entoure une chaîne de montagnes courbée en arc, d'environ vingt lieues de circonférence. La cime et les flancs de ces montagnes, dont
la hauteur est considérable, sont couverts de bouquets
de bois de toute espèce, et particulièrement de buis, de

---

[1] Et non Koumdgi-Aghiz, comme l'écrit d'Anville.

[2] L'opinion des savants est depuis longtemps fixée sur l'existence des
Amazones. Une armée de Sauromates, ayant traversé le Caucase et la
Colchide, aura pénétré dans l'Asie Mineure et se sera arrêtée sur les
bords du Thermodon; contents de retrouver une plaine qui leur rappe-
lait le souvenir de leur patrie, et éprouvant, ainsi que le firent depuis les
Grecs de Xénophon, la crainte de ne pouvoir passer de larges fleuves,
tels que l'Halys, le Parthenius et le Sangarius, ces nomades auront vécu
dans la plaine de Themiscyre du produit de leurs troupeaux et du
butin qu'ils pouvaient faire sur leurs voisins. En Scythie leurs femmes
les accompagnaient à la guerre et à la chasse, montaient à cheval et ti-
raient de l'arc; ici elles gardaient le rivage. Des matelots grecs en
auront vu sur les bords de la mer, les ayant combattues, auront été
vaincus par elles, et en auront conclu que le pays était en entier habité
par ces œorpates ou tueuses d'hommes. De là les fables des Grecs. Mais
que ces prétendues héroïnes aient pris les armes d'abord pour venger la

myrtes, de diverses variétés de lauriers, de chênes
nains, de poiriers, ainsi que de plantations de noyers
et de mûriers, et de champs de maïs, de chanvre et de
lin. Les habitations sont construites sur les points les
plus élevés, et, quoique nombreuses, elles sont à une
assez grande distance les unes des autres. La chaîne
des montagnes est coupée, indépendamment de l'Halys, par le Iechïl-Ermak et le Therméh, qui sont l'ancien Iris et l'ancien Thermodon, et qui, en se rendant
à la mer, arrosent une vaste plaine sillonnée par une
infinité de ruisseaux venant des montagnes, et bordés
de peupliers, d'ormeaux, de hêtres, d'érables et d'autres
arbres de haute futaie. Des ceps de vigne sauvage de
la plus belle végétation s'élancent jusqu'à la cime de
ces arbres divers et les couronnent. La plus grande
partie de cette plaine est en prairies, dont l'aspect

mort de leurs époux, puis pour se défendre, enfin pour soumettre les peuples voisins; qu'elles aient tenté une expédition contre Athènes, et que
leur reine Thalestris soit venue ou ait envoyé cent ambassadrices au
camp d'Alexandre, c'est ce que, malgré l'autorité de plusieurs poëtes,
philosophes et historiens célèbres de l'antiquité, il n'est plus permis de
croire aujourd'hui. On se souvient du mot de Lysimaque, lorsque Onésy-
crite lui lut l'histoire de Thalestris, dont il avait embelli son livre des
expéditions d'Alexandre. « Eh ! où étais-je donc alors?» lui dit Lysimaque
en souriant.

Il n'est pas inutile de remarquer, ainsi que l'a fait le docte et judicieux
Fréret *, que les noms d'Orithie, de Menalippe, d'Hippolyte, etc., donnés
à ces Sauromatides, sont tous des noms grecs, quoiqu'il soit visible que
ces femmes dussent porter des noms barbares et pris de la langue qu'elles
parlaient.

* *Mém. de l'Académie*, t. XXXVI, p. 193.

agreste est ravissant, et sur lesquelles on met en pâ-
ture des bestiaux [1] qui pour la plupart finissent par devenir sauvages. Les sangliers abondent dans cette contrée, et l'on y trouve aussi beaucoup d'autre gibier.
Les branches des arbres recèlent une infinité d'oiseaux, tels que le ramier, la tourterelle, le geai, le
merle et le pluvier. Les bords du fleuve et ceux de la
mer sont fréquentés par une multitude d'oiseaux aquatiques ou échassiers, parmi lesquels on distingue le
pélican, l'aigrette, le héron, la macreuse, la bécassine
de mer, etc.; mais la côte est peu poissonneuse.

Les remarques contenues dans le chapitre XII sur
les habitants du Djanik, peuvent s'appliquer à ceux
du pays maritime que je viens de décrire. J'ajouterai
seulement que le climat de ce littoral paraît sain, que
le sang y est en général très-beau, et le caractère des
musulmans doux et sociable. Malgré les avantages de
leur position géographique, ils font peu de commerce;
leur principale industrie consiste à filer de la laine et
du poil de chèvre, à faire des tissus de ces deux ma-
tières, à scier des planches, à fabriquer des cordages
et à construire des barques et des navires à poupe très-
élevée et assez solides pour résister aux orages, si fréquents sur cette mer inhospitalière [2].

---

[1] J'achetai là une belle génisse pour la modique somme de neuf piastres
(13 fr. 50 c.).

[2] On sait que c'est ainsi que se nommait anciennement la mer Noire
(ἄξενος). Ce ne fut que par suite d'un préjugé fondé sur la crainte qu'elle

Les villes principales de la plaine sont celles de Tcharchenbéh, de Samsoun et de Bafra. Je ne connais que la dernière, et le lecteur peut se ressouvenir que j'en ai déjà parlé[1].

---

inspirait, que les Grecs lui donnèrent ensuite le nom d'εὔξεινος (hospitalis) qu'ils croyaient d'un heureux augure *; c'est pour un motif semblable qu'encore aujourd'hui la tempête s'appelle en turk, comme en italien, *fortuna*, et la peste *el mubarek* ou la bénie.

[1] Chap. XII, p. 90.

* L'auteur du *Périple de l'Euxin*, tel qu'on peut présumer que Salluste l'avait décrit (*Mém. de l'Acad.*, t. LIX, p. 220 et 221), pense néanmoins que cette origine du nom de l'Euxin est une fable grecque, et que l'ancien et véritable nom de cette mer était *Askenès*. On lit en effet ce nom ainsi écrit dans la Genèse, chap. x, v. 5, et dans divers ouvrages d'auteurs arméniens.

CHAPITRE XLIII

Projet de voyage de Coumdjughaz à Sinope par terre. Hostilités entre les Turks et les habitants du Djanik à Bafra. Impossibilité de passer le Kizil-Ermak. Retour à Coumdjughaz. Arrivée à Sinope.

Nous n'avions pas fait plus de soixante-dix lieues depuis notre départ de Trébizonde, la saison avançait, la mer devenait de jour en jour moins navigable, et il paraissait évident qu'à continuer notre traversée avec la même lenteur, deux mois nous suffiraient à peine pour arriver à Constantinople. Je pensai donc sérieusement à prendre, du moins jusqu'à Sinope, la voie de terre, quelques difficultés qu'elle présentât à travers un pays presque sauvage et violemment agité par la guerre civile. J'envoyai un janissaire demander au mutesellim de Bafra s'il nous accorderait le passage. La réponse fut que, vu la présence de l'ennemi sur l'autre rive de l'Halys, il convenait d'attendre quelques jours. Étranger, protégé par Youssuf-Pacha, et pouvant être reconnu par le premier voyageur que le hasard amènerait de Trébizonde ou d'Arménie, j'avais lieu de craindre que cette sorte de refus de la part d'un officier rebelle ne me présageât de nouveaux malheurs. Déjà même j'avais été accusé d'être espion de la Porte par les équipages de deux navires, dont l'un venait sur son lest de Crimée, et se rendait aux bouches du Danube pour y charger du blé, et dont l'autre transportait du Phase à Constantinople des esclaves géorgiens des deux sexes. Il me fallut en conséquence, suivant le conseil et l'exemple du docteur bergamasque, affecter plus d'insouciance et de gaieté qu'à l'ordinaire, et donner aux nouveaux venus divers repas dans lesquels le peu de vin de Tenedos que j'avais rapporté de Trébizonde ne fut point épargné. J'allais presque tous les jours à la chasse [1] sur les bords du fleuve, dans les halliers, au milieu des ronces et des vignes sauvages dont la plaine est couverte, et qui, s'enlaçant les unes dans les autres, rendent la marche très-pénible. Souvent j'étais arrêté par la rencontre imprévue d'un ruisseau profond dont les eaux limpides s'écoulaient avec lenteur vers la mer. D'autres fois je m'égarais dans les bois loin de tout sentier et de toute demeure des hommes. Le soir, en rentrant à la cabane qui nous servait de logement, j'interrogeais le pilote sur les vents, et les villageois sur la guerre. « Rien de nouveau. » Telle était constamment leur réponse.

J'étais depuis dix-sept jours à Coumdjughaz, et nul

---

[1] J'ai rencontré dans cette plaine des cailles, des perdrix et des coqs de bruyère, mais je n'y ai point vu de faisans. Cette dernière espèce de gibier est très-abondante au nord du Caucase, ainsi que je m'en suis assuré depuis.

indice ne faisait présumer qu'il dût s'opérer dans le temps un changement favorable. Fatigué d'une si longue attente, je pris la résolution de me rendre par terre à Sinope par Bafra. Comme il n'était pas possible de débarquer les chevaux persans que j'avais à bord, je pris le parti de louer des mulets de charbonniers pour nous porter nous et notre bagage; et, après avoir donné au patron l'ordre de remettre à la voile pour venir nous rejoindre à Sinope aussitôt que le vent le lui permettrait, nous partîmes pour Bafra.

Il était cinq heures du matin; le parfum des fleurs des plantes aromatiques rendait encore plus délicieuse la fraîcheur de l'air. Au lever du soleil, c'est-à-dire au bout d'une heure de marche sur un chemin sablonneux, nous entendîmes quelques coups de canon dans le lointain, et bientôt après nous rencontrâmes des troupes de paysans qui fuyaient vers les montagnes. Ce bruit et cette fuite étaient causés par un combat qui se livrait sur la rive gauche du Kizil-Ermak, entre les habitants du Djanik et les troupes ottomanes.

A notre arrivée à Bafra, nous nous rendîmes chez le mutesellim, mais il était sur le champ de bataille, d'où il ne revint que le soir; il avait forcé l'ennemi à battre en retraite. Il donna ses premiers soins aux blessés, et s'occupa des moyens de repousser les Turks, s'ils venaient tenter de nouveau le passage. Avant de remonter à cheval pour retourner vers ses troupes, il m'invita à partager son frugal repas. Il me dit qu'il ne fallait pas que nous songeassions à passer le fleuve, parce qu'il avait fait couper une des arches du pont, et que les hostilités n'étaient que suspendues. En effet toute la ville était dans une confusion extrême, et les rues étaient jonchées de blessés. Cédant à la nécessité, nous retournâmes le soir même sur nos pas. Nous marchâmes toute la nuit, et arrivâmes au bord de la mer le lendemain matin au point du jour. Mais quelles furent et notre surprise et notre douleur en ne voyant plus aucun navire en rade! Le vent avait tourné, et, conformément à ses instructions, le pilote avait fait voile pour se rendre à Sinope. Ainsi la route de terre était fermée, et nous n'avions en mer aucune embarcation pour pouvoir profiter du vent, qui était devenu favorable.

La baie de Coumdjughaz est fermée du côté de l'ouest par une langue de terre qui s'étend sur trois lieues de longueur, depuis le lieu le plus propre au mouillage, jusqu'au point où l'Halys mêle ses eaux troubles et jaunâtres avec celles de la mer Noire. Dans cette partie du golfe la côte est basse, sablonneuse, et presque inaccessible aux vaisseaux du moindre tonnage. L'extrémité de cette langue forme un cap qui se prolonge dans la mer, et que les marins reconnaissent à quelques bouquets d'arbres élevés qui l'ombragent.

Le lendemain de notre retour à Coumdjughaz, vers

midi, nous aperçûmes de ce côté une voile à l'horizon. Prendre nos armes et nos montures, nous diriger vers le cap, et parcourir au galop la distance qui le sépare de Coumdjughaz, fut l'affaire de moins d'une heure. A peine arrivés, notre premier soin fut d'élever des signaux, de faire plusieurs décharges de mousqueterie pour tâcher de faire comprendre notre détresse à l'équipage du navire que nous avions aperçu, et qui se rendait à Sinope avec un chargement de sel. Cette tentative nous réussit. L'embarcation approcha du rivage, mit à terre quelques matelots grecs avec lesquels le marché fut bientôt conclu, puis elle nous prit à bord, et nous conduisit à Sinope, où nous débarquâmes heureusement le 30 septembre.

CHAPITRE XLIV

La ville de Sinope, dominée du côté du nord par une montagne sur laquelle divers auteurs placent le tombeau de Mithridate Eupator, est située sur la partie la plus étroite d'une presqu'île de trois lieues de tour qu'un isthme sablonneux sépare du continent; son enceinte à peu près carrée est formée de vieilles murailles flanquées de tours qui suffiraient à peine, en cas d'attaque, pour la mettre à l'abri d'un coup de main.

Comme Alexandrie d'Égypte, Sinope a deux ports, dont l'un, journellement encombré par les sables, n'est fréquenté que par des barques de pêcheurs, tandis que l'autre a l'avantage, si précieux sur cette côte, d'offrir un asile sûr et commode aux navires qui viennent de l'est. On compte dans cette ville environ douze mille habitants, dont les deux tiers sont Turks; les autres sont des Grecs qui occupent un faubourg bâti sur les bords de la mer, et où se trouvent les maisons des

consuls de France et de Russie, seules puissances qui
aient obtenu le droit d'entretenir des agents dans cette
résidence. Les Grecs vivent du commerce et de la pêche.
Ils exportent, dans les divers ports de la mer Noire, du
cuivre de Tocat, des poils filés de chèvres d'Angora,
des planches et des cordages; ils salent ou font sécher
des maquereaux[1] et des pélamydes. Les Turks s'occupent des travaux de l'agriculture, et travaillent dans
les chantiers à la construction ou au radoub des navires de guerre dont ce port tire sa plus grande importance.

Sinope jouit d'un climat heureux; c'est néanmoins
le dernier lieu de la côte où croisse l'olivier du côté de
l'Occident[2]. Plus près de Constantinople, l'humidité
du sol et l'inconstance des vents empêchent que cet
arbre délicat ne prospère. Les jardins qui ceignent la
partie méridionale de la ville offrent encore aujour-
d'hui, comme au temps de Strabon, l'aspect le plus
riant. Les environs de Sinope sont fertiles en blé, en
riz et en fruits de toute espèce, et la côte abonde en
oiseaux aquatiques.

Plusieurs traditions fabuleuses attribuent la fondation de Sinope à Autolycus, l'un des compagons d'Her-
cule; mais il paraît certain que cette ville fut sinon
bâtie, du moins agrandie par les Milésiens, qui s'y éta-
blirent, dans le septième siècle avant Jésus-Christ, sé-

---

[1] En grec moderne τζίρος.
[2] Xénophon en fait la remarque. *Expéd. de Cyr.*, liv. VI, § 21.

duits par sa position intermédiaire relativement au Bosphore de Thrace et au Phase, et par la facilité d'entretenir des relations de commerce avec les Daces, les habitants de la Chersonèse Taurique et les Sarmates du Bosphore cimmérien. Diverses colonies, parmi lesquelles Trébizonde tenait le premier rang, sortirent à leur tour de Sinope, qui depuis fut célèbre à d'autres titres. Elle accorda une hospitalité généreuse à ces dix mille Grecs qui durent en partie leur salut aux talents militaires de Xénophon, et sans doute leur illustration tout entière à l'avantage d'avoir eu ce grand homme pour historien de leur retraite; elle vit naître dans ses murs Diogène le Cynique, ce philosophe singulier, bizarre, mais doué d'une âme énergique et d'un esprit profond, et qui mieux que personne sut apprécier et faire connaître le néant des grandeurs humaines; enfin le plus implacable ennemi des Romains, Mithridate, y prit aussi naissance, y fut élevé, et selon quelques auteurs enseveli par les ordres de Pompée. Pharnace, fils de Mithridate, s'empara de Sinope durant le cours de la guerre civile; mais, les Romains, quarante-cinq ans avant Jésus-Christ, l'ayant reprise, elle reçut de César de nouveaux colons et un grand accroissement de puissance. Elle resta soumise aux empereurs, puis à des princes indépendants, jusqu'à l'époque de la chute de David Comnène, et elle finit par tomber au pouvoir de Mahomet II, lorsque ce conquérant farouche poursuivait en Asie le cours de ses succès contre les Persans[1]. Depuis cette époque elle n'a cessé de déchoir de son ancienne opulence.

M. Fourcade, consul de France à Sinope, avait conçu beaucoup d'inquiétude en voyant arriver notre navire sans nous. Supposant alors que nous avions pris la voie de terre, il était allé à notre rencontre jusqu'à Gherzéh[2]; à son retour il nous trouva chez lui et il nous fit l'accueil le plus amical.

Nous eûmes encore à délibérer sur la manière dont nous poursuivrions notre route. La côte, depuis Sinope jusqu'au promontoire de Kerempéh, est hérissée d'écueils, et présente un grand nombre de caps, dont les plus difficiles à doubler sont ceux d'Indjé-Bouroun (le cap Mince), de Stephanos (la Couronne) et de Kinoli. Nous résolûmes en conséquence de nous rendre par terre à Ineboli[3]. Comme l'a'yan de cette ville avait eu fréquemment égard aux demandes du consul de France, nous pensâmes qu'il consentirait à nous fournir une felouque à dix paires de rames. Nous espérions que, si les vents ne soufflaient pas avec trop de violence, quelle qu'en fût la direction, nous pourrions nous rendre en peu de jours à Constantinople. D'ailleurs la route de Sinope à Ineboli par terre était parfai-

---

[1] En 1459.

[2] C'est l'ancienne Carusa, mauvais port selon Arrien, *Péripl. de l'Eux.*, p. 127.

[3] L'ancienne Abonu-teichos, Arr., *Péripl. de l'Eux.*, p. 126, ou Ionopolis. D'Anv., *Géogr. anc.*, t. II, p. 29.

tement sûre, et, d'après l'inspection des cartes, comme au témoignage des gens du pays, nous étions fondés à ne compter que trente-deux lieues de l'une à l'autre ville.

Le 9 octobre, nous partîmes de Sinope avec M. Fourcade, qui voulut nous accompagner jusqu'au lieu de notre embarquement. Après une marche de huit heures, pendant laquelle nous traversâmes des bois, puis d'agréables vallons, nous arrivâmes au joli village grec de Stephanos. La marche du lendemain fut plus pénible. Il fallut monter et descendre des hauteurs escarpées, passer des torrents, et le plus souvent nous ouvrir à coups de hache un chemin au milieu de forêts épaisses; mais rien n'égale les difficultés que nous eûmes à surmonter le troisième jour, c'est-à-dire depuis le village d'Aïandoûn, où nous avions couché, jusqu'à Inidjéb, hameau situé près du cap Kinoli, que tant de naufrages ont rendu célèbre. On n'y voit la trace d'aucun sentier praticable, on y court le risque à chaque instant de se précipiter dans la mer; peu de pays enfin offrent un aspect plus âpre, plus sauvage que cette côte hérissée de rochers et couverte d'arbres séculaires.

Le cap Kinoli est situé absolument à l'opposite du Caradja-Bouroun (le Criou-Metopon), en Crimée[1]. Si l'on en croit les géographes anciens et quelques voya-

---

[1] On a remarqué que les bandes de grues, lorsqu'elles veulent traverser l'Euxin, ont soin de se rassembler sur l'un des deux promontoires,

geurs modernes, l'un et l'autre rivage sont assez élevés
pour qu'on puisse les apercevoir en même temps, lorsqu'on en est à égale distance au milieu de la mer
Noire. Voyageant par terre, il ne nous était pas possible de vérifier ce fait, qui n'est pas sans importance
pour la géographie et pour l'histoire; mais nous re-
marquâmes la grande hauteur de la corniche. Sachant
d'ailleurs que le Criou-Métopon est formé par une montagne fort élevée, et que la distance entre ce cap et celui
de Kinoli n'est pas de plus de deux degrés ou de cinquante lieues communes, il ne nous paraît pas invrai-
semblable que du milieu du Pont-Euxin et par un
temps clair on ait pu voir en même temps l'une et
l'autre côte[1].

L'aspect du pays change lorsqu'on descend dans la
fertile vallée qu'arrose la rivière d'Ineboli. Tout dans
cette vallée annonce l'industrie des habitants et la tranquillité dont ils jouissent. Des minarets s'élancent
dans les airs entre les nombreux peupliers qui ombragent les jardins; de nombreux troupeaux paissent dans
les prairies; des usines sont établies sur la rivière qui
baigne les murs et forme le port d'Ineboli; enfin divers chantiers où l'on travaille sans relâche à construire
des navires et à les doubler en cuivre, prouvent que le

pour tirer droit à l'autre par l'endroit de la mer le plus étroit. (Pline,
liv. X, 25.)

[1] Depuis la rédaction de cette partie de mon voyage et durant mon séjour en Crimée (en mars 1819), j'ai acquis la certitude de ce fait.

peuple de cette ville est laborieux, et par conséquent plus heureux que dans la plupart des autres provinces de l'Asie.

L'a'yan d'Ineboli nous accueillit parfaitement, et consentit à nous prêter sa demi-galère, sinon jusqu'à Constantinople, où il craignait qu'on ne la lui retînt, du moins jusqu'à Kefken (lieu très-voisin de l'ancienne Calpé), ou tout au plus jusqu'à Kili, petite ville située à huit lieues de la capitale, et dont le gouverneur était alors en révolte ouverte contre le Grand Seigneur. Un pilote, et une vingtaine de rameurs, tous musulmans, reçurent l'ordre de s'embarquer avec nous. Un léger calme étant survenu le 15 octobre au matin, nous prîmes congé de l'a'yan, et j'embrassai M. Fourcade, dont je ne puis transcrire ici le nom sans éprouver les vifs regrets que sa mort prématurée a causés à tous ses amis. Agent rempli de zèle, il sut faire respecter le nom français à Sinope, où il exerça le premier les fonctions de consul. Homme instruit, il mit à profit ses moments de loisirs pour parcourir les environs de cette ville et en étudier les antiquités. S'il n'a pas eu le mérite de rectifier, comme l'a fait Beauchamp, l'ensemble du littoral (sud) de la mer Noire, il a du moins eu celui d'avoir fait connaître avec exactitude les détails de la côte sur laquelle il faisait sa résidence; et les divers mémoires qu'il a lus à l'Académie des inscriptions et belles-lettres lui ont mérité l'approbation de cette illustre réunion de savants.

Nous voguâmes jusqu'au soir, et alors nous prîmes terre entre les rochers qui forment le redoutable cap Kerempéh, que nous nous disposâmes à doubler le lendemain matin de bonne heure, ce que nous fîmes. A partir de ce cap jusqu'à Kidros, l'ancienne Kithoros de Paphlagonie, c'est-à-dire sur un espace de douze à treize lieues [1], le calme nous permit de faire usage de la rame, et nous passâmes, sans nous arrêter, devant Temenéh, l'ancienne Thymène, et devant Cara-Agadj (l'arbre noir), position qui semble convenir à celle d'Ægiali, dont il est fait mention dans le Périple d'Arrien. Le 18 au soir nous jetâmes l'ancre dans le port de Kidros, que de hautes montagnes couronnées de forêts ferment presque de toutes parts, et dans lequel on est à l'abri de tous les orages. Il est surprenant qu'on ne trouve dans ce lieu paisible aucune autre habitation que quelques masures qui suffisent à peine pour mettre à couvert de la pluie.

Du port de Kidros nous nous dirigeâmes, allant toujours à la rame, vers Amastrah, colonie fondée par une princesse, nièce de Darius, qui épousa successivement Denys, tyran d'Héraclée, et Lysimaque, compatriote et l'un des successeurs d'Alexandre.

---

[1] Deux cent soixante-dix stades, selon Arrien.

CHAPITRE XLV

Amastrah. Vallée de Bartin. Violente tempête. Arrivée à Philios. Eregri
(l'ancienne Héraclée). Habitants de cette ville. Rembarquement et arrivée
à Constantinople. Fin du voyage.

Sans être aussi belle que Sinope, la ville d'Amastrah, bâtie en amphithéâtre sur un plateau qui domine la mer, est, de même que l'ancienne capitale du
royaume de Pont, assise entre deux ports à demi comblés par le sable, et susceptibles à peine de contenir
une vingtaine de navires. L'un de ces ports est à peu
près abandonné, mais l'autre a le précieux avantage
d'offrir aux navigateurs un sûr abri contre les vents
d'ouest et contre les courants du Bosphore. Vue du
côté de la mer, cette ville, du milieu de laquelle s'élèvent encore quelques fûts de colonnes grecques et quelques débris d'un temple de Neptune, ne présente plus
que l'aspect d'un misérable village.

Autant qu'on peut en juger par le nombre et l'espèce
des médailles d'Amastris, qui sont parvenues jusqu'à
nous, et parmi lesquelles on en compte très-peu de sa
fondatrice, il paraît que cette ville était au premier
rang des colonies de l'Euxin. On sait qu'elle avait un
gouvernement modéré et qu'elle jouissait d'une heu-

reuse indépendance. Placée entre la Perse et la Grèce,
fondée sous la protection d'un des plus puissants monarques de l'Asie, accrue par les troubles qui désolè-
rent Héraclée après la mort d'Alexandre, elle dut en
effet jeter un très-grand éclat.

Nous regrettâmes de passer devant Amastrah sans
que le vent nous permît de nous y arrêter. Nous avions
le plus vif désir d'en visiter les ruines grecques et ro-
maines, de rechercher l'emplacement de l'ancien
bourg de Sésame, et de voir la citadelle de construction génoise[1] dans laquelle, par suite d'un usage que
réprouvent également l'humanité et la saine politique,
tant d'employés de l'État et de négociants français ont
été retenus captifs durant la guerre d'Égypte. Mais celui qui voyage pour remplir des devoirs publics dis-
pose rarement de son temps. Il est souvent forcé de sé-
journer dans les lieux qui lui offrent le moins d'at-
trait, et de quitter trop rapidement les contrées les
plus fameuses. Et ne m'était-il pas déjà arrivé à moi-
même de passer à sept lieues de Rome, et pour ainsi
dire sous les murs de Jérusalem, sans pouvoir entrer
dans l'une ni dans l'autre de ces deux villes!

Si quelque chose était de nature à nous dédommager
de n'avoir pas visité Amastrah, ce fut sans doute l'incomparable beauté du paysage qui s'offrit à nous, lors-

---

[1] Les Génois, maîtres de Théodosie et de divers autres ports de la mer
Noire, avaient formé à Amastrah l'un de leurs principaux établissements.

que dans la soirée du 23 octobre nous jetâmes l'ancre
dans le port formé par l'embouchure de la rivière de
Bartïn. Après avoir pris naissance dans les montagnes
qui ceignent du côté du nord-est le riche pays d'Angora, et s'être grossie d'une infinité de petits ruisseaux
dont les noms sont encore ignorés, cette rivière coule
au fond d'une vallée verdoyante où elle forme une
nappe d'eau limpide, sur laquelle se réfléchissent
comme dans une glace les sites agrestes qui l'environnent. Ce fut sans doute par allusion à l'aimable solitude, à l'inaltérable fraîcheur de ses bords, que les
Grecs lui donnèrent le nom de Parthenios[1] ou de Vir-
ginale, qu'elle mérite encore aujourd'hui, puisque ses
eaux sont toujours aussi belles, aussi pures, aussi
tranquilles qu'autrefois.

Tous les avantages que la nature a prodigués à la
vallée de Bartïn, un climat délicieux, un sol riche, un
port sur une rivière dont le lit est si profond, que les
navires de commerce les plus considérables peuvent
la remonter, et la remontent en effet à la voile et fort
au loin dans les terres, sont entièrement négligés.
Quelle délicieuse retraite ne serait-elle pas pour un
homme à la fois ami de la solitude et des lettres ou des

---

[1] Il est presque superflu de remarquer que Bartïn est une corruption
de Parthenius. Cette rivière et l'Halys formaient de l'ouest à l'est les
limites de la Paphlagonie. Voyez d'Anv., *Géograph. anc.*, t. II, p. 27;
voyez aussi Strabon, liv. XII, p. 543, cité par Larcher, *Expéd. de Cyr.*,
liv. VII, t. II, p. 56, et Étienne de Byzance, au mot Παρθένις.

arts! Le poëte s'y trouverait inspiré par les souvenirs
d'Homère, d'Alexandre, d'Annibal, de Mithridate et
de tous les hommes illustres qui prirent jadis naissance[1] ou qui vécurent dans l'Asie Mineure. L'an-
tiquaire y verrait les traces d'un grand nombre de
monuments fameux; le naturaliste y trouverait des animaux, des plantes et des fossiles dignes d'attirer toute
son attention; le peintre y découvrirait les brillants effets et les heureuses dégradations de lumière qu'il admire dans les tableaux de Claude Lorrain; enfin l'ami
de la sagesse y jouirait de cette douce paix, de cette
tranquillité profonde qui lui paraissent être, ou plutôt
qui sont en effet les premiers et les plus désirables de
tous les biens.

A travers le feuillage des peupliers et des saules
qui ombragent la vallée de Bartïn, et assez loin de la
mer pour qu'on ne puisse plus entendre le bruit des
vagues, on aperçoit un kiosque autrefois assez beau,
mais qui tombe aujourd'hui en ruine. Ce pavillon est
entouré de cabanes destinées à servir d'asile aux navigateurs. Nous y passâmes trois jours, et ce ne fut point
sans regret que je quittai cette délicieuse retraite.
Mieux eût valu sans doute y prolonger notre séjour;
car à peine fûmes-nous rentrés dans notre frêle embarcation, qu'elle fut assaillie par un nouvel orage.
Nous perdîmes notre grande voile et plusieurs de nos

---

[1] Tels que Thalès de Milet, Strabon, etc.

rames; mais, comme le vent soufflait du nord, et que, depuis que nous avions doublé le cap Kerempéh, cette direction cessait de nous être contraire, nous parvînmes à gagner Philios, après avoir lutté trente-six heures contre la fureur des flots, et risqué cent fois de nous perdre sur les récifs qui bordent le cap Kilimoli.

Résolus de nous soustraire aux périls et aux ennuis d'une telle navigation, nous n'eûmes pas plutôt abordé, que, laissant nos domestiques et notre bagage sur la côte, nous prîmes, malgré la fatigue dont nous étions accablés et la pluie qui tombait en abondance, le chemin d'Héraclée, où nous parvînmes au bout de huit heures de marche. Nous eûmes le bonheur d'y trouver une des frégates turques que nous avions laissées à Platana, et dont le capitaine n'attendait que notre arrivée pour faire voile vers Constantinople.

La ville d'Héraclée, ancienne colonie de Mégare[1], que les Turks nomment Erekli ou Eregri, est bâtie sur le penchant d'une colline exposée au sud-ouest. Néanmoins la rade et le port en sont assez sûrs en été, à cause des hauteurs qui les environnent. La population de cette ville est d'environ cinq mille âmes, et se compose principalement de Turks qui paraissent avoir hérité de la mauvaise réputation des anciens habitants de la côte qui s'étend à l'ouest depuis Héraclée jusqu'au

---

[1] Arr., *Péripl. de l'Euxin*, p. 125.

Bosphore[1]. Comme l'entrée du détroit est difficile de nuit, et qu'elle ne peut être reconnue qu'à l'aide des deux phares élevés sur les rivages d'Europe et d'Asie, ces barbares allumaient des feux pour tromper les navigateurs et faire échouer les vaisseaux. On prétend que les habitants actuels de Kili n'ont pas renoncé entièrement à cette odieuse coutume. Il est certain du moins que, malgré la protection de la Porte, aucun consul européen n'a pu jusqu'à présent se maintenir dans la résidence d'Héraclée. Le seul d'entre eux qui soit parvenu à y faire respecter le nom français durant quelques mois, est M. Allier de Hauteroche, à l'obligeance duquel nous devons une note infiniment précieuse, que nous transcrivons ici[2].

L'histoire ancienne d'Héraclée est trop connue par le

---

[1] Xénophon, *Expédition de Cyrus*, liv. VI, § 24, dit que cette côte était habitée par des Thraces-Bithyniens, qui traitaient cruellement les Grecs qui faisaient naufrage ou qui tombaient entre leurs mains par quelque autre accident.

[2] D'Anville, dans sa *Géographie ancienne* et dans ses cartes, trompé sans doute par quelque passage d'Arrien dont le texte aurait été altéré par les copistes, indique la position d'Héraclée comme étant au fond du golfe formé par la presqu'île Achérusienne, tandis que cette ville est à l'entrée même du golfe. Il n'est pas plus possible de se méprendre sur sa position que sur celle d'Athènes. Les débris de ses antiques monuments couvrent le sol et attestent encore sa splendeur passée.

La distance de la ville à la pointe de la presqu'île est d'un tiers de lieue ou de huit cents toises au plus. J'ai été souvent m'y promener, la montre à la main, et je n'ai jamais mis vingt minutes pour parcourir cette distance. Le golfe a environ cinq lieues de profondeur; ainsi il y a erreur de plus de quatre lieues entre la position réelle d'Héraclée et celle que lui a assignée d'Anville. La ville se présente en amphithéâtre au sud-ouest;

récit de Memnon, que nous a conservé Photius, et les événements dont cette ville a longtemps été le théâtre ont été trop bien retracés par le spirituel Tournefort, pour que nous nous étendions sur ce sujet. D'abord colonie libre, Héraclée fut ensuite soumise à des tyrans. Les Gaulois ou les Galates, à leur passage en Asie, tentèrent vainement de s'en emparer; mais la trahison la fit tomber au pouvoir des Romains. Cotta l'ayant alors brûlée, le sénat, indigné d'une telle rigueur, priva ce proconsul du droit de porter le laticlave. « Nous t'avions ordonné, lui dit un des sénateurs, de prendre Héraclée, mais non de la détruire. »

Nous nous embarquâmes le 30 octobre sur le bâtiment de guerre que nous avions trouvé dans le port. Il était armé de quarante canons et monté d'environ trois

Le chantier de construction est en avant, sur la gauche, hors du mur d'enceinte, qui est flanqué de tours.

L'on trouve que Strabon a laissé du louche dans l'expression dont il s'est servi pour faire entendre qu'Héraclée n'avait point de port, d'autant plus qu'Arrien dans son *Périple* dit positivement qu'elle en avait un fort bon, et que l'histoire est remplie de faits qui prouvent la puissance des Héracliens sur mer et conséquemment la bonté de leur port [*]. La vérité est qu'Héraclée n'a point de port creusé par la nature, et que, dans ce sens, Strabon a eu raison de dire qu'elle n'en avait point. La plage est à peu de chose près en ligne droite et non cintrée devant la ville; mais les Héracliens, qui avaient choisi cette position plutôt à cause de son sommet escarpé qui domine les hauteurs voisines et rendait leur ville d'un accès difficile à leurs ennemis, que dans la vue de profiter des avantages d'un bon port, voulant par la suite s'en créer un, avaient fait en mer une double jetée dont les ouvrages, encore à fleur d'eau du côté du nord, se prolon-

[*] Les médailles antiques de cette ville viennent ici à l'appui de l'histoire, car on en a dont le type représente Neptune debout, armé de son trident.

cents hommes d'équipage. Ayant été favorisés par un beau temps, nous jouîmes le lendemain, vers midi, du plaisir d'apercevoir les hauteurs de Fanaraki. Ce même jour au soir nous entrâmes dans le Bosphore. Nous débarquâmes à Térapia, joli village situé sur la

gent en demi-cercle dans une longueur de soixante toises, à partir du rivage où les constructions sont appuyées et se lient avec le sol de la manière la plus solide. Ce sont des lits de pierres de taille dont la moindre a dix pieds de long, posées par couches alternatives de longueur et de largeur les unes au-dessus des autres. Je retrouve là incontestablement une construction des Héracliens et non des Génois, comme l'a cru légèrement Tournefort, qui n'a passé à Héraclée que quelques heures. Je vois la main du temps fortement imprimée dans ces massifs dont les angles sont arrondis par l'effort continuel des vagues qui depuis trente siècles viennent se briser contre cette jetée.

Le môle du sud se perd sous les eaux à vingt-cinq pas du rivage. La distance de l'un à l'autre est de deux cent cinquante toises. L'espace compris entre ces deux môles est ce qu'on nomme le port. Les barques seules viennent y mouiller; et, dès que le vent commence à souffler de la partie du sud ou de l'ouest, on les amène sur la plage à l'aide de cabestans. Le fond n'a point assez de profondeur pour que de petits bâtiments, ne tirant même qu'une brasse et demie d'eau, puissent y venir jeter l'ancre. Je suis porté à croire que c'est depuis la destruction du môle du sud que le port s'est ainsi ensablé à cause de son voisinage des embouchures du Lycus, du Calès et de l'Elœus. Ce môle faisait l'effet d'un cap, d'un arc-boutant; et sa chute a dû suffire pour remblayer un port qui offrait auparavant un si bon mouillage, que les Héracliens y conservaient leurs plus belles galères et même celle de leurs alliés.

Le Lycus coule à une petite demi-lieue au sud de la ville; il arrive à la mer sans se perdre dans des marais. Sa longueur à son embouchure est d'environ trente pieds. Il serpente comme le Méandre, au milieu d'une jolie plaine, encaissée dans un lit profond. Ses bords sont couverts de saules dont les branches se croisent de l'une à l'autre rive. L'effet en est romantique.

Dans l'espace compris *extrà muros* entre le môle du nord et la pointe de la presqu'île Achérusienne (aujourd'hui cap Baba), la côte, en se cour-

côte d'Europe, à quatre lieues de Constantinople. La France y possède une belle maison de plaisance où nous fûmes parfaitement accueillis par M. le général Sébastiani, notre ambassadeur. Les fatigues et les privations que j'avais essuyées, et la fièvre dont je venais

bant à l'ouest, forme un enfoncement qui, par la disposition très élevée des terres, offre à tout navire, même de guerre, un mouillage sûr contre les vents de nord et nord-est. Cette rade est du reste ouverte en plein aux vents de sud et de sud-ouest, de sorte qu'aucun navire n'ose y hiverner. Il n'y arrive de loin en loin que ceux battus par la tempête.

Il y a dans Héraclée cinq mosquées, deux khans, deux bains publics, environ deux cents boutiques et au plus cinq mille habitants. Elle présente fort peu de ressources et d'aliment au commerce; il est même très-peu susceptible de recevoir une certaine activité. Le sol est, il est vrai, de la plus riche fécondité; c'est encore, selon les expressions de Pline, *Mariandyniorum terra semper virens* [*]; mais la misère des habitants n'en est pas moins extrême. Nulle industrie, nulle émulation, nul encouragement, un régime de fer, un système d'oppression qui pèse indistinctement sur toutes les classes et étouffe en chaque individu, dès sa naissance, toute idée d'améliorer son sort; il sait trop bien que ce qu'il gagnera ne sera pas pour lui. Le despote est là pour pressurer le malheureux, pour lui arracher le produit entier de son labeur. La guerre intestine qui dévore ces contrées est d'ailleurs un obstacle à tout projet d'établissement solide de commerce. Là où il n'y a sûreté ni protection, le commerce ne peut fleurir.

Les objets d'exportation d'Héraclée sont, de la soie, du fil de lin, de la cire, du bois de construction, des pommes, des noix et autres bagatelles.

Les objets d'importation consistent en toiles des Dardanelles, cabans de Zagoras, abas de Salonique [**], châles du Caire, bonnets de Tunis, feutres de Crimée, graine de lin, bois de teinture, café, sucre, fer, étain, savon, tabac, riz et lentilles d'Égypte, olives noires, sel et pelisses de mouton.

---

[*] Les Mariandyniens furent les premiers à adopter le culte d'Adonis, qu'ils communiquèrent à toute l'Asie Mineure.
[**] Sortes de manteaux de laine.

d'avoir plusieurs accès, m'avaient rendu presque mé-
connaissable; une nourriture plus saine, du repos, les
soins que me donna don Vincenzo, premier médecin
du Grand-Seigneur, la joie que j'éprouvai de me trouver désormais à l'abri des Kurdes et des tempêtes, le
plaisir d'entendre parler le français, et de revoir des
physionomies ouvertes et riantes, me rendirent la santé.
Après avoir fait quelque séjour, soit à Térapia, soit à
Constantinople, je pris congé des personnes qui m'a-
vaient donné des marques d'intérêt dans cette capitale;
me dirigeant par le Danube, l'Allemagne et la Po-
logne vers le quartier général de l'armée, je visitai
Widdin, Vienne, Varsovie, Finkenstein et Dantzick, et
je partis de cette dernière ville, le 21 juin, pour retourner en France.

FIN

TABLE DES MATIÈRES